关东往事

吴 白 ◎ 著

长春出版社

全国百佳图书出版单位

图书在版编目（CIP）数据

关东往事 / 吴白著. -- 长春 : 长春出版社, 2025.

1. -- ISBN 978-7-5445-7623-9

Ⅰ. I247.5

中国国家版本馆CIP数据核字第2024MM2887号

关东往事

著　　者　吴　白

责任编辑　吴冠宇　周　济

封面设计　宁荣刚

出版发行　长春山版社

总 编 室　0431-88563443

市场营销　0431-88561180

网络营销　0431-88587345

地　　址　吉林省长春市南关区长春大街309号

邮　　编　130041

网　　址　www.cccbs.net

制　　版　长春出版社美术设计制作中心

印　　刷　长春天行健印刷有限公司

开　　本　880mm×1230mm　1/32

字　　数　240千字

印　　张　10.875

版　　次　2025年1月第1版

印　　次　2025年1月第1次印刷

定　　价　59.80元

目　录

超绝匪星
　　——一枝花 / 1

林海枭匪座山雕 / 118

蝴蝶迷真传（之二） / 205

日落时分 / 284

超绝匪星
——一枝花

寡妇坟

关东的秋是凉的。

早晨,惨白的太阳用刺眼的光束,烘照着眼下这片深山密林。

淡淡的雾气, 弥弥漫漫。

山, 显得更深; 林, 显得更密。

在这山的深处, 林的密处, 有一座孤零零的坟。

当地人都叫它寡妇坟。

据说, 从前山外的小镇里有一个漂亮风流的寡妇, 为了躲避是非, 孤单单一个人来到这里, 在林子中盖了一间小木屋。

她在这个小木屋里接待从几十里外来的男人们。这些男人都是她在原来的家里不敢接待的男人。

这个漂亮的寡妇跑到远离人家的山里来, 就是为了做这些远离人家的事情。

她住了十多年。

没有人知道她和多少男人在这里度过了多少神秘而销魂的日日夜夜。

有一天，男人们发现她死了。

她打扮得漂漂亮亮地死了。在男人们抛离她之前，她抛离了他们。

后来，几个痴情赶来的男人在这儿修了一座坟，就是寡妇坟。

于是，当地人就管这里叫"寡妇坟"。人们这样叫，不是为了记住那个风流的寡妇，而是恐惧心头理不清斩不断的风流欲望。

寡妇死去以后，这里又如从前一样没人来了。

可是，就在不久前，这里又来了十多个寡妇和不想当寡妇的女人。

领头的寡妇叫一枝花。

凡是见过一枝花的人都不反对她叫这个名字。她长得实在太漂亮了！

不过，那些想娶她的男人都没能做到他们想做的事。因为这个一枝花实在太不好惹了。

一匹雪里驹大白马，来去匆匆。

两筒大肚匣子枪，百发百中。

所以，没有人能靠到她的身边。

这些女人在寡妇坟盖起了十几间木屋，建成一处密营。结果，再没有人敢到寡妇坟来了，就连那些色胆包天的男人也不例外。

这时，太阳已升到了树梢。

忽然，林子外冲进一匹大黑马，急急匆匆直奔密营而来。

骑在马上的，是一个二十多岁的汉子。他长得和他的马一样又黑又壮：方方的脸，高高的鼻梁，粗粗的眉毛，宽宽的肩，厚厚实实的胸。

他叫黑子，是一枝花手下的炮头（带兵打仗、执法行刑者）。

黑子还没跳下马，木屋里便跑出一群男女。

"黑子，带回什么了？"一个三十多岁的女人手里端着饭碗，问道。

"好事！"黑子在马上大声地说，跳下马，把缰绳递给走过来的一个姑娘。

"什么好事？快讲讲！"端饭碗的女人说。

"甭急，我得去报告大掌柜去，回来再说给你们。"黑子说完，便要离去。

"哎，别走哇。我们大伙就等你回来呢！你就先讲两句嘛！"出来的人七嘴八舌地说，拦住了黑子。

黑子一见走脱不去，大声地说："中！先告诉你们，日本鬼子投降了！"

"日本鬼子投降了？！"所有的人听了都惊讶地问了一句。"看！"黑子一把扯开上衣，从怀里掏出几张报纸。"报纸上说的，还会有错？！"

在场的人赶紧抢过报纸，挤在一起看。

《新华日报》《中央日报》《民国日报》《新民报》……这些年来，这些人也没有读过这样多的报纸。因为他们识字不多，更因为报纸上的事情与他们无关。

报纸还带着黑子身上的余温。他揣着这些报纸，整整跑了一个晚上。他跑了一个晚上的山路，就是为了送这些报纸！

黑子在一旁说："别扯碎了！你们知道这些报纸多少片儿（钱）吗？值十几张飞虎子（钞票）呢。要不是我的力气大，还抢不到手呢！"

其实，所有的人都看清楚了。这些报纸只有一条新闻，日本投降了！

"没错，这还画着画呢！"端饭碗的女人用筷子指着报纸说。

"二婶，我们这回可以回家了！"方才牵马的小姑娘一把搂住二婶的脖子，忽然放声大哭起来。

二婶急忙劝道："二姐，别哭。我们总算熬出头了！这是老天爷有眼。"她自己没说完，泪也忍不住掉了下来。手一松，碗筷掉在地上。

旁边几个女人也忍不住扑到她身上，哭成一团。几个男人看着，眼圈也红了。

黑子张着嘴巴，激动得不知如何是好。忽然，他像醒来的狮子一样，大声地吼叫起来："日本鬼子败了！日本鬼子败了！！日本鬼子败了！！！"

密营里的人，几乎都听到了黑子的喊声，都争抢着跑出来。

这时，黑子身后的木屋门"砰"的一声被踹开了。一个女人提着马鞭站在门口。

所有的目光都一齐射向这个女人。

她穿着一身杜鹃红颜色的呢子衣服，腰间宽皮带上插着两支匣子，脚上蹬一双锃亮的长筒皮靴。乌黑的长发披散在她的肩上，在早晨的太阳下，闪着诱人的亮光。

她就是一枝花。

黑子看见一枝花出来，赶忙奔前几步，对一枝花道："大当家的，日本鬼子败了！"

这时，二婶和几个女人也凑过来。二婶道："大当家的，我们这回该过好日子了！"她说着，把报纸递给一枝花。

一枝花没有伸手去接，唰地挥动马鞭，把报纸打在地上。二婶惊讶地呆在那里。黑子也惊呆了。所有的人都惊住了。

一枝花看着眼前这些激动得热泪盈眶的人们，没有一丝笑意。她的脸像此时的太阳一样，惨白而光亮，却没有暖意。好像这个振奋人心的胜利，与她无关，好像这个胜利带来的欢悦没有她的一份。

"你们美什么！"一枝花厉声地喝问道。在场的人都不知道她为什么忽然发火，怔怔地看着她。

一枝花用鞭子指着一群哭成泪人的寡妇说："你们的男人是怎么叫日本人打死的？还有你们……"

她鞭子一指，对男人们道："你们的老婆，你们的姐姐、妹妹，是怎样给日本人糟蹋的？你们的房子是怎么叫日本人烧掉的?！"

提到这些，所有的人眼里都冒出怒火。

"可是，"一枝花瞪着漂亮的大眼睛说，"你们杀死了多少个日本兵？现在，日本人就要坐着火车回他妈的国了，你们还有脸在这哭，在这笑！"

这话像鞭子一样，抽在每个人的脸上。人们的脸，红一阵，白一阵。

有人忽然叫道："大当家的说得对！我们不能便宜这帮小鬼子！"

日本人在这十四年里，给无数关东人带来了无数的灾难，在这十四年里，无数关东人遭受了无数的灾难。

女人们又哭了。

男人们的眼睛也湿润了。

"杀了他们！"又有人喊。

"大当家的，你发个令吧！"

这时，黑子连忙对一枝花说："大当家的，现在政府不让打日本鬼子了。各地方都建起了维持会，不准打杀日本人。"

"屁！我一枝花想杀，谁也管不了！"一枝花用马鞭拍打着木板，大声地说。

所有的人都知道，一枝花不受任何人管。

溥仪"满洲国"政府、日本的关东军、共产党的抗日联军、绿林中的大绺子，他们都想管她，但最终谁也没有能管得了她。

现在，国民政府想不让一枝花杀日本人，同样也是不可能。

一枝花走前几步，踩着地上的报纸问黑子："除了这些擦屁股用的，你还带回了什么？"

黑子道："按大当家的吩咐，我……"

"我知道了。"一枝花打断黑子的话说道："跟我到屋里说。"

说完，转身进了屋。黑子也紧跟着进去。

一进屋，一枝花就问道：

"我让你找的那个老头找到没有？"

一枝花要找的老头，姓杨，七年前，他被日本人抓去挖山洞。山洞挖成之后,他和所有挖洞的人一样倒在日本人的机枪下。但第二天早晨,只有他一个人活着逃出来,躲到没有人能找到的地方了。

几天前,有人告诉一枝花,罗圈沟有一个杨老头,就是那个逃出来的老头。所以,一枝花才派黑子带一个兄弟下山去探访。

黑子有些得意地说:"找到了。什么人还能从我黑子眼皮底下溜掉?……"

一枝花听黑子这样说,眼睛一亮,精神陡增十倍,立刻问道:"可是那个和鬼睡一宿的老头吗?"

"那还会有错?!"

"你动他没有?"

"没有,我让花脸蹲在那,自个儿回来给你送信。"

"好!"一枝花满意地说。

"你去传我的吩咐,让弟兄们到场子上站排子(集合)。"

天罡双枪队和达摩老祖

天黑下来时,一枝花带着她的女兵赶到了罗圈沟。这些女人都是能骑马打枪的寡妇。

这些寡妇组成一支赫赫有名的天罡双枪队。

在关东绿林里,只要提到一枝花,就不能不提她的天罡双枪队。

一枝花的天罡双枪队人数并不多,总共有三十六个人。这些女人都非一般的女流之辈。她们是一枝花亲自挑选、亲手培训出来的双枪将。

三十六个人，三十六匹马，三十六双匣子枪。正好合天罡之数。所以，叫天罡双枪队。只要有重大的举动，一枝花总要带她的天罡双枪队。

尽管一枝花还不知道山洞里埋下的是什么东西，但她相信：山洞里埋的一定是很值钱的宝物。现在，她需要钱，需要很多的钱。没有钱就没有一切。为了钱，她从来不惜花大本钱。

她从来不像别的女人那样，一点一点地攒家底，然后再一点一点地花销，而是像关东的男人那样拼命赚钱，玩命地花钱。

钱，是人挣的。所以必须经人的手花掉。这就是关东人的逻辑，也是一枝花的信条。

其实，她更像一个赌徒。在她看来，生活就是一场赌博。一会儿输了，一会儿赢了，今天输得多些，明天赢得多些。关键要看运气如何。

这一次，会是赢，还是输？

双枪队在村子外的桦树林里扎下来（驻扎），等待花脸来碰头。

一阵凉风刮来，吹起一枝花的大氅。她提着马鞭，在林子里来回地踱着。炮头黑子站在她的后面。

花脸一直没有来。

一枝花从怀里掏出怀表，现在是八点十七分。她相信花脸会来的。不然，她怎么会把这样的任务交给他？

疑者不用，用者不疑。这也是一枝花的信条。

黑子走近前，说："大当家的，我进去照料一下吧？花脸怕是给人家插了（杀了）。"

一枝花摇了一下头。在没有打仗之前，一枝花最不喜欢这种不吉祥的猜测和言语。她不满意地说："尽讲丧气话！"她的话还没有讲完，便听到一串马蹄响声。

马蹄声朝林子这边奔过来。

"是花脸。"黑子肯定地说。

一枝花点点头，望着林外说："接接他。"

黑子赶紧把手指放在嘴上，打了声长哨。

立刻，对方也回了一声。

接着，一匹马冲进林子里来。花脸从马上跳下来。他三十六七岁，小个子，却十分机灵。

一枝花和黑子急忙迎上前去。一枝花问道：

"出了什么事？"

"咱们的窑给人家撬了！"

"是谁？"一枝花瞪大眼睛。

"不认得。快天黑时我刚要到这来接你们，不想进来十几个人，把杨老头码去了。"花脸喘着气，说完刚才的经过。"奔哪去了？"一枝花问。

"奔沟里去了。我跟了他们一程，才折回来报信。"一枝花听到这里，立刻大叫一声："上马！"说着，一步蹿上马背，第一个冲出树林。

其余的人，呼叫一声紧紧跟在一枝花的马后，朝罗圈沟奔去。

绕过黑压压的村堡，向东跑五里路，便到了罗圈沟。"就是这儿！"花脸在马上指着黑洞洞的谷口说。

一枝花勒住马头，借着半片残月，打量着眼前漆黑一团的罗圈沟。

冷月下，高高低低的山丘，长满密密麻麻的松树。登高一望，沟谷高深莫测。

此时，一枝花仿佛看到一个神奇的宝匣子。

她注视着，心里盘算打开宝匣子的办法。

"我们冲进去吧。他们八成不会在这埋卡子。"黑子说。他浑身是力量，所以总是用硬劲解决一切。

一枝花并不欣赏他这种做法，这种做法属于男人的莽撞。

"还是先问问神吧。"她说着，跳下马，走到道旁一块平地站定。

她从怀里掏出一块方巾，借着星光，把方巾的四角叠起，双手慢慢捧起，朝南躬下身。

一拜。二拜。三拜。

拜毕，她轻声念道："达摩老祖显神灵，指吾明路开门行。"然后，她手朝上一抛，方巾飘落到地上。

一枝花急忙跪在地上。她相信神，她仿佛看到了神，一个伟大的神。

在神面前，人永远是渺小的，无能的。

只有在神的面前，一枝花才承认自己的渺小和无能。她睁大眼睛，惶恐地看着地上的方巾。方巾的一角敞开着。其余的三个角依旧叠在一起。

"北门开！"一枝花惊喜地叫道。她在地上叩了一个响头，嘴中念道：

"多谢老祖指明路，事后烧香十八炉。"

说完，她收起方巾，从地上站起，对身边的人下命令道："黑子，你带你的人守住谷口，双枪队跟我从北山进谷。"

这时，力量又重新回到她的身上。她的声音充满自信。她的目光，令人不可抗拒。

难道，真的是神给了她力量？

山谷黑得吓人。

冷森森的凉气，冷得人打哆嗦。每一块石都像一块冰。黑暗中，随时都会蹿出一只虎，一只熊，或者比虎和熊更凶狠的野猪。但一枝花不怕。

有了神，她什么也不怕。

她相信神。每一次遇到这样的重大决策，她都要问神。只要神说不行，落在脚边的钱，她也不哈腰去拾。神说可以，她死也不顾惜。

现在，她走在最前头。

她们穿过一片乱石堆，忽然，发现前头有一团火光。

有火光，就一定有人。谁呢？

在一处平坦的空地上，一堆篝火在噼啪地燃烧着。

篝火旁，跪着一个老头。

老头有六十多岁，脑袋剃得精光，在火光下照得极亮。他的周围，站着六七个男人。

"就是他们。那个老头就是杨老头。"花脸指着跪在地下的老头说。

一枝花点点头。

她在心里暗暗地感谢神。是神告诉她这个老头在这里。这时，只听篝火旁有人喊道："老秃驴，你到底讲不讲？"讲什么？一枝花心里明白。她借着火光把那几个人仔细看一遍。

不认识。

一个胖胖的矮子从火堆里拣起一根带火的木桩，走到老头的跟前。

"你再不讲，我就点了你！"说着，他把木桩举到老头的鼻子尖下。

老头没有抬头。

猛的，胖子把木桩顶在老头的胸脯上。

老头惨叫一声，仰翻在地，黑衣裳冒起一股白烟。胖子用脚踏在老头的肚子上，逼问道："山洞在哪？"

砰，一枝花的匣子枪替老头回答了。矮胖子扑通一声倒在火堆里。

另外几个家伙反应极快，一声叫喊，散到四周的暗处，紧接着，朝一枝花射来一串子弹。

一枝花的双枪队立刻冲过来。她们的枪法和男人相比，绝不逊色。

枪声，在山谷里沉闷地回荡。

一枝花从一块石头后面，跳到另一块石头后面，一步步向火堆旁逼去。

打出第一枪以后，她就紧紧盯住地上的老头。

老头趁着双方接火的空隙，朝旁边的卧牛石爬过去。

叭、叭。两颗子弹打在他眼前的石头上，火星四溅。暗处有人喝道："老秃驴，往哪溜？！"

老头真的不敢再动了。

"往这边来！"那个人继续下命令道。

老头慢慢地往发出命令的地方爬去。他爬得很慢，他在争取时间和机会。

一枝花这才发现对方不止有五六个人，而是十多个人。刚才，那些人一定是在附近藏着，防备有人从谷口冲进来。他们没料到会有人从后面偷袭，以致吃了大亏。

现在，十几个人构成了一个攻不破的碉堡。

一枝花心里十分焦急。眼看老头就要爬进这个碉堡。只要再往前爬五六步，就再也无法抓到他了。

"快点，老秃驴！"那个人看出老头的意图，说着，又打了一枪。

子弹打在离老头的脚后跟不远的地方。老头忍不住朝前又爬了几步。

一枝花急了，大叫道："站住！回来！"她一抬手，朝老头打了一枪。子弹从老头的亮脑门前擦过去。

老头吓得向后连退几步。

"老子钉了你！"对方叭叭连打几枪。

一枝花更不怠慢，紧跟着也打了两枪。

老头进退不能，干脆趴在地上不动弹了。

双方僵持。

谁也不肯撤退。可谁也不能得到他们要得到的。

就在这时，在对方的背后，忽然响起一排猛烈的枪声。"绺子抄上来了。"仍旧是那个声音，但已经变得惊慌失措。

一枝花不知道这是怎么回事。不过，她却不会放过这个机会。

双枪队的火力更猛烈。

对方支持不住，开始撤退。

一枝花趁机一跃，冲到老头跟前，一把搂住老头，滚到卧牛石后面。

她用枪顶住老头的后背："别动！"

老头没有动。

一枝花抬头看着眼前的局势。

对方已经退了。

现在，她该撤了。

她拖起老头，正准备朝谷后撤退。忽然，十多个人冲到她的跟前。

"站住！"一个男人的声音。

一枝花再想走，已经不可能。她的面前是堵墙。

讲话的男人走到她面前，惊叫道："是你，一枝花！"

一枝花仔细一看，是关山。

她惊住了，简直不敢相信这是真的。

奇　遇

三年前，也是这样的夜晚，一枝花带领她的双枪队截击一辆日本人的军车。情报上说这是一车军火。可是等她冲出的时候，军车里竟跳出几十个日本兵。她被包围了。

那一次，她相信自己一定得死。

可是，突然从天上掉下救星。关山带着三十多名抗联战士路过这里，救出了一枝花和被打光一半的双枪队。

从那一次，一枝花认识了关山。

从那一次，一枝花就忘不了关山。

也是从那一次，一枝花再也没有见到关山。

万万没有想到，三年后又在这里见面了。

又是这样的夜晚。

又是这样的关键时刻。

望着关山熟悉的面孔，一枝花却没说一句话。

她不想向他表示她的感激。

她发现了站在关山身后的一群高头大马一般的俄国军人。她的心里一惊！

这时，关山亲热地说道："一枝花同志，我做梦也不会想到能在这儿遇到你。"

从他的口气里能听出他非常激动。这是一个热情坦率的人。

"是老天瞎了眼！"一枝花说。

"应该说是老天有眼才对！"关山说。"日本人打败了。我们又见面了！真是喜上……"

"打住！"一枝花喝住关山的话，她不敢听到最后那个字。"你叫我站住干什么？"

关山没有理会一枝花的火气，用手指着一枝花手里抓住的老头说："这个老乡是你抓住的？"

一枝花这才知道这些人是为这个老头来的。她一挺胸，说道：

"是！又怎么？"

这时一直站在关山身后的大个子走过来。方才他站在暗处，等他走近，一枝花才看清他的面孔：又高又尖的鼻子，向里抠陷的眼睛。

这双眼睛一直盯着一枝花。一枝花本能地向后挪了挪身子，手按住腹间的匣子枪。

关山连忙解释道："一枝花，这是苏联红军中尉巴甫契洛夫同志。是他们帮助我们打败了日本关东军。"

一枝花好像没有听到关山的话，用一双仇恨的眼睛盯着大个子苏联红军战士。

"中尉同志，"关山同志用俄语说，"她是我们的朋友。她帮助我们打走了土匪。"

苏军中尉看了看一枝花，点点头。他和关山说了几句，关山回过脸，对一枝花翻译说：

"中尉同志说，谢谢你帮助我们救下了这个老乡。也夸你很能干。"

一枝花嘴角掠过一丝冷笑。

中尉用手指着一枝花身边的老头子，做了一个带走的手势。关山朝一枝花走近几步，说："中尉同志要我们把这个老乡带回去。你把他交给我吧。"

"给你?！"

"是。他对我们很有用。"

一枝花脸上冷冰冰的。"你说的我们，是不是也包括这帮老毛子？"

"当然，"关山说，"我们是朋友。"

"屁！"一枝花冷笑道："你是他们的走狗！"

"你在山里，不知道外面的事情，也不知道世界上的事情。斯大林元帅为了世界的和平，出兵咱们东北，打败了日本关东军。他们是我们的恩人！"

"我不信你们这套谎话！这个老头是我的，我带走。"一枝花说完，转身就要走。

砰！中尉见一枝花要把那个老头带走，他气恼地朝天打了一枪！

所有人都吃了一惊。一枝花站住，回过头来。

中尉用手一指远处的石碴子。那里已经架起两挺机枪。枪口对着一枝花和双枪队。

一股发自内心的仇恨，代替了恐惧。一枝花朝关山投去嘲讽的一瞥，说道：

"你也会当汉奸?！"

关山想说什么，可是一时不知讲什么好。事情变化得太突然了。

中尉气呼呼地用俄语喊道："把人送过来！"

几个苏军士兵应声走出。

"谁敢?！"一枝花喝道，手里的匣子枪顶住老头的亮脑袋！

几个苏军战士脚步停下来，呆呆地看着一枝花。

"告诉他们，放我们出去。不然——"一枝花瞪着眼睛对关山吼道。

关山走到中尉跟前，小声地说了一阵子。看样子是在说情。

苏军中尉盯着眼前这个像红了眼的豹子一样的一枝花，半天没有吱声。最后，他不甘心地一挥手臂，下了放行的命令。

杨老头

南北的大炕。炕上面铺着露着大洞的炕席。

炕中央，摆了一张木桌。

一枝花坐在桌子后面，身上披着一件皮大衣。

她一夜没睡，精神依旧很好。她最急于知道的是山洞的秘密。

一回到密营，她就让黑子去带那个老头。

门开了，黑子和老头一道走进来。

"老爷子，"一枝花招呼老头说，"上炕头热乎热乎。"这个杨老头是不吃硬的。昨天晚上，一枝花已经领教了老头的脾气。因此，她今天不想再让老头不高兴。

杨老头站在屋中央，好像没有听到一枝花的话。好倔的老头！

在关东，这样的老头有许多。这样的倔老头一枝花见过许多。她笑着道："老爷子，你知不知道昨晚那帮人是什么人？"

"嗯。"杨老头瓮声瓮气地说。

"他们是谁？"一枝花问道。

"胡子！"老头的口气带着几分不屑。

"当家的什么蔓儿（姓）？"一枝花又问。

"王八羔子蔓儿！"杨老头怒气冲天地说。

"骂得好！"一枝花高兴地说。听到骂人，比听到夸人还高兴。这就是一枝花。

"你老爷子的性子真直性。"一枝花说着朝前欠欠身子，带几分神秘地说："他们为什么抓你？"

老头没有开口。

"你知道一个秘密，对吧？"

老头抬起眼皮，盯着一枝花。

"甭怕，"一枝花轻轻地说，"老爷子，秘密能给人带来好处，这谁都知道。可是那么一山洞的东西你老人家搬都搬不动，对吧？"

"你想要？"老头从牙缝里挤出一句话。

"好处谁都想要。但我决不白要你的好处。"一枝花说着从炕上拿过一个匣子，打开匣盖，里面装满金银首饰。

杨老头不屑地哼了一声，倔强地闭上了眼睛。

"你不同意？"

一枝花盯着杨老头的脸，冷冷地说道："你是明白人，知道秘密的人都没好下场。如果不是我们……"

"我早知道你们把我抢到这来，就是为了……"老头猛地停住话。

一枝花知道老头没说出的是什么。于是，问道："山洞里是什么？"

"不知道。"

"真的不知道？"

"想知道去找小日本鬼子打听！"

一枝花冷笑一声，说道："你知道我是谁吗？"

老头没开口，而且连看也没看一枝花一眼。

"你听说过一枝花没有？"一枝花问。

一枝花的报号，在这方圆百八十里地，几乎没有不知道的。老头不耐烦地说了一句："不知道。我只知道狗尾巴花！"

一枝花的脸像被人抽了一鞭子！从来没有人敢这样骂她。她呼地拍了一下桌子，站起身来，跳下炕，从墙上取下马鞭，一甩手，便扬起来。

她的鞭子没抽下，门便开了，进来一个人。

这个人是花脸。

他对一枝花说道："当家的，那个叫关山的摸上来了，要见你。"

一枝花一愣。问道："几个人？"

"就他自己。"

"说什么没有？"

"没有。"花脸说，"他只是说见你面谈。"

"哼！"一枝花知道关山来的目的。对黑子说："把这个老东西先带下去看好。我会会这个姓关的。"

军火库

关山依旧穿着那件粗布黄上衣，腰间扎着一根宽皮带，但已没有了枪。

进山的客人，都不准带枪。这是关东绿林的规矩。

一走进屋，关山便感到一股阴森恐怖的凉气。

这时，屋里已经又多了六七个人。

黑子和花脸站在地上。另外的人都在炕上，有的在抽烟，有的在擦枪。

所有的目光都盯到关山身上。

一枝花坐在桌旁，手里玩弄着匣子里的金银首饰。她没有抬头看关山。

"大当家的。"关山双手抱拳，举到左肩上边，朝一枝花一施礼。

一枝花冷冷地说道："不是一家人，不进一家门。你不在你的主子那里，到我们这山沟沟做什么？"

"大当家的机智过人，难道真的不知道我为何而来？"关山笑着说。

"难道你也不知道我会怎样打发你吗？"一枝花盯着关山说。

"客随主便，且凭大当家的安排了。"关山轻松地说，做出不在乎的样子。

"男人的脸皮都是这样厚！"一枝花朝屋里的人说。几个女胡子忍不住笑起来。这些女人只有一种笑，那就是嘲笑。

一枝花没有笑。在男人面前，她没有笑，她接着说道："我问你，是不是那些老毛子让你来的？"

"是苏联红军派我来的。"关山郑重地说。

"你少给我打马虎眼。"一枝花瞪着关山说道："我扒了老毛子他们的皮，认得他们的骨头子！"

"不对，"关山正色地说，"苏联红军不等于沙俄毛子！老毛子是为了侵略我们国家才来的，而苏联红军来是为了打日本鬼子！大当家是知情识理的人，难道连朋友和敌人也分不出来吗？"

"我分得出黑头发和黄头发！"一枝花傲慢地说。

"可是，在你的敌人中，也有黑头发的。同样，在你的朋友当中也有黄头发的。我们需要这样的朋友。"关山说。

"屁！"一枝花恼怒地叫起来，"让那帮黄毛子给我滚蛋！我不需要！"

一枝花的确谁也不需要。

她在不到十岁时，就被卖给了妓院。那时，如果有人给她父母一块袁大头，她也不会去那里。

十三岁的那年春天，妓院的老太婆告诉她，从今天晚上起接客。她哭着央求着，叫着闹着不肯干。那时，如果有人替她说句情，她也许就可以继续擦地、洗衣服，而不去干那种见不得人的事。

结果，那天晚上，一个喝得醉醺醺的长得跟骡子一样壮的老毛子兵把她糟蹋了。如果那时有人偷偷打开门，她一定就会在老毛子进屋之前溜掉！

那时，她是多么需要人。

可是，那时谁也没有给她所需要的。

也就是在那时，她发誓谁也不需要。

没有人知道一枝花这些苦衷。

关山却理解。由于政府的无能和卖国，中国人民受了多少洋人的欺负!

也正是为了不再受洋人的欺负,我们需要这样。

他平静地说道:"大当家,也许你真的不需要,但是,中国成千成万的老百姓需要。我们不仅需要苏联红军的帮助,而且,还需要你们的帮助。"

"打开窗子说亮话,你们是需要那个老头。"一枝花说。

"正是。"关山坦然地说道:"三年前,我们从一个日本俘虏嘴里得到关于这个山洞的情报。从那时起,我们就开始寻找这个死里逃生的老人。"

一枝花又问道:"那个山洞里,藏的是什么?"

她说话时,眼睛紧紧盯着关山的眼睛。

目光里透着审视,透着敏锐。回答这目光的,只有诚实。只有诚实,才会得到真正的朋友。

关山望着一枝花,认真地说道:"那个山洞,是一座军火库!"

屋子里的人听了,顿时瞪大了眼睛。

一名军人,最离不开的就是武器。

一支军队,最少不了的就是军火。

也许,再没有比胡子对子弹亲近了。他们管枪杆子叫爹,管子弹叫儿子。

一枝花不需要任何人,但她需要武器。

她一生只需要两样东西,达摩老祖和武器。

达摩老祖,支配她;她,支配武器。

达摩老祖,给她幸运;武器,给她幸福。

所以，她离不开它们。

现在，达摩老祖把一座军火库的钥匙交给了她。

一枝花简直不敢相信这是真的。

她疑惑地看着关山。关山也在看着她。

她看到了诚实。她相信了。她刚要开口说话，忽然，林子里传来一声枪响。

接着，又是一阵枪响！

只听有人喊道："一枝花，你们被包围了！"

屋里的人大吃一惊！

炕上的黑子大叫一声，抽出枪来，拥到窗台上。

只有一枝花坐在桌子旁没有动。她瞪着关山，眼睛里充满怒火。

黑子和花脸手疾眼快，上前猛地抓住关山。

一枝花冷笑一声："你的胆子不小呀！竟敢把老毛子带到这儿来！"

关山镇静下来，坦然地说："大当家的，你误会了。"

一枝花根本不听。她对花脸道："码起来，先存着。"说完，她跳下炕，拔出腰里的匣子枪，通地踢开门，一猫腰，冲了出去。

迎面飞来两颗子弹。跟在一枝花背后的胡子倒在门口。一枝花一甩手，还了两枪。

接着，她躲到一堆砍倒的木桩后面，四下一看，没有看到一个老毛子。

从枪声可以判定，敌人已经四面包围了寡妇坟密营。子弹不时从林子里射来。

一枝花的人已经从各个木屋冲出，凭借各式各样的掩护向敌人还击。

胡子打仗不比正规军队。他们都知道自己该怎样做。指挥对于他们，是多余的。他们讲究一夫当关，万夫难开。

双方的人都不急于开枪，各自寻找自己的隐蔽点，一步一步地朝对方接近。

密营变成了战场，但没有战场上那激烈的枪声。

一枝花已经看到了局势对自己十分不利。再过一会儿，敌人就会冲过来。

这时，在离她几十米外的一棵大树后面，露出一张男人的圆脸。圆脸男人喊道：

"一枝花，赶紧把杆子搁下。爷们赏你一张盘子（脸）。"一枝花腾地跳上木桩，威风凛凛地骂道："屁！有种的你站在你奶奶面前说话。"

她那身红衣服，在夕阳的辉映下，显得格外鲜艳！

看到这个火一样的女人，所有的人都惊诧万分。

密营里，静极了。

山风吹来，拂起她满头的长发。一枝花看到，从那棵树的周围站出五六个拿枪的男人。

几个男人紧盯着一枝花。一枝花傲慢地打量着站出来的男人们。

目光对着目光，像枪口对着枪口。

按照关东绿林的规矩，两个绺子相遇，先要碰码子（报家门）。碰直了（讲妥当）便成为朋友；碰崩了刀枪相见。这时，男人们当中，有一个矮胖子站出来说道：

"老天有测不出的云，姑娘多了有丑有俊。不知哪位是臣，不知哪位是君？"

矮胖子说的是胡子黑话。他在问对方可是大当家的。一枝花答道："看天要看火烧云，仙鹤站在野鸡群。姑娘生来长得俊，臣是臣来君是君。"

"一枝花！"男人中忽地站出一个男人，骂道："你太狂妄了！"

讲话的人四十来岁，脸上有一块火烙疤。一枝花一看便判定这个人就是"双山"。

她指着对方说："我和你双山井水不犯河水，你为什么捣我的门，端我的盘？"

"放屁！"双山说道，"昨晚在罗圈沟你坏了我的买卖，反来倒打一耙！"

木桩后面，又多了两个人。

花脸和关山。

一枝花看了关山一眼，问："你认识双山？"

"认识。我们在磨石岭交过火。"

"这么说，你也是他要的人了？"

"是的。我们是敌人。"

花脸忽然喊道："大当家的，火上房了！"

一枝花和关山扭头一看，两间木棚燃起大火。

"大当家的，我们的棚子全完了！"花脸忍不住大哭起来。"我们快逃吧，要不我们就都得给烧死！"

一枝花没等花脸说完，砰，给了他一枪。花脸惨叫一声，倒在一枝花的脚下。

胡子最忌别人提到这个死字。尤其在这样的生死关头，谁说了，谁就得死！

花脸死了。脸上还挂着泪珠。

关山瞪着一枝花，喊道："你为什么打死他？他说的不对吗？"

"你敢再说，我把你也插在这儿！"一枝花威胁道。她已经杀红眼了。

关山一挺胸膛，道："你可以插了我。但你必须撤退！"一枝花没有开枪。他这个人为什么竟然冒着死的危险劝她撤退。

"你知道吗，双山是奔军火库来的！"关山说，"而不是你一枝花。"

"原来也是为了杨老头。"一枝花对双山说道，"我正要找你算账，是你先抢了我的人。"

"哈哈。"双山干笑两声，说道，"这么说，我倒是自己找上门来了？"

"你还怕你奶奶招待不起你吗？"

"这么说你是不肯交人啦？"双山阴森地说。

"不交怎样？"

"你可别怪我对你们孤儿寡母不讲面子。"双山说完，一挥手，只见树林里射出十几支火箭来。

火箭扎在木板棚上。木板棚开始燃烧。

一枝花大叫一声，不顾一切地朝双山打了一梭子子弹，就势跳下木桩。

透过蹿着火苗的木棚,就是秧子房(关人质的房间)。房间有五六个胡子在看守。一枝花一惊。她立刻想起那个杨老头。叫道:"我们去看看!"

一枝花对一个年岁大的胡子说:"老权,把票带出来。"叫老权的胡子,打开房门。杨老头从房里走出来。关山一个箭步冲过去,把老头又推进屋里。就在这时,一支带火的长箭,扎在关山的肩上!

一枝花甩手一枪,把躲在树后的箭手打死!然后,扑到关山的身边。

那支箭在关山的肩上不住地抖着,红红的火苗直窜。

一枝花站在那里,不知如何是好。

关山咬住牙关,一伸手,抓住箭杆,用力拔下箭矢。

一枝花的心猛地动了一下。关山用手攥住肩头,脸上冒出汗珠。他对一枝花说道:"大当家的,赶紧让人撤退吧,敌人不抢到人是不会罢休的。"一枝花点了一下头,大声地下达了撤退的命令。

天凉好个秋

关山睁开眼的时候,心里十分奇怪。自己怎么睡着的?又怎么到这里的?

他看见不远的前面,有一个小而破的神龛。神龛里供着山神。这是一座山神庙。外面的风,呼呼地响着。

他嗅到一股柴烟的味道。抬眼寻去，地上有一堆火。四面吹来的风，吹得火苗不住闪动。一个人正背着身子烤火。

从背影就可以断定她是谁了。她一直看着闪动的火苗。红色的衣服仿佛把她也融到火苗当中了。

关山不由被她吸引住了。他觉得这火好像就是这个人，可马上又觉得她不配这样的比喻。

过了很久，他才意识到自己本不该这样看一个女人。尤其这样的一个女人。

他咳一声。

烤火的女人好像没听到他的声音，依旧看着火苗。关山这才发现，自己的身上盖着一件大氅。大氅很厚实，很气派，很暖和。

一定是她的。这种大氅也只她这样的胡子有。可是，她却给自己盖在身上。

这个女人到底是敌，是友？他挣扎着，爬起来。

"别乱动。躺着。"女人冷冷地说。

关山没有听她的话，甚至认为她这样对自己发号施令，令人气愤。

他刚坐起来，就发现肩膀一阵火烫地疼，他这才想起自己受伤的事。但他咬着牙，没有吭出声。

这时，一枝花已经扭过身，看着他。看见他痛苦的样子，无动于衷。

"是你救了我？"关山问。

一枝花冷冷地说："干我们这一行的，杀你就是救你，救你就是杀你。"

关山不讲话了。他真不知该和这个奇怪的女人如何谈话。两个人又都不开口了。

除了木柴在火中噼啪的响声，再也听不到别的声音。关山忽然想到自己为什么来找这个女人。他忍不住又问："大当家的，别的人都好吗？"

一枝花没有开口。

"那个杨大爷怎样？他没有伤着吧？"关山又问。

一枝花猛地站起来，瞪着他说："这是我的事，用不着你多管，懂吗？"

她真的像火一样。关山苦笑一声，摇摇头。

发完火，一枝花似乎也觉得有些莫名其妙。

难道能怪他吗？双山二百多支枪，她怎么能抵挡得了？如果不是他提醒自己……

想到这里，她缓了一下口气，说："还都好。当然，那个宝贝老头子也不错。"

关山放下心，说："双山决不会死心的。他一定还会找上门来。所以，大当家早些提防为妙。"

"这就不用你操心了。"一枝花说。她很敏感，决不给关山更多的话题，"你的伤怎么样了？"

"不要紧。"关山轻松地说。

"过几日我派人送你出去。"一枝花说完，朝大门外走去。

这座庙太小，太破。在关东的山里，这样的庙很多。猎人们为了进山吉利，就在山里盖一座小庙。进山时烧几根香。夜里还可以到这里避风雨和霜雪。

关山在这里一连住了七八天。一枝花每天都到他这来坐一会儿。她好像不是来看他，而是专门为了烤火。她只是烤火，一句话也不多讲。

关山发现，一枝花的脸色一天比一天沉重，心事重重。

这天，她仍旧坐在火堆旁，出神地看着火苗。一只小老鼠从墙角的洞里爬出来，东张西望一会儿之后，才大胆地跑到火堆旁。一枝花没有动，看着它的一举一动。

老鼠在火堆旁寻了一会儿，抓住一根稻草穗，匆匆忙忙地朝洞里跑去。它身子一缩，将稻草拉进洞里。过了一会儿，它又探出头，察看周围的动静。

一枝花轻轻地叹了一口气，站起身来。

一枝花没有理会老鼠，径直走到窗户前。

窗口只有一张脸大。连窗框也没有。风，从这里呼呼地刮进来。一枝花站在那儿，向窗外望着。苍白的天空，透着无穷的孤寂和悲怆。山坡上密麻麻的松林，变得墨绿墨绿。一片黄黄的叶子，从窗前掠过。天凉好个秋。

关山知道她在看什么。到了秋天，胡子的日子便开始不好过了。

一般的胡子在这时都"插枪"（把枪藏起来）回家去了。只有一些有家没处去的胡子，凭借自己的地盘猫冬。

这些胡子在下雪之前，必须把过冬用的东西都准备齐全。衣服、粮食、子弹、油料等等。

他们就像这老鼠一样，四处打食。然后，预备打不到食的时候吃。

在生存方面，人和动物是一样的。

关山走到一枝花身边，把那件大氅披到她的身上。"这件大氅，还是物归原主吧。"关山说。他的确觉得该送还给她了。

一枝花想讲什么，但没有开口。

她把脸又扭向窗户，半天，才说："你的伤好像已经好了。"

"是的。我的伤好得这样快，多亏你的照料。"关山诚心诚意地说。

一枝花好像没听到似的。说道："你好像还不急于走？"关山没有答话，看着一枝花。

"还有什么事没办好，是吧？"

"我想见见那个姓杨的老人。"关山郑重地说。

一枝花扭过脸，审视地看着他。

过一会儿，一枝花淡漠地说："你还是不见的好。"

"不，我一定要见见他。"

"他什么也不会给你的。他已经变成了哑巴。"

关山疑惑地看着一枝花。

"你不用这样看着我。不是我使他变成这样的。是他自己不想讲。我把他从双山手里救下来，可是他并不感激我。你不要以为你救了他的命，就可以让他报答你。"

"我想试试。"关山再一次请求说。

"你太自信了。"一枝花无可奈何地说，"好吧。"

老杨头一走进庙，关山便站起来，迎上前去笑着招呼道："杨大爷，从今天起，我和你老住在这里。"

杨老头鼻子哼了一声，把腋下的棉被往地下的稻草堆上一放，坐到上面。

关山凑过去，坐到老人的旁边。他从腰里取出一个小烟袋，慢悠悠地装上烟叶。

这个烟袋的烟锅，是用子弹壳做的，磨得锃亮。

卷好烟，他递给老人。"大爷，断顿了吧。来，过过瘾！"

老人嘴唇动了一下，没接。

"来来，抽抽吧。都是自家产的。"关山又让道。

老人真的接过来，叼到嘴上。关山赶紧划着火柴，凑过去。老人也不客气，叭吧叭吧抽起来，再也不去理会关山。

"老大爷，家几口人呀？"关山问。

"六口。"

"有没有儿子？"

"死了。"

"是不是让日本人杀了？"

"嗯！"

"听说你老也是从鬼子机枪底下逃出来的？"

老人抬了一下眼皮，扫一眼关山，没吱声。

"老大爷，你别怕。我是抗联的，咱们是一家人。"

"嗯！"

"老大爷，小日本倒台了，这回该咱们老百姓过好日子了。"

老人抽着烟，没答话。

"过些时候，共产党就会把土地分给你们，你老人家也有自己的地种了。愿意吃什么，就种点什么。"

老人抽了最后一口烟，把烟袋放到一边，靠着墙，闭上眼睡起觉来。关山一看，苦笑地咧咧嘴，站起来，把自己的被子盖到老人的身上。

第二天早晨，老人醒过来。

他看见自己身上多了一床棉被，奇怪地看了看。

关山蜷着身子，躺在草里。

他盯着关山肩膀烧露的衣洞。他真的有点疑惑不解了：难道胡子里真会有这样的好心人？难道这个人真的是抗联？

老人再也睡不着了。他想把关山喊醒问问，可又忍住了。这时，一枝花走了进来。

老人又装作熟睡的样子，不理她。

一枝花看见关山的样子，也不觉奇怪起来，怔怔地望着眼前的两个睡着的人。

她觉得自己无法弄明白这两个奇怪的人。

一个老头，为了一桩秘密，宁肯让人打死也不吐露一句，难道他真的想独吞了这些军火？

这个给俄国人干事的人，为了知道这桩秘密，竟也豁出性命去救这个老头。难道，俄国人真的给了他许多好处？

都说，鸟为食亡，人为财死。可是，世界上没有一个人会用生命去换金钱的。但，这两个人好像就是肯这样卖命。简直不可思议！

一枝花蹲下身去，把火堆烧旺一些。

然后，一个人坐下来烤火。

老人用眼角扫了一枝花一眼。他讨厌她坐在自己的眼前，现在，他又给这帮胡子抓起来，他们要找那个山洞。那个山洞里是什么，他知道。那是杀人用的！他不能再让这帮胡子得到这些东西。

即使一枝花是他的闺女，他也决不会告诉她！

这些年，人死得还少吗？

"你真的不肯告诉我？"

这是一枝花的声音。他吓了一跳！急忙睁开眼睛。一枝花坐在火堆旁边，转过头看着他。

"你根本没睡。"一枝花说。

这个女人的眼睛实在太吓人了。

可是，当他看见她这张脸时，他怔住了。

他想到自己的闺女。如果，她还活着，她一定也这样大了，也该找人家了。都说闺女疼爹娘，可那是说给人听的，他没有这份福。

他这一辈子都没有福，算卦的瞎子这样讲过，别人也这样说过，他也就这样认命。

许多人都这样知命、认命、信命。

不信行吗？眼前这个人要是自己的闺女多好，老伴想闺女不知病过多少回了。

可这个人不是自己的闺女，是胡子！一提到胡子，老人就恨。在他眼里，胡子和小日本鬼子一样。他活了这些年，也没看见过这样厉害的女人。

老人又闭上眼。他不敢再看她，她太像自己的女儿了。眼不见，心不烦。

"你什么事都瞒不了我。"一枝花说，"你的儿子也死了。他和你一样被日本人抓去挖那个山洞。结果他死了，你却活着从死人堆里爬出来。"

老人听着。

"你还有一个闺女。"

老人的嘴角动了一动。他从来不跟人谈起那个闺女，但只要有人提起她，他总免不了要动心。

"可惜，她在很早很早以前也死了。"一枝花不无怜惜地说，"现在，只有你和你的老伴了。"

老人抬眼看了她一眼，不明白这个女胡子到底卖的什么药。

"唉，人活着也不易呀！"停了一下，一枝花又说道，"你不用担心，只要你告诉我那个山洞在哪里，我给你养老送终！"

她说得很干脆，没一点虚情假意。

"你不信？"一枝花问。

"你？"老人蔑视地说，"鬼都不信！"

"那你信谁？"

老人没回答。

"信他？"

老人顺着一枝花的手指，看了看关山，在鼻孔里不屑地哼了一声。

"那么，只有你那个老婆子了。"

老人的脸平静了。除了她，还能有谁？"可是，你还不知道吧，你的老婆子也和你一样，被人抓走了。"

老人一下坐起来！

"谁抓的！"他问，样子十分吓人，好像马上就要打死那个抓走老婆子的人。

"你不用瞅我。"一枝花说，"不是我，我去晚了一步。"

"到底是哪个王八犊子?！"

"当然是双山。"一枝花答道。

"他?！"老人愤愤骂道，"我日他八辈子祖宗！"

他狂怒地用拳头在垫子上打着！

"卑鄙！"

说话的是关山。他已经醒来，站在神龛前。他接着说道："他们这帮没人性的家伙，折磨一个羸弱的老婆婆，无耻，无耻！"

"并不像你说的那样，人有时候是不要脸皮的。"一枝花说。

"那样的人连野兽都不如！"关山说。

"可这样的人却和野兽一样活着。"

"你也是吗？"关山问道。

"你也是！"一枝花说完，走到老人身前，说道："你如果相信我，我可以帮助你把人要回来。"

老人抬起头。

"不信吗？"一枝花说，"双山已经派人来找我讲和了。明天，他请我去关东大酒家谈买卖。到时候，我可以把人给你抢回来。"

"你同意？ 好。"一枝花说道，"我用不着你报答，只要你答应我一件事。"

"军火！"关山脱口说出，"你是想让他告诉你军火藏在哪？"

"……"一枝花赞许地点点头。她很高兴关山能替她说出来！

"原来你和双山一样卑鄙无耻！"关山狠狠地说道。

"也和你一样。"一枝花尖刻地说。

"我决不会干这样的事。我们干革命，是为了老百姓，是为了建立新中国！"

"可是，你不能给他把老婆子抢回来。"一枝花说，"我能。而且，他自己愿意。我做了他做不了的事！"

"呸！"老人使劲呸了一口，骂道："你做美梦！"

一枝花一惊。

"我老头子豁出去了！没儿子，没闺女，没老婆子，我是绝户！可我不能干绝户事！"

老人怒了。他青筋暴涨，脸通红通红的，像一头浑身蹿着火苗的黄牛。

关东人是牛。他们能忍受一切，就是忍不了一星点的火！

这些天，一枝花还是第一次看到这个老人发火。她好像也感受到了从老人身上蹿出的火气！

她没有被老人的怒火镇住，相反，嘿嘿冷笑几声，说道："你们男人都是胆小鬼，你们的威风只能在女人面前耍！"

她对关山说："有胆子到刀尖枪口上去显显，这才算条好汉。"

"我关山日本人都不怕，难道还怕双山？"关山道。

"好，"一枝花道，"明天关东大酒家见。"

关东大酒家

关东大酒家，实在是称得上个"大"字：背倚大山面临大江。大红的幌子，迎风招展。大黑的匾额，烫着金灿灿的大字，赫然地高挂在朱红色的大门之上。

这里门大，窗大，桌大，碗大，盘大，酒劲也是大得很，就连过来喝酒的这些人也是大把大把地花钱的大人物。

因为这里是水陆交通的要道。无论是由水路放排来的商人，还是由山里采购回来的皮货商、马贩子、参商，都要在这里逗留一两天。而这些人又都是挣了钱、发了大财的人，所以每每都要到这关东大酒家摆上一桌大宴，大大地喝上一顿。

因此，在这里你能看到有几房姨太太的大官僚；腰缠万贯的大客商；家有千亩田林的大土豪；统领上千人马的大胡子。

此时，虽然正是入秋时节，商旅寥寥，但这大酒家依旧热闹十分。

伙计们楼上楼下地忙来忙去。

在二楼正房雅间，摆了一桌大席。从桌子旁边摆的椅子来看，这桌席起码要有二三十人。

二三十人的大席可不是一般人能招待得了的，尤其是在关东大酒家。要知道，这里的一道菜，足够一个六口之家活一年的。

十几年的灾难，弄得关东百业俱废，民不聊生，有谁会有这么多的钱吃饭呢？

其实，在当时的关东，没有办不成的事，只有办不成事的人。

那么，今天的主人是谁呢？

双山今天穿得比往日都干净，都利索。青色的衣裳，系了一根布腰带。头上戴一顶新毡帽。

他站在酒楼的大门口，迎接前来赴宴的宾客。

来的人有的骑马，有的坐轿，还有的坐船。

他们都是十里、百里有头有脸的人物。但他们见了双山都客客气气的。

要知道，在这一带，属双山叫得响了。上千号的人马，一呼百应，官府也惧他三分，有谁还敢不看重双山？

有。这就是一枝花。

一枝花骑着大白马，后面紧跟着两个人。一个是黑子，一个是关山。

她跳下马，把马缰绳扔给走上前的伙计，自己仰头挺胸地朝大门走过来。

显然是看见了门口的双山，她故意装出高贵的气派。在男人面前，尤其在敌对的男人面前，一枝花绝不肯留给对方一丝一毫的怯弱。

你要打败男人，你就首先要使男人打不败你。因此，在男人面前，你必须是男人。这也是一枝花的信条。

双山的脸抽了一下。在这之前，他已经上百次告诫自己不要和这个女人发怒。仇人相见，眼不能不红。尤其看见她故意做出的不可一世的架势，更令他发怒。

这时，双山一眼看见一枝花身后的关山，他不认识这个人。但马上猜出这个人是谁了。他立刻顿了顿精神，忍下了一口恶气，硬是让一枝花他们大摇大摆地从自己面前走上楼去，随后他也跟上楼去。

客人们看见他们进来，都坐回各自的位置。他们知道自己为什么而来。

众人坐下来以后，只等主人开口讲话。

双山却没有开口。他在等一个人。

客人们在猜测这个人是谁。

大约过了一个时辰，楼外传来一串汽笛声。双山惊喜地叫道："来了！"

客人们不约而同地把目光转向楼外。

一辆黑色的铮亮的轿车在酒楼前停下。

只见双山跑过去，伸手拉开车门。

里面走下一个矮胖胖的老头。他手里提着一根文明杖，慢悠悠地走上楼来。

双山抢前一步，替他掀开门帘。客人们这才看清他的面孔。这人有五六十岁。发亮的青绸长袍，裹着他发胖的身子，显得大腹便便。有些稀疏的头发梳得油亮整齐。两只小眼睛散发着异常的光彩，透着机灵和狡黠。

在座的人，都不认得他是谁。但几乎所有的人都站了起来。

关东绿林有句常言：不怕不识字，只怕不认人。

不用问他是谁，单单看看他的汽车就足使这些人惊恐不安了。这些走马风尘的关东大汉还是第一次跟坐轿车的打交道，竟然感到说不出的畏怯，硬邦邦的七尺之躯不自觉地朝前躬了下去。

这时，双山清了清嗓子，大声说道："各位兄弟，我来给介绍一下，这位就是名震关东大江南北大将谢文东谢司令！"

原来，他是谢文东，谢司令。在座的人都不禁啊了一声！

谢司令

在关东，提起谢司令，几乎没有人不知道的。谢司令可称得上八面玲珑三朝不倒的通天人物。"满洲国"、日本人、共产党、国民党，他都干过。他出尽了名、露尽了脸，实实在在是了不起的人物。

站起来的人，都禁不住朝他连连躬身赔笑。

谢文东温和地朝在场的人长长一揖。在这一揖之间，他的小眼睛在每个人脸上扫了一遍。

他看见了屋里唯一的女人，也是屋里唯一坐在椅子上没有起身的人。

他猜出这个人是谁了。

他不动声色，谦和地说道："鄙人谢文东，有幸在关东大酒家结识各位绿林英雄，真是欣喜非常，荣幸万分！"

站起来的人都受宠若惊地看着他，一时间，不知道讲什么是好。双山走过来，把谢文东让入座位。谢文东在双山等人推让下，坐在中间的椅子上。

双山等其他人坐下以后，站起来说道："各位，我双山斗胆在这里摆上一桌水酒，请来各位，实在是借了谢司令的威风和大名。"

"哪里，哪里。"谢文东连连摇手，"不敢当，不敢当。"

双山又道："各位有眼的，一看便知，凭我双山这把刷子，能请各位在这关东大酒家坐上一回吗？"

屋里的人望了眼前小山一般的山珍海味，也不禁一惊。这桌上堆的根本不是菜，简直是白闪闪的银圆。单凭双山的财力根本不可能办到。

"打开窗子说亮话，这宴是谢司令请的。"双山十分感激地说。

屋里的人又是一惊！

一枝花也是一惊。

那天，双山亲自到山神庙讲和，原来是受了谢文东的命令。双山为什么甘心听他的摆布？难道这谢文东也想要这笔军火？

这时谢文东说道："文东不才，仅以此水酒略表鄙人对各位仰慕之意。抗战十余年，各位居伏山林，卧薪尝胆，顽强不屈，含辛茹苦，血战杀敌，终于大功告成。各位可谓劳苦功高，名垂青史。"

说完，他站起来，端起酒杯，一仰而尽。

在座的人又都站起来。有人大声说道："谢司令如此厚待，实在令我等感激不尽。"

双山说道："各位，咱们江湖上有句老话儿：不怕不识字，就怕不识人。大家可知道今日谢司令是什么人吗？"

屋里的人都端着酒碗，看着双山说下去。

"各位，谢司令如今是东北先遣军司令。"

"先遣军？"有人惊奇地问。

这时，谢文东温和地摆摆手，示意站起来的人坐下，然后，慢慢开口说道："各位久居山林，还不知全国之事变。日本侵华，实乃兽之本性；国民抗战，亦乃民族之气；日本投降，此乃政府外交之得利，国军战斗之顽强。今日之功，乃是蒋总司令之大功。"

他看了众人一眼，又接着说道："然而，共党竟冒天下之大不韪，奔功争誉，连日来派出数万共军，欲霸关东为基土。蒋总司令英明，令吾等建先遣军，就地取材，誓与共军争荣辱。"

他显得十分郑重，缓缓站起来。"谢某不才，请各位到此一聚，实乃为国之前途为民之前途，也为各位之前途。"

坐在一枝花旁边的关山更是大吃一惊！谢文东见日本人败了，摇身一变，又投靠了蒋介石，替国民党卖命。这个人可是不可轻视的人物。这个军火库一定是让他知道了，看来今天一定凶多吉少。

双山忽然大喊道："吾等山林莽夫，蒙谢司令看得起，愿为司令尽犬马之劳！"

这时，其他人纷纷站起来。他们显然为谢文东的话感动了。他们是很容易被人感动的。

一枝花望着眼前一个个高大的身躯，一张张感激的面孔，心里充满冷笑。

只听谢文东说道："各位信任我谢某人，我谢某决不辜负各位。从今日起，各位便是我先遣军的建军元勋。"

双山道："吾等无功受爵，都赖司令的提拔。"

"不，不。"谢文东摆摆手，说道，"此言差矣。我听说在座有位女英雄，她抓获共党要犯一人，实乃第一大功，真是可喜可贺。"

他说着，向一枝花投去赞许的目光。

一枝花感到所有的目光都集中到自己的身上。她没有想到谢文东会忽然将关山公布于众。

谢文东到底是高手。他不会给一枝花反应的时间，单刀直入地说："我想，各位豪杰一定很想为我们的女英雄庆贺庆贺吧，也一定很想见识一下那个共产党要犯吧？"

他的话，立时煽起在场的人的兴趣。这一定是今天最精彩的戏了。

秋雁旧时情

屋里，喧闹之后出现了片刻的肃静。

所有的人都在等待一枝花发话，都在等着在看那个共产党的要犯。

不等一枝花开口，关山从容地从一枝花旁边站起来。

他扫了一圈在座的人，最后，把目光定在谢文东的身上。说道："我想，最想见见我这个共党要犯的，怕只有谢司令一个人吧！"

在座的人听了都是一惊！

他们没想到这个文面书生就是共党要犯。谢文东也吃了一惊，他故作镇静，小眼眯着，上下打量关山。半天，他才说道："刚才的话，你都听见了，一定有不少感想吧？"

"感想实在不少，谢司令真的想听？"关山道。

谢文东轻描淡写地说："谢某倒是有几分雅兴，也好乘兴饮酒，不虚此宴。"

"那么，我看我还是不说的好。"

"为什么？"谢文东停住筷子，问道。

"因为倘若我说了，你的酒兴就没了。"

谢文东禁不住重新打量了关山一番，忽然仰天大笑起来，说："虚张声势！哈哈哈……"

"谢司令要是以为我故作惊人之谈，那么，我就警告谢司令一句：你的末日不远了。"

"混蛋！"双山一拍桌子，骂道："你竟敢跑到这里说司令，老子插了你！"

"不要这样。"谢文东大度地摆摆手，对关山说道："说下去。"

"古人云：一臣不事二主。谢司令先是投靠伪满洲国，继而又参加抗日联军，之后卖身给日本人做汉奸。如今，日本倒台了，你又摇身一变成了蒋介石的司令。关东的老百姓要找你算账，蒋介石总有一天也要找你算账……"

"胡说！"谢文东的脸涨得发紫。人人都有见不得人的东西，谢文东又何尝不是？他恼羞成怒，喊道："我割下你的舌头！"

双山道："娘的，我看看你的舌头到底是红还是白的。"说着，他伸手从皮靴里拔出一把尖刀。

"对！插了他！"

"把这个共产党的舌头割下来下酒！"

酒桌上有十几个人一齐喊道。

双山握着尖刀，一步一步朝关山走过去。

关山毫无惧色。

尖刀已经快触到关山鼻子尖了。忽然，啪的一声，双山的脑子重重挨了一鞭，尖刀掉在地上。

一枝花怒气冲冲地握着马鞭，盯着双山。

双山脸上的血又涌了上来。这次，他再也忍不住了。也许他认为现在不用再忍了，于是破口大骂道："臭婊子！你别不识抬举！老子看谢司令的面子上，让你几分，你倒给脸往鼻子上抓！你再打打老子的脸看看！"他说着，真的把脸伸过去。啪，他的脸换了一巴掌。

打他的不是别人，正是谢文东！谢文东威风地站在二人当间，像一个气派十足的将军。

他训斥道："成什么规矩?！没一点军人的风度。"

接着，他转过身来，又对一枝花说道："女当家的，想必在此要做鸿门宴上的西楚霸王！"

一枝花冷笑道："我做了项羽，那么怕谢司令没戏可唱了。我看我还是做个吕布的好！不知谢司令可给我一点面子?"

"女当家要辕门射戟不成?"谢文东笑着问道。

"谢司令不愧是有大将的智谋。"一枝花道。

"不知女当家将如何射法?"谢文东问。

一枝花说："这就请谢司令划个道儿了。"

谢文东沉吟片刻，不知划出怎样的道儿来。他素闻一枝花枪法超群，但不睹不知。她到底有多高明呢？如果道划浅了，那么，就会眼睁睁地看着这个关山走掉。

这时，窗外传来几声鸿雁的鸣叫。他眉头一皱，自言自语地说道："这鸿雁倒是很知趣的。"

一枝花立刻说道："谢司令许是想添一样下酒的佳肴吧！"

"正是。这酒宴之上，山珍海味，样样都有，独独少了这飞禽。"

一枝花道："各位口福如何，全凭天意了。"说着，她摘下大红氅，朝窗子走去。

窗外，满眼秋色！

远处，枯瘦的山峦，像是大病初愈的骡马。

平静的河水，在惨白的日光下，透着凉意。

一群大雁，在没有云彩的天空中叫着向南飞去。仰头望去，仿佛是调皮的孩子在一张白布上面，写下的一个歪斜的"人"字。

整个天地间，是这样的空荡肃杀。

砰，砰，砰。一连三声枪响，划破眼前冷漠的寂静。

接着，从雁阵的后部，掉下一只飞雁，跟着，又掉下一只……

窗前的人连连惊赞道："好枪法！"

就连双山也不禁叫了一声："神枪！"

一枝花慢慢地收起手枪，轻松地说："各位口福不浅呀！"她说着看了关山一眼。关山正感激地看着她。

谢文东走过来，说道："女当家的真不愧是关东女杰，百闻不如一见，令谢某大开眼界！"

"谢司令过奖。看来我这吕布是当定了。"

谢文东望着一枝花，忽然大笑起来。"女当家不仅枪法上百发百中，就是说起话来，也是滴水不漏呀！"

他停住笑，做出认真的样子说："谢某人一向以信义二字见朋友。君子一言，驷马难追！"

"好！"一枝花说道，"我这里就告辞了。"

说完，从黑子手里接过大氅，披在身上，朝屋里的人一揖，转身下楼去了。

黑子和关山也随着走了。

双山忍不住拔出枪，谢文东朝他摆摆手："这个人我还有用。不可为一时之利，坏了大事。"

双山恨恨地说："司令，我们不能放虎归山呀！"

谢文东没有回答他的话，两只眼睛直直地看着远处的群山，半天才吐出一句话："你讲得不错，我正是要放虎归山。"

下跪的女人

三个人的马跑了一阵，此刻都慢了下来。

"你真的想当吕布？"关山问。

"当又怎样？"一枝花答。

"你的枪法简直叫吕布看了也竖大拇指！"关山由衷地赞道。

"你以为我真的想当吕布吗？我才不呢！"一枝花愤愤地说，"吕布有天大的本事，可还是让曹操和刘备割下了脑袋。因为他们怕他。你们男人没有本事，就只好把有本事的人杀掉。哼！你们男人没一个好东西！"

关山听到这里，忍不住笑了起来。

"你笑什么？"

关山敛住笑，道："我笑你。"

"笑我什么？"

"笑你救了一个坏男人。"

"谁是坏男人？"

"我。"

"你刚才说过，世界上没一个好男人。可是在关东大酒家里你又救了我。这样推来，我就不是一个好男人了。"

一枝花却没有笑。她说："你觉得好笑吗？"

"我不明白。"关山十分认真地说，"你既然肯让我替杨大伯来受审，为何又不让我受苦？"

"你真的不明白？"一枝花问。

关山摇摇头。

一枝花道："我问你，你为什么要救那个杨老头子，连命都不顾？"

"这很简单。"关山道："我们打仗就是为了老百姓不受苦，不受罪。我们不是谢文东，拿枪杆子是为了自己升官发财。"

一枝花没有开口，她看见前面的小镇子里围着群人。七八个小孩子站在道边上，蹦跳着喊："快来看呀！快来看呀！王二棍打媳妇了！"

一枝花双腿夹马，跑向前去。居高向人群里张望。

只见一个三十岁出头的男人，手中正握着根木棍，在打地上的一个女人。

女人的头发披散着，被泪水粘在脸上。她倒在地上，粉红的夹袄被拽开了怀。一只手掩住衣袄，另一只手却使劲地抱住男人的大腿，哭喊道：

"你不能卖呀！咱们家就这一床被子呀！"

男人的腋下，夹着一床新的大绸棉被。他正使劲挣脱女人的手，但一时却挣不开。他大骂道："臭娘们，快放开我！"

女人不顾一切地抱着，死也不肯放手。

两个人一个站着，一个趴着，相持不下。

周围的人像看耍猴戏的一样，不时地躲闪身子，免得挨着男人的棍子。

站在人群里的小孩子又拍手叫喊着。

"老爷们，要出门，小媳妇哭成堆。拉一把，哭一回，爷们爷们你别飞，我再和你亲亲嘴……"

那个男人听了朝小孩们一抡棍子，骂道："小兔崽子，我拍死你们！"

小孩子们吓得一哄钻进人群里。

这时女人仰起脸，朝周围的人说道："各位老叔老婶们，你们劝劝他吧。别让他再去赌了。"

人群里有人叹了一口气，叽叽喳喳地说起来。

男人听了众人的话，脸红得发紫，抢起棍子在女人身上没头没脸地打。女人发疯地哭号起来。

刚才说话的人们，又都不敢吱声了。

"滚开！"忽然，一枝花大喝一声，跳下马，抢着马鞭冲进人群。

她走上前，一把夺下男人手中的木棍，就势把他打倒在地。

嘴里骂道："混蛋，老娘收拾收拾你！"说着，她抡起马鞭抽了下去。

男人号叫一声，从地上爬起来，手里多了一把尖刀。他发疯似的扑向一枝花。

一枝花身子一闪，反手打出一棍。棍子打在男人的腰间，断成两截。男人杀猪似的号叫，倒在地上。

地上的女人猛地从地上起来，扑到男人的身上，哭喊道："该死的，你怎么啦？打在哪？我给你揉揉。"

男人一把推开她，抓起掉在地上的尖刀。一枝花不等他起身，一个箭步冲上去，踏住他的手腕子。

男人拼命地挣扎，却翻不过手。情急之下，他竟张开大嘴去咬一枝花的大腿。一枝花抬脚踢在男人的脸上，男人的鼻子立时流出红乎乎的鲜血，浸红了半张脸。

这时，被推开的女人又扑过来，她双手搂住一枝花的腿，哭道："大恩人呀，你行行好吧，千万别再呀，千万别……"

"别什么？"一枝花气呼呼地截住女人的话，"这样的狗男人你要他还有什么用？不如老娘赏他一刀子……"

"不能啊，大恩人，"女人立刻大声哭起来，双膝下跪，仰着脸求道："我给你跪下了，饶了他这一回吧。"

"饶了他？"一枝花问。

"没有他，我可怎么活呀！"女人哭道。

一枝花看着连哭的力气也没有的女人，她的棉袄敞开着，身子不住地发抖。这就是女人，这就是结了婚的女人，这就是挨男人欺负的女人。一枝花猛地抬起一脚，把女人踢翻在地！

撕心扯肺地骂道：

"贱货！没出息的贱货！"

说话间，她刷地抽出匣子枪，朝女人开了一枪。

砰——女人仰面倒在地上。

在场的人都被这突如其来的变化镇住了！一枝花大踏步地冲出人群，跳上马，头也不回地打马而去。

秋风落叶都是恨

她拼命地打着马。雪里驹旋风般掠过小镇。马的后面卷起一股股黄色的尘土。

一枝花的大氅飞卷起来，鲜红得像一团滚动的山火。

迎面刮来一阵黄风，夹着细沙，抽在一枝花的脸上。

眼泪刷刷地从一枝花漂亮的大眼睛里流下来，掉在风里，掉在地里。她没有去擦，依旧扬鞭策马。

此时，已是偏响时分。太阳毫无热情地瞧着眼下的山峦、河水、小村，还有发疯奔跑的一枝花。

她的心里有一团火，烧得浑身难受，她想让一路的秋风，吹散这股烫人的灼热。

大白马跃上青石小桥，马蹄在石桥上敲出一串恼人的响声。

桥下，清凉的河水，载着一片片枯黄的落叶，无声地流去。

猛地，平地飞起一阵鸦叫。一群老鸦黑压压地掠起，黑压压地散落在掉光叶子的老树上。

雪里驹长啸一声。

一枝花这才发觉自己已经跑到寡妇坟。

离她不远，是一座孤零零的坟茔。坟头黄草摇曳，隐约露出坟顶上一块褪了色的红布。红布上压了一块碗大的石头。

风猎猎。鸦声切切。红布飘荡荡。一时，一枝花竟呆住了。

她被眼前的景物深深地打动，恍惚间面前显现出一幕幕幻象：

梳着整整齐齐刘海的小寡妇朝她走过来。

她的体态是那么轻盈飘逸，像五月春风拂起的嫩嫩的绿荷。

她的皮肤又白又细，简直是在关东女人中万里挑一的。

弯弯的细眉下，也有一双和一枝花一样漂亮的杏核眼。

那眼睛里，有一个让人入迷着魔的世界。这是一个女人的世界，是每一个男人都梦寐以求的世界。

一枝花想好好看一看，可是，那双眼睛悄然地闭上了，微微地，轻轻地，之后就再没有睁开。

小寡妇脸上的表情没有一丝的做作，没有一毫的痛苦，也没有一抹的悔意，更没有一线的留恋。

她再也听不到别人的嘲骂，再也看不到男人贪婪的目光。

她不想再听到，也不想再看到。

该得到的得到了。该失去的失去了。她从男人们那里，带走了她希望的，而把深深的痛苦留下来，让他们以此来想着她，记着她，爱着她，恨着她。

她胜了。活着的时候，她胜了，死了以后，她还是胜利者。

败给她的，是男人，是对她存有一切欲望的男人。

男人啊男人……

想到这里，一枝花的心里又涌上一股总也抹不去的怅意。

关山的声音把一枝花从幻境中唤醒。

他和黑子一直追赶一枝花，直到这时才赶上来。两个人喘着粗气，用袖子抹着脸上的热汗。

一枝花回过头，看着关山，目光里充满说不出的迷惑。

"大当家的，那个没用的媳妇送走了。她男的居然哭得直打滚，还说要抓你来算账。"黑子说。他说得很轻松，像讲一个笑料一样。

"她真的去了？"一枝花自言自语地说。

"有谁能从大当家的枪口底下爬起来？"黑子诚心赞服说。

一枝花听了，并不感得到意。她若有所失地站在那里。

"你为什么向她开枪？"关山问。他的语气里有一种愤怒的谴责。

"为什么？"一枝花说道，"什么也不为。我就是不想再看到她。"

"可是，你本来是想救她的！"关山质问道。

一枝花缓缓地说："我已经救了她！"

"你说什么?!"关山怒吼起来。

"她活着比走了更痛苦。"一枝花说，"现在她解脱了。再也不用受男人的气了。"

她仰了仰头，仿佛让披肩长发抖落浑身的不舒服似的。然后，她动情地说道："人活着就是遭罪。无论是谁一生下来就注定要受人欺负。受人欺负本来已经够痛苦了，却偏偏还要自己欺负自己。简直是太苦了！"

说到这里，她的眼睛禁不住又湿润起来，闪着晶莹的亮光。她把脸甩到一边，不让关山看到。

她看到了寡妇坟。夕阳的昏光，照在坟头，说不出的凄然。

她忍不住又说道："人，要是能像这个漂亮的寡妇那样就好了。她离开欺负她的人，想怎样就怎样；在别人没有来得及欺负她之前，她走了；从此，没有人再能欺负着她。可惜，凡夫俗子都没这勇气和胆量。"

"你太任性了！"关山伤感地说。

"你用不着伤感。"一枝花说道，"我不能委屈我自己。我就是由着我的性子干。"

"难道你想杀人就杀人吗？"关山气呼呼地问。

"当然。你刚才不是已经看见了吗？胡子不杀人，就算不得胡子了。就像你不杀日本人称不上抗日英雄一样。"

"你胡说。我杀人和你杀人根本就不同。我们杀的是日本侵略者、汉奸、污吏。"关山义正词严地说。

"也许吧。"一枝花似乎不想争辩了，"你杀人是为了别人，我杀人是为了自己。"

"你太残忍了！"

"你不是问我为什么救你吗？"一枝花没有在意关山的话，自顾自地说道："现在我告诉你，就是我愿意。我就是要干我想干的，而且我能干得到的事。"

"这样说，我本不该领你情？"

"谁稀罕你的情？"一枝花激愤地叫道，"现在我和你没有什么恩，也没有什么怨。你可以走了。"

"你让我走？"

"你不想走？"一枝花道，"我知道你不想走。你还没有从那个倔老头子嘴里掏出你想知道的东西。可是，你错了。我不会把军火库那么容易地交给你。"

"你想给谢文东？"

"我愿意给谁，这是我的事，你管不着。"一枝花说到这里，命令道："现在，你必须马上离开这里。我不想再见到你。"说完，她背过脸去。

关山想开口再说点什么，一枝花已经打马走了。他看了看黑子，黑子的目光告诉他赶紧离开。

他慢慢转过身，使劲地抽了马一鞭。马嘶叫一声，冲下山去。

忽然，一枝花猛地回过头，看着关山打马而去。

关山的马冲出山谷，掠过小桥……

山林之夜

一枝花躺在炕上，却翻来覆去地睡不着。她索性不睡了，睁着两只大眼睛，望着棚顶。

渐渐地，从一片漆黑的棚顶上，她看清一根根原木，嗅到新伐下的木头特有的树香。

夜，静极了。

她觉得整个山上的一切都睡着了。不会有谁和她一样辗转反侧。

她的心里充满无限的孤独。

这是一种女人的孤独。

刚进山的时候，她立刻就喜欢上了这山，这密林。

因为静静的深山密林，没有妓院放荡的浪笑，没有吃人的烟雾，没有装出来的姿态。

在这里，她是主人，是自己的主人。

她统领着男人，统领着女人。她所以这样做，是为了不让人欺负自己，也不让他们挨欺负。

像那个躺在坟墓里的小寡妇那样，没有人管，没有人骂。

一枝花就是这样过了几年的快活日子。她从来没有怀疑过自己的生活。

可是现在，在这样平静的夜晚，她有了不平静的念头！

她感到孤独。

残月。

夜凉如水。

山风中能听到一声声舒缓的铃声。

一枝花披着大氅，在密营地巡视。听到铃声，她走了过去。

那里是票房（关人质的地方）。

铃声不紧不慢地响着。这是胡子为了防止"肉票"（人质）夜里逃跑发明的报警办法。

一到夜里，胡子对"肉票"就要轮流值宿。值宿的人不能睡觉，所以，要摇一个响铃。看"票"的人听不见铃声，就会赶来。

伴着单调的铃声，有人在低声地唱一曲小调。

一枝花停下步，侧耳听起来。

"眼看过了秋，穷人百姓犯了愁。

为何种地不打粮？日本鬼子把税收。

他们把咱当牛马，拿着户口把兵抽。

时不动棍棒揍，打得浑身血水流。

我劝胡子弟兄们，别给俺们火浇油。

……"

这是一首唱给胡子的歌谣。唱歌的人轻声地哼唱，听起来令人好不悲凉，好不孤苦。

一枝花忽然喊道："秧子房（看肉票的头目）！"

半天，才听见有人应了一声，从黑暗里走出一个睡眼惺忪的大胡子来。

"是大当家的，我当是谁呢？""秧子房"大胡子说道。

"票都在吗？"

"在，都在。""秧子房"连声道，"大当家，我可没打迷糊呀。我是到草堆里暖暖脚。"

"你去把门打开，把他们都放了。"

"放了？""秧子房"吃惊地问。

"放了，全放了。"

"你说什么，大掌柜的？""秧子房"瞪着大眼珠道，"这可是上千块大洋呀。"

"我什么时候让你来教我?!"一枝花不耐烦地说道。

"秧子房"不情愿地走近"票房"，打开门，然后，又怯怯地扭过头问："大当家的，一个不留？"

"对，一个不留！"

"秧子房"使劲地朝里面的人喊道："都他娘的起来。"

里面有人问道："又去哪？"

"放你娘的屁！""秧子房"骂道，催促里面的人，"去哪，去你娘被窝里。"

"肉票"一个个慢吞吞地走出来。他们当中有五个竟是小孩。另几个是老头、姑娘、媳妇。他们冻得哆哆嗦嗦，惊恐地看着"秧子房"和一枝花。

"大眼瞪小眼地瞧什么，还不滚？滚——""秧子房"不耐烦地吼道。

"放你们了。都回家吧。"一枝花朝他们摆手说。

这些人眼睛一亮，立刻问道："大当家，这是真的？"

"啰唆个屁！""秧子房"用手中的鞭子抽打着"肉票"。吼着："快他妈的滚——"

"肉票"哄的一声跑开了。他们唯恐自己跑慢，一枝花反悔后再抓他们。

果然，他们刚跑出十几步，"秧子房"就喝道："站住！回来，都回来！"

"肉票"立时站住了。这些天他们最怕这个"秧子房"了。这个人手狠心黑，说打就打，不管男人女人，大人小孩。听他一喝，再没有一个人敢向前多跑半步！

"秧子房"骂道："娘的，待这些天也不懂个规矩，走了也不谢谢大当家的？都过来，跪下——"

"肉票"听他这一说，放下心来。一个个都跑过来，跪到地上。

"说——谢谢大当家活命之恩！""秧子房"道。

"肉票"七嘴八舌地学了一遍。

"叩头！一——二——三。"

"肉票"参差不齐地朝一枝花叩头。

一枝花看见眼前这般情景，也忍不住有几分得意，对"秧子房"道："好了，深更半夜别再折腾他们了。"

"秧子房"这才下令道："滚吧——"

"肉票"们爬起来，哗啦啦地跑开了。

"秧子房"又问道："大当家，还有那个糟老头子，也撒了？"

"不！"一枝花道，"我要再问他一回。"

她说着，进了票房。

老人孤单单地倚着地上的稻草，面朝板墙睡着了。好像刚才的事和他一点无关，也没有扰醒他的好梦。

"秧子房"走到他跟前，用脚踢了踢老人的后背，道："老东西，起来，我们大当家找你问话。"

老人哼了一声，抬起眼皮。

一枝花问道："喂，老头，这是你最后的机会。你是讲还是不讲？"

老人没有吱声。

"我没有时间再等你了，明天双山就要把你的老婆子弄来。到时候你不说也得说，双山什么事情都能做出来。"

一枝花说着，观察着老人的脸色，接着又说下去："我看你还是讲给我一个人好。我保准亏待不了你。"

老人懒懒地说："我不知道。想打听找小日本鬼子去。"

"你嘴还硬！"一枝花瞪起眼，狠狠地说："你是抬着不走，打着走。"

她转过脸，对"秧子房"道："你侍候侍候他，让他开心。"

"秧子房"向上捋了捋袖子，说道："这些天看着他我就手痒痒。"

他说着，解下系在腰上的麻绳，走上前，将老人从地上提了起来。

转眼之间，老人便被吊悬在房梁之上。

"秧子房"从地上拾起皮鞭子，运足气力，使劲地抽起来。

皮鞭啪啪啪地打在老人的身上。

"秧子房"一气抽了三十几鞭，住下手，喝道："你说不说？"

老人咬着牙关，不吭一声。

"秧子房"抡起鞭子又要抽，一枝花说道："你真笨，他这把年岁，肉皮比你的皮鞭还结实，你拿着吓唬小孩子的玩意能把他怎样？"

"秧子房"听了，低头看了看手里的鞭子，一甩手扔掉皮鞭，自言自语着："还是大当家说的对。我怎么给忘了。我去拿刑法来。"说完，他转身出了门。

一枝花看看老人，说道："老人家，我手下的人手可黑着呢。你最好别再硬横，吃苦遭罪的是你。"

老人使劲唾了一口，骂道："你这个女妖精，我儿子要是活着，能扒了你的皮！"

"如果真是这样，我先扒了你的皮。"

"杂种，你扒吧。"老人硬气地说，"你这个没人味的杂种。"

这时，"秧子房"和几个胡子从外面抬来一个火炉子。

火炉立在庙当央。几个胡子抱进一些木头，放在炉子里。

炉子点燃了。不一会儿，火苗蹿上来。

一枝花说道："老头子，挺不住早些说。不然的话，老婆子来会心疼的。"

她说完，转身出了庙门。

她走到一棵大松树下，停住脚步。

老人撕心的叫声，听不见了。

她不想再听到这声音，甚至怕听到。

这声音让她难以忍住。她忽然涌出这样的念头：假如他的女儿听到了，该会怎么样呢？假如我是他的女儿，我宁肯去死，也不愿听到这声音，看到这场面。

其实，她不知道做女儿是怎样一种心情。因为她没有父亲，没有母亲。在她的记忆里，找不到父亲的脸和母亲的笑。

也许她的父母真的不需要她，才把她卖给了人家。可是在这种场合，他们还不需要她吗？

一枝花轻轻地叹了一口气。

早晨，太阳刺眼的光芒，射进林中密营。

木棚上升起了缕缕炊烟。

几匹快马奔入密营。这是双山和几个炮头。

几个人跳下马，从马背上卸下一个大布口袋。

黑子从自己的木棚里跑出来，把几个人迎进一枝花的木棚。

"当家的，货我连夜给你送来了。"双山一进门就说。这次他对一枝花客气不少。

"让大当家和几位弟兄吃累了。"一枝花一夜没睡,依然很精神。

"这说哪去了。为了党国的复兴,我们这些粗人干点事算不了什么。"双山绕嘴地说。

"大当家跟谢司令几日,便出息了许多,真是大将手下无弱兵嘛!"一枝花道。

"连谢司令也夸你嘴比刀子还厉害,我可是领教了。"双山讨好地说,摘下帽子甩了甩毡帽子上的水珠。

一枝花几分得意,吩咐黑子道:"看在谢司令的面上,好好招待招待这几位弟兄。"

黑子应了一声,领着双山带来的胡子出去了。

双山等他们一走,凑前几步,问道:"当家的,那个老东西开缝没有?谢司令整天惦记这件事。"

一枝花气恼地摇摇头,说道:"弄了一宿,连屁也没放。"

"妈的,这也是你有这样的耐性,要是我……"

"你怎么样?"

"我就用刀子把他的肉一块一块地割下来,再一把一把地撒上咸盐粒子。"

"这就够了吗?"

双山想了想,连忙补充道:"再把割下来的肉放到火炉上烤!然后,让他把烧熟的肉咽到肚子里去。"

"他要不开口呢?"

"那就打!"

"刀子他都不怕，还怕棒子？"

双山支吾起来，他一时想不起该如何回答一枝花。半天说道："依大当家看，该怎么办？"

"你真的不知道？"

"不知道。"双山使劲摇头。

"你带来的是什么？"一枝花下巴一努地上的布口袋。布口袋在动弹。

"啊，我开窍了。"双山惊喜地拍着自己的脑门叫道，"怪不得谢司令要我连夜送来，说你准有大用处。"

"谢司令高看了。"一枝花淡淡一笑，说道："我要让这个老太婆去吃，一口一口地吃！"

她走到布口袋跟前，说道："没想到谢司令把她看得这样重，装得这样严实。"

双山赶紧过来，弯腰去解布袋。一边解一边说："谢司令说这人无论如何也不能落到别人手里，特别是共产党手里。"

口袋打开，里面露出一个老太婆。老人身上穿着黑布棉袄，半黑半白的头发梳在脑后结成一个圆疙瘩。

老人使劲眨眨眼睛，半天才认清站在跟前的两个人。

她看见了一枝花，不觉一怔，连忙用手擦了擦眼睛，定睛细看。

双山在旁说道："看你也不认识。这就是咱们大青山的女胡子头一枝花。"

老人吓了一跳，连忙低下头，双手扶地，跪了下去，嘴里说道："女菩萨，行行好吧，放了俺那倔死老头子吧。"

"放？我不是不想放，我说我还要给他五间大瓦房呢！可你那个倔老头不稀罕。"一枝花说道。

"那是个老倔种，九头老牛拉不动。你是活菩萨就把他放了吧。我老婆子什么都没了，闺女、儿子都没了，就这一个老倔种了，你放了他吧。你让他做啥，我们都答应你。"

"你让你的老头子把给日本人挖的山洞告诉我，我就放了他。不但放了他，还给他地，给他房子和牲口。"

老人听到这里，为难地说："活菩萨，别的都行，就这一样不中。那年冬天老头子从死人堆爬回家，一早，就带着我跑了。也不讲个明白，东藏西躲，把祖宗的姓也改了，就怕人认出来。对谁也不说，连我也不告诉。"

"他被抓到哪个山洞，你真的一点也不知道？"一枝花问。

"一点儿不知道。俺活了四五十年，连屯子也没出去过几回，上哪知道？"

双山说道："你问她什么也问不出来，还是让她去看看老头子吧。"

"活菩萨，你让我见见那个死倔种吧。俺求求你了。"老人连连叩头说。

"但是，你必须答应我一件事。"一枝花道。

"中，十件也中啊！"

"你要好好劝劝你那老头子，让他把山洞的地方讲出来。"

"我一定照大当家的话去说。"老人连忙答应下来。

"那好，你随我去。"一枝花说完，先行出了木棚。

老两口

一走进票房，老太太便看见躺在草堆上的杨老头。她想扑过去，可是看见一枝花和双山，她又停下步，不敢朝前多迈一步，眼睛直盯盯地看着老头。

杨老头的脸沉沉地埋在稻草里，身上的衣服已破烂不堪，露出一条条血糊糊的鞭伤。

老太太看到这里，眼泪忍不住掉了下来。她的心快碎了！

一枝花脸上毫无表情。她对老太太说道："你要是真的心疼就好好劝劝他。"

老太太忍着抽泣，连连点头，眼睛却再不敢去看那一块块伤痕。

"那好吧，我给你一个头午的时间，要是你也不能说动他，我只好另想别的法子让他开口了。你别以为这就算是最狠的了。"一枝花说道。

"我保准劝他，保准。"老太太说。

"那么过晌午我们再来。"一枝花说完，和双山一道出去了。

老太太等一枝花一出去，便扑到老头的跟前。

她伸着双手却不敢碰一下老头，她担心这样会使老头更疼。

她从头到脚把老头身上的伤痕看了一遍，眼泪不停地淌，"这造的什么孽呀！"她翻来覆去地嘟囔着。

秋风从门缝吹进来，老头的身子动了一下。

老太太赶紧把自己的棉袄脱下来，盖在老头的身上。她里边只穿一件白布衫。她把布衫收紧些，然后，坐到朝门的地方，用背挡着从门口刮进来的冷风。

风，掠过她灰白的鬓发，吹着她老泪纵横的脸。

她坐在那里，眼睛直盯盯地看着老头的脸，半天也不动一动。

屋里除了风吹稻草的响声，什么也听不见。

太阳升到窗顶的时候，老头睁开了眼。他看见了坐在身边的老太婆。

他吃力地动了一下，想爬起来。

老太太急忙按住他，说道："别动弹。"老头没有听她的话，硬是咬着牙坐了起来。伤口还淌血呢。

"你这个老倔种！"老太太骂道，急忙把掉在地上的棉袄给他盖在肩上。

"你啥时到的？"老头问。

"清早就给他们送来了。"老太婆说，"瞧他们把你打成这个样子，身上连块好肉都没了。"

老太婆说着说着，又忍不住哭起来。

"号丧呀?！"老头不满地喝道，眼珠瞪得圆圆的。老太太急忙忍住哭声，仍抽搐着。

"到胡子窝里还有个好?！"老头硬气地说，"哭就中用了？"

老太太抹了一把眼泪，说道："还疼不疼？我给你包一包。"

"人都是肉长的，还能不疼！"老头子说，让老太太给他包伤口。

老太太从自己布衫的大襟上扯下一块块布条，小心地给老头包扎起来。

她先把老头脑袋上的伤扎住，再用短布条扎胳膊。老头的胳膊上有巴掌大块的烙伤，黑乎乎地浸着血。老太太用舌头把血水舔尽，恨恨地骂道："这帮没人味的杂种！手这么黑！"

她用布条轻轻裹住，系个小结。

"他们都跟你讲啥没有？"老头子问道。

"讲了。"

"他们说你讲了给小日本鬼子挖的那个洞，他们就放了你。你就讲了呗。干吗要受这份罪！"

"讲?！"老头瞪了一眼老太婆，道："你懂什么？你知道小日本子挖那洞是装啥的？"

"装啥的咱也不能要呀，就是金子、银子咱也不稀罕。咱就图个安稳。"

"就是呗。"老头道，"可你知道不，小日本子挖的山洞是装军火的。我眼见着把一箱箱的东西背进洞里，还有成捆成捆子的杆枪。"

"啊！"老太婆惊讶地张大嘴巴，"小日本子把那玩意埋起来做啥？不用了？"

"你懂什么？那叫军火库，留给以后日子用的。他妈的，这帮杂种没有想到也有完蛋的一天。"

"听说小日本子都跑回国了。回不去的跑到高粱地里自个儿开膛。"

"活该！"老头子解恨地说，"小日本子刚走，轮咱过好日子了，你说我能把那些枪子给这帮胡子吗？"

老太太点点头。

"他们是什么物？是畜生！枪子到他们手里还能干好事？"

"要没这帮畜生，咱家的珍子也不会给人家呀！"老太婆说到这里，心一酸，眼泪又下来了。

老头子这回没呵斥她。他坐在那没有讲话，眼睛也有些潮湿。

"珍子卖给人家才抵三斗米呀！"老太太说，"孩子当初不懂事，要是懂事了，知道咱们把她给卖了，她不知道怎么恨咱们呢！"

"算了，别提了。"老头叹口气，又道："都怨那孩子命不好，谁让她托生到咱这家的。当初王家屯的王三瞎子不是给掐算过嘛！说这孩子命硬，克爹又克妈。唉，没了也省了心。"

"就你听那瞎子的话！"老太婆埋怨说。

"瞎子的话呀，也不能不听。"老头子固执己见，"咱那闺女要是活着，还说不准啥样呢？"

"哎，我总看着刚才那个女胡子哪块有点像咱那闺女！早上来时，我真看走眼了。"

"她要是咱那闺女，我非把她拿铡刀铡了不可！"老头慢慢地说。

"咱闺女咋变也不会变成她那样呀！"老太太说，"这个女胡子可了不得呀，连那帮老爷们都对她服服帖帖的。"

"装她娘的屁相！"老头骂了一句。

"唉！要是咱那珍子活着，也该她这么大了。"

"你别老珍子珍子地没完没了。"老头不耐烦地说。

"你老说我磨叨。咱要是有个闺女，遇上个天灾人祸，不就有人疼了？可眼下就咱老两口，死了都没人哭一声，看一眼，死了说不准尸首也没人埋呢！"老太太说到这里，声音已经哽咽了。

老头听了不再吱声。他拉下肩头棉袄,盖到老太太身上。"你穿着,放我肩上怪压人的。"

老太太把棉袄穿上,坐在老头的身边,半天说道:"快晌午了。一会儿那女胡子来了咱咋办呀?"

"她想咋办就咋办呗!"老头不在意地说,"我就不信她能从我心里头挖出那个洞来!"

"哎呀!那个女胡子可真敢下手呀!"老太太叫道,一想到一枝花的样子,老太太便感到心惊胆战。

"她要是问你,你就不吭声,当哑巴。"老头子似乎很在行地出主意。

"我可受不住她那份打。"

"那你就说。"

"说啥?我知道啥呀?我能诓人吗?"

"这不就得了。"老头子说:"你不知道他们还能把你咋样?"

"那你行吗?"老太婆心疼地说。

"中!"老头倔强地说。

老太婆无可奈何地长叹了一口气。

一枝花推开木门,走了进来。

她看见屋里的两个老人倚在一起睡着了。

她站住了。

望着两个相依为伴的老夫老妻,她的心头涌上一种异样的感觉。

她和许多男人睡过觉,她看过许多夫妻睡过觉,但她从来没有过这种感觉。

这种感觉说不准是甜的、酸的，也说不准是苦的、涩的。这种感觉里有一种渴望和期盼，也有一种失落和空虚。半天，她竟呆住了。

她的嘴唇动了动，终于咳出声来。

老太太醒了。看见一枝花，她本能地坐了起来，有些惊恐地看着这个女胡子。她以为这个女胡子一定会大发脾气的。可是，一枝花这次竟没有发怒，而且笑了。

老太太觉得这一笑，太像她的那个珍子了。她的珍子每次醒来时，从来都不哭，只是懂事似的睁着两只大眼，嘴上挂着笑容，好像专门等大人来抱。

一枝花笑道："假如你们有自己家，该有多自在。"

老太太没有开口，痴痴地望着一枝花。

"有自己的房子、地、牲口，再有个儿子、闺女……那日子该多好。"

"从前这些都有来的。"老太太伤感地说，接着如数家珍似的说："一间半房，十二亩山地。一眼井，一头小牛犊。"

"后来怎么没有了？"

"让胡子抢了。"老太太说道，"闺女也赔出去了。我那闺女现在也该有你这样大了。"

"是吗？"一枝花说道："她叫什么？"

"叫珍子。"老太太说。

"我小名叫珍子。"一枝花惊喜地说。

老太太惊诧地抬起眼，看着一枝花。一枝花也正笑眯眯地看着她。她喃喃说："我那珍子要在，也和你这么大了。"

"那我给你们当闺女吧。"一枝花忽然说道："我给你们养老，给你们送终。早上给你们打水，晚上给你们铺被，白天给你们烧饭、挑水……"

老太太简直不敢相信自己的耳朵。她痴痴地盯着一枝花。"怎么样，你要不要？"一枝花有些动情地问道。

"不要！"一声断喝，老头子从地上爬起来，他气呼呼地瞪着一枝花。

老太太急忙拉住他，说："别闪了腰！"

"我不要！"老头又喊道，"我要有这样的闺女损八辈子德，天打五雷轰，不得好死！"

"哎呀！"老太婆惊慌地劝阻说："你这死倔种！你不得好死。"

一枝花的脸红过一回，白过一遍，她气得眼泪直转，又羞又恼地骂道："你个老不死，谁要你这个爹?! 你德行好，缺儿少女！"

说完，她竟扑过去,扯住老头的领子劈头打起来。她一边打，一边不住口地骂,而眼泪却噼啪噼啪地掉下来。

老太太不顾一切地用身子挡在老头前面，竟把老头压在下面不能还手。她嘴里央求道："女菩萨，别打了，要打你就打我吧！"

一枝花扬起巴掌，一看老太太的脸，手便挥不下去。她又急又气，一扭身，跑了出去。

她一口气跑出密营，一下子扑在一棵大树上，不顾一切地放声大哭起来。

她哭得那样伤心！

二十年的苦水，此刻一下全部倾泻出来。

在每个人的心灵深处，都藏着一份没人知道的痛苦。时间越久，痛苦埋得越深，而痛苦也就越大。

这种痛苦像地下的火山一样，一旦喷发出来，可以毁灭一切！

许多人都因为这痛苦，而成就了自己的功名事业。几乎凡是成名的人身上，你总能找到这种可怕的东西。

一枝花的心里深深埋藏着这种痛苦，正是这种痛苦才使她有今天。

当一个人认识到自己所得到的一切都是建立在这一痛苦之上时，他的精神就垮了。

一枝花垮了。

她痛苦地喊叫着："妈，爹，你们在哪？你们为什么不要我呀！为什么！"

为什么？

没有人能回答。

秋风刮来，载着枯黄的死去了的树叶，也载着她痛苦的呼唤，飘向空荡的远处。

偷　袭

夕阳。

枯叶。

山林间一片寂静。哭累的一枝花倒在树下睡着了。她实在太累了，太累了。忽然，远处传来一声枪响，紧接着又响起一片枪声。

一枝花惊醒了。

她睁大哭干了眼泪的大眼，侧身倾听了一会儿。枪声，是从密营传来的。

她猛地站起来，撒腿朝枪声响起的地方跑去。

跑过几个山头，前面的枪响更加激烈。

一枝花心急如焚。刚冲进一处密林，她忽然听到林子里有人马跑动的声音。

她急忙掏出腰中的双匣子枪，一闪身，趴到一堆乱树丛后面，机警地瞧着前面。

不多时，林子里钻出几匹马来。接着，又有十几匹。一枝花仔细一看，来的人竟是黑子和双山他们！

她大叫一声，跳了出来。黑子等人吓了一大跳。发现是一枝花，都跳下马，朝一枝花围过来。

"出了什么事？"一枝花急忙问。

"盘子给共产党端了！"双山抢着喊道。

"哪路的？"一枝花又问。

"还能有谁，就是关山那个杂种小子！"双山骂道。

"不错，是他！"黑子气急败坏地说，"我亲眼看见他进票房，把那个老太婆背出来。"

"什么?！"一枝花眼珠子立刻瞪圆了，关山一定是为这个杨老头而来的。人要是给他抢走，什么都成竹篮打水了。她急忙问道："那个老头子呢？"

双山慢吞吞地用手指着树林中的大白马，得意地说道："在那儿呢。"

这时马背上，杨老头的手反绑着，横在马上。一枝花终于放下心。

"多亏双山大当家抢得麻利，要不也给关山这小子抢去了。"黑子说，不无感激地看了双山一眼。

"和共产党打仗，我双山跟哄孩子玩似的。"双山吹嘘说，"我一听说共军来了，就知道来者不善。他关山一翘尾巴，我准知他拉什么粪！"

"别的弟兄呢？"一枝花问。她没有理会双山的话。"打花达（打散）了。"黑子说。

一枝花这才发现，跑出来的只有五十多人。

这些人有的挂了花，有的两个人骑着一匹马。他们的脸上没一点表情。

他们既不因为死里逃生感到大喜过望，也不因为险些丧命和失败面露惊恐和失望。这样的事，胡子经历多了。不能经受这点小小的打击，还能当胡子吗？

胡子的脑袋，是大地里的西瓜，来不准哪一天人顺手就摘下来。

可一枝花却受不住眼前的失败。要知道糟蹋她的盘子的是什么人呀?！是他！

"没良心的！"一枝花咬牙切齿地骂道，从腰里拔出匣子，大喝道："老娘今天非插了他不可！"

黑子和双山急忙拉住她。黑子道："大当家的，去不得。关山这小子带来了上百号人，都是些硬家伙。"

双山道："大当家的，不是我长关山狗小子的志气，灭咱们的威风。那帮家伙除了谢司令以外，没有人能降伏得了他们。"

"屁！"一枝花唾了一口，说道："老娘今天非要他当干儿子不可！"

说完，她朝手下的人喊道："兄弟姐妹们，咱的盘子给关山端了。"

"他是共产党，"双山喊道，"是共产党不让咱们过冬。"

"咱们没法活下去了！"一枝花继续说："你们说咋办吧？"

五十多人，一百多双眼睛，一个个冷静。

半天，有人喊了一句："听大当家的，当家的咋说咱咋办。"没有人再说什么。有的人从地上站起来等待一枝花发令；有的人把枪别到腰里，跳上马背；有的人抓把细土，往流血的伤口上撒了撒。

关东的男人不善言表，他们用行动说话。他们永远像牛一样。

关东的胡子也这样。

一枝花最了解这些男人。她的话他们不能不听，他们不敢不听。于是，她大声说："好，我说，咱们要趁他们还没站稳脚，杀个回马枪！"

胡子们仍旧没开口，但他们已经进入了作战状态，像张悄悄拉开的弓，只等命发。

这时，林子外响起一串马蹄声。

一定是关山的人追来！五十多人一下子闪入林子。

枪，张开了机头。

借 兵

一股黄烟，裹着十几匹战马，朝林子这边跑来。

马上的人拼命地催马，像是要追赶什么人似的。

马队离林子越来越近。马上的人的脸也能看清了。跑在最前面的，是一个小个子的黑脸汉子。他一双漆黑的眼睛，不住地打量四周的树林。

然后，他一带马缰朝一枝花他们隐蔽的林子冲过来。其余的马也紧跟在后面。

一枝花紧盯着冲过来的十几个人，大拇指一掰，枪机打开了，只等这十几个人再冲近十米，她就会把所有的子弹射出去。

这时，站在一枝花几步远的双山忽然大喊道："压着腕（别开枪）……"

说话间，他已经跳出林子，朝十几个人大步走过去。他叉着腰，对跑在前头的小个子喊道："山东棒子，什么路（去哪里）？"

"哎呀，是双山哥！"山东棒子惊喜地叫道："我正要去找你们！"

"干啥？"双山问。

"谢司令写了片海叶子给一枝花当家的，让我午时必须送到。"山东棒子是山东人，一口很浓的方音。

这时，一枝花和黑子等人已经从林子里走出来。只听到双山训斥地说：

"谢司令让午时赶到，你却未时才到。这是怎么回事?!"

"这可怪不得我!"山东棒子急忙辩解道，"你走以后，谢司令和几位当家的在一块儿打牌，打着打着，谢司令忽然不打了，说道：'背风，背风!'别人都不明白他说的是什么。他站起来走到院子里看了一回，连说：'糟糕，糟糕。'别人问什么糟糕。谢司令说道：'双山兄弟此去凶多吉少。'"

一枝花和黑子听到这里，也是一惊。

黑子连忙问道："司令还说什么了?"

"别人都说，一枝花当家的不是小孩，不会说变脸就变脸。谢司令半天摇了摇头，说：'不是一枝花当家的变卦，而是她遭小人暗害。我方才在掌中推算一回，原来是白虎入宫，轩辕居正。一枝花有血光跌打之灾。速速派人通知，早早避避为好。'"

双山不禁看了看一枝花和黑子。黑子悄声地对一枝花说："关山这小子来时，真的是晌午。兄弟们正开饭，措手不及，给打花达（打散）了。"

"谢司令的信在哪?"双山赶紧问。

"在这儿。"山东棒子边说边从胸口下面掏出一封信。"我拿着信，一路跑来，不想还是晚了一个时辰。"双山接过来，递给一枝花，说道："一枝花当家的，你看看，谢司令还写了些什么。"

一枝花打开信。

信是用毛笔写的，字很工整，却很简短：

一枝花首领：

谢某忽得一卦，有轩辕之星临位。望速南避之。

文 东

看过信，一枝花半天未语。她没有怪罪送信的山东棒子。

这是天意！

黑子问道："大当家的，咱们咋办？要不，咱们先找个山头压（驻扎）下来，让大家伙歇口气，回过头再去找关山这黑心的东西。谢司令不是也让咱们往南去吗？"

一枝花沉默了。

"要我看，谢司令是当今关东的豪杰，他眼下正招兵买马，要跟共产党决雌雄。大当家的不如去投靠谢司令。"双山在旁边说。从话里听出他对谢司令十分崇拜。

"你想我靠（投靠）他？"一枝花盯着双山道。

双山不在意地道："江湖上有句话，叫作不怕不识字，就怕不识人。谢司令上知天文，下知地理，能掐会算，你一枝花不靠这样的人，还想靠谁？"

"屁！"一枝花唾了一口，"老娘就靠自己，谁也不靠！"

双山嘿嘿冷笑，用眼扫了一眼远处林子边上的五十几个胡子，又道："常言说得好，识时务者为俊杰。大当家的你可要好好掂量掂量。"

黑子见二人口唇相斗，急忙说道："大当家的，双山当家的也是为咱们好。要我看，谢司令的确是个人物。咱们不如先去……"

"做什么？"一枝花问。

黑子道："咱们先去他那借兵。"

"借兵？"一枝花心里一喜。

"我看黑子的话有理。"双山说道，"当年刘皇叔让大奸雄曹操烧了新野，大败而去。幸亏诸葛先生去东吴借兵，舌战群儒，才得孙刘联兵，火烧赤壁，报了大仇，夺下荆州。"

双山侃侃而谈，一副军师的派头。他见一枝花脸上的疑虑消失了，又接着说道："再说，谢司令绝不比孙权这类胆小的人，他一向赏识大当家的才干。我看这路是行的。"

黑子道："大当家，你划个道吧，弟兄们都听你的。反正这口气是咽不下。"

一枝花在心里掂量：回马枪倒不是不行，但只怕弄个鱼死网破。借兵也可称作一条良策，但谢文东会不会答应？她踱来踱去，一时决意不下。

"大当家的，"黑子看出一枝花的心思，说道："咱们先去借兵，借不来再回来杀这帮王八羔子也不耽误工夫。"一枝花点了一下头，说道："就这么办了！"

黑子一下子来了精神头，朝五十来个胡子喊道："上马！"五十几个人都跳上马。

黑子忽然发现一枝花没有马骑。他猛地想起那匹大白马被打死在马棚边上了。他看了看一枝花，把自己的马让给一枝花。

一枝花没接马缰，问道："雪里驹呢？"

黑子像做错事的孩子似的往后退了一步，没有敢开口。他知道一枝花若是知道她的雪里驹死了，一定会大发雷霆。

一枝花的雪里驹是一匹蒙古良马。从买来的那天起就一直跟着一枝花，一次打仗还救了主人的命。所以一枝花最疼爱的就是她的马。

有时候，不懂人语的牲口比人更懂事，更可靠。从黑子的神态里，一枝花看出了异样。她朝远处的五十几匹马望去。

那里没有她的马。一枝花能在一百匹马当中一眼认出她的雪里驹。她大声地喊道：

"拐子李在哪?!"

拐子李是一枝花的马夫。一次打仗时被子弹打断了腿，从此便留下来给一枝花喂马。关东胡子第一爱惜的是枪和子弹，第二就是马。所以，大当家的马是由专人喂养的。

远处的五十几个人听见一枝花在喊拐子李，都感觉到不妙。

黑子道："大当家的，往外滑（冲逃）时，拐子李和雪里驹给……"

一枝花听到这里，大叫一声。

她抽出匣子枪，一把夺过黑子的马，翻身跳了上去。

黑子手疾眼快，蹿上前一步，拽住一枝花的马头，叫道："大当家的，千万不能冒这个险！"

一枝花一扬马鞭，抽在黑子的胳膊上。"混蛋！滚开！"黑子咬了咬牙，硬是没有松手。

马，在原地蹿了几蹿，刨起一阵尘土。

双山连忙过来，说道："大当家的，千万不可感情用事。当年刘皇叔因为二弟关羽被孙权害死，一怒之下发兵东吴。结果被陆逊小子火烧连营七百里，又损了三弟张飞，自己也……"

这时，远处的胡子一起围过来。一个年岁大的胡子跳下马来，劝道：

"大当家的，去不得。关山这小子正等着咱们呢。"

"大当家的，常言道君子报仇，十年不晚。"双山说道，"咱们先去谢司令那里搬来救兵，然后报白马之仇不迟。"

一枝花听到这里，立时醒悟过来，朝西边的密营处狠狠地说道："关山，我总有一天砍你的头祭我的雪里驹！"

说完，她一扭马头，招呼周围的胡子道："兄弟们，向南滑（向南撤退、前进！）"

磨刀霍霍

夕阳斜倚的山顶一溜烟地跑下两匹枣红色的快马。

这两匹马一直站在山顶之上，看见了山道上的五十多号人马之后，马上的人才策马冲下山来。

一枝花知道他们是奔自己的人来的，却不知是哪路的绺子。

两匹马离一枝花的人还有一箭之隔，停了下来。马上的人大声地问道：

"前面来的，可是一枝花当家的？"

一枝花勒住马头，问道："你们是谁？报个蔓儿（姓名）来。"不等对方回答，双山在旁跟上，喊道："麻子，你们来做啥？"

"啊，是双山当家的。"先前问话的人说道："谢司令让我们来接一枝花当家的。"

"你真是有眼无珠。"双山说道，一指一枝花，又道："这就是一枝花当家的。"

麻子和另一个人听了，立时在马上向一枝花抱拳道："一枝花当家的，谢司令让我们弟兄二人前来迎接当家的和各位兄弟，到山里喝碗酒歇歇脚。"

一枝花答道："我们正要去麻烦谢司令，正好，一道去见谢司令。"

麻子高兴地说："好好，我先行一步回去禀告谢司令。"

说着，扭转马头，朝双山等招呼了一声，沿来路跑回去。

一枝花等人还没进村子，谢文东就在一群人簇拥下迎了出来。

谢文东长长一揖，然后对一枝花说道："青山常在，绿水长流。谢某听说女英雄路过敝处，特意备些薄酒候会。"

一枝花跳下马来，双手回了一礼，说道："常言道，江湖无处不相逢。谢司令亲自来迎，实在是抬举我一枝花了。"

谢文东笑道："女当家的不愧是大将之才。战败之后而不气馁，犹能谈笑自若，实在难得。"

一枝花苦笑道："残兵败将，让各路英雄见笑了。"

"哪里，哪里。"谢文东连忙说道，"女当家的诚心投我谢某而来，安能有嘲讽之理。胜败乃是……"

"谢司令，"一枝花听到此处，开口打断谢文东的话，说道："我来贵地，并不是投奔而来。"

谢文东眉毛略略地一抖，看了看双山。

双山连忙过来说道："谢司令，正如你所神算的一样，一枝花当家的让共产党打花达了，大当家心爱的雪里驹也被葬送了。大当家的是特意前来借兵报仇的。"

谢文东略有所思地点了点头，连连说道："原来如此，原来如此。"

一枝花问道："不知谢司令是否肯……"

"不要说了。"谢文东把手一挥，说道："你的仇人，也是我们的敌人。我们合兵一处，给共产党来一个赤壁大战。"

一枝花没想到谢文东如此大度，心里十分感激，连连说道："谢司令不愧是当今关东的豪杰。"

人，都是好被感动的。当你要利用他时，最好的办法就是想方设法感动他；那时，他就会自愿地让你使用。

而最能感动人的，莫过于在他困难危急的时候去帮助他。

一枝花被感动了。

从村子外进来时，屋里已摆好了一桌酒食在等待一枝花，所有的一切都好像事先预备好的一样。

因为谢文东事先能预算出所有的一切。

这不能不让一枝花佩服，不能不让所有的人佩服。谢文东坐在中间的座位上，一副大将气派。他的周围并排坐着各路绺子的首领。他们中不少人一枝花都认得。

但一枝花不明白为什么他们都愿意投靠在谢文东的手下。她笑着说：

"谢司令，人才济济，兵多将广，足可以称当关东霸主了。"

谢文东谦虚地一笑，连忙说道："谢某不才，全赖各位英雄豪杰支撑。"

双山在旁说道："谢司令过谦了。当今关东绿林谁不知道谢司令的英名，就连日本人也钦佩几分。"

"徒有其名。"谢文东有些感伤地说："谢某自恃有济世之志，子房之谋，韩信之智。自土龙山一役以来，十余年，东征西讨，几度易主，终落得如此境地，真无颜见关东父老，绿林豪杰！"

说到这里，谢文东不禁有些老泪盈眶。

听的人也有几分动心。

"关东自古本是龙兴之地。早有女真，又有大辽，后有清朝。古今兴亡，六朝尽去，三分天下。如今，日人退去，共军国军，双虎又至，毛党身处陕北，得陇望蜀；蒋总雄居峨眉，鞭长莫及。今日关东，已成为龙争虎斗之处。"

在座的人，听到谢文东侃侃而谈，说古论今，心中不禁十分惊服。

双山道："谢司令，那么我们不如乘机杀了共产党，打开关门，迎接国军。到那时建国封勋，谢司令便是青史垂名，我们也能有个一官半职。"

谢文东点点头，又道："如今关东又逢乱世，四方英雄纷纷而起。远的不说，马喜山、张雨新、李华堂业已大兵在握，欲斗共军。所以，我等也当奋勇争先。古语说：先入汉中的为侯。"

双山立时站起身来，高声叫道："谢司令，我们听你的调遣，消灭共军，迎接蒋总司令！"

他的话，得到一片响应。

谢文东缓缓扫了一圈屋里的人，举着酒杯，站起身来，说道："各位有报国之志，立功之心，实在是关东之幸，蒋委员长之喜。

各位，为了我们的胜利，大家干了这杯酒。"

酒杯举起。又碰在一起。

这时，一枝花端起酒壶，朝在座的人说道："男子汉喝酒，不能讲女人的话。各位都是关东好汉，有敢去带兵陷阵，与共军决一死战的，请喝下这杯酒！"

说着，她拿过一个大碗，咕咚咚倒满烧酒，目光凛凛地望着在座的每一个男人。

在座的每一个男人都怔住了，望着屋里唯一的女人，一个在向男人挑战的女人。

双山偷眼看了谢文东。谢文东的表情很紧张。

如果有人应战，那么这个人势必充当了一枝花的复仇者。如果无人应战，那么谢文东的人势必被一枝花嘲笑。

这个女人实在是厉害。谢文东在心里不得不暗暗佩服，他眉头一皱，计上心来。

"哈哈哈，"他故作轻松地笑道："一枝花当家的要与我们联合'抗共'，实在是一件可喜可庆之事。"

他走到一枝花倒满的酒碗前，说道："我看，这碗酒谢某人喝了！"

说着，他真的伸手端起酒碗。

谁都知道,谢司令喝下这碗烧酒,可能会醉得几天不省人事。

双山一见，急忙抢上一步，说道："谢司令，双山酒量不大，可还能喝下这碗水酒。"

在座的人一见此景，都争着过来要喝这碗酒。

谢文东满意地笑了，看了看一枝花。

一枝花嘴角挂着一丝嘲笑，说："谢司令手下真是虎将成群。看来，谢司令得挂帅了。"

"不不，"谢文东摆摆手，说道："今天是穆桂英点将，自然是女主帅了。"

屋里的人听了，都一惊。连一枝花自己也没想到。

谢文东道："适才在村口，女当家曾向谢某借兵。谢某一言既出，驷马难追。这兵任你选任你调用。"

一枝花见谢文东说得认真，深信不疑，便开口道："谢司令大义大德，我一定尽力报答。"

谢文东潇洒地仰天一笑。

咆哮的龙驹

第二天，谢文东在一群人捧拥下，骑着马来到村头的开阔地。

一枝花披着大氅，威风地站在寒风里。

谢文东跳下马，朝她走过去。他说道："女主帅，我把几员大将给你送来了。"

他的身后，站着五个男人。

一枝花认得他们中的几个人。

谢文东郑重地介绍道："这位是宁安县的天龙首领。"一枝花朝天龙点点头。这个人在宁安一带名声不很好，但有三百多人，势力也不小。

他旁边的小个子一脸傲慢地朝一枝花道："我就不用谢司令介绍了吧?!"

他叫老白鼠，有五十多岁，在关东绿林成名较早。一枝花没出生，他就在山上拉杆子（当胡子）了。所以，他并不把这个女主帅放在眼里。

"这位是大吉字。"谢文东又指着一个长得像女人的男人说。

这个人一枝花不认得，好像是在海林一带。

第四个人是大个子占三山。他的力气很大，据说一个人徒手摔死过两条大灰狼。

最后一个就是双山。

双山好像也一脸不痛快。让这个女人支使，他打心底里不愿意。可这是谢司令的命令。

他看了看一枝花，笑嘻嘻地说道："女主帅，你的马是不是还没找到呀？"

一枝花听出他话里有话，冷冷地说："双山当家的记性真是不坏。我那雪里驹在九泉之下也一定会感激你的不忘之恩。"

双山吃了一个软钉子，干笑几声。

谢文东回过头来，问道："女主帅的雪里驹丢了？"

"丢在共产党那了！"双山阴阳怪气地说。

谢文东认真地说："无兵不成帅，无马不成将，这怎么行呢？"

他对随来的胡子说："去，把那匹明谷治太郎的马给女主帅牵来。"

两个胡子应声去了。

不一会儿，他俩牵来一匹浑身枣红的大洋马。这马高挺着头，一副不驯服的样子。

谢文东说："这是一位日本将军临回国时送我的。他留下这样一句话：骑这匹马的人一定是打败共军的人。"

在场的人都忍不住赞叹起这匹马来。

谢文东又道："这是一匹纯种的日本马。一般的骑手怕是不能近它的身边。"

这时，大个子占三山不服气地说："我就不信这日本马也他妈的欺负咱。"

说着，他走过去，一把揽住马缰，正要踏镫上马。不料，这马猛地一仰头，奋力地挣脱。

占三山连忙用另一只手拉住缰绳。那马倔强地狂奔起来，硬是把大个子占三山拖出十几步远。

天龙一见，急忙奔过去，帮助占三山去拉住那马。但那马依旧拼力而搏。

一枝花对老白鼠道："老当家的，你可是放马的出身。这马看来非你不能了。"

老白鼠一见这马，心里就痒痒。一枝花一激，便道："既然女主帅肯割爱，我就卖卖老吧。"

他说着，往手心唾了几口，又勒了勒腰布带，拐着罗圈腿走过去。

到了马跟前，他在马前站了半天，从皮袄里摸出一块硬米团，凑到马嘴边上。

马果然张开嘴，把米团放在嘴里慢慢地嚼着，样子温顺不少。

旁边的人看了，不得不佩服老白鼠这一手。

老白鼠等这马嚼完米团，走到它的身边，一翻身便跃上了马背。别看他五十多岁，一把胡子，身子麻利得很。

那马见有人骑到自己的背上，一阵恼怒，疯狂地摇着身子，想把背上的人掀下来。

老白鼠也非等闲之辈，双手抓住马鬃任马不住狂跳。那马一技不成，又换一技，猛地滚在地上。它这一滚至少能压断老白鼠的一条大腿。

不料，老白鼠在这马一扬蹄的时候，已猜出它的用心。当马向下滚时，身子已分出去，就地一滚，滚出几步之外，幸好没压到马下。

众人都不禁为老白鼠捏了一把汗。

老白鼠从地上爬起，脸通红通红。他喘了喘气，说道："这匹马的确野得很，看来也只有主帅配得上骑了。"

听到老白鼠的话，一枝花立时感到所有的目光都聚到自己的身上。

她知道这是谢文东安排好的"下马威"。

想到这里，她轻松地一笑，慢慢地朝刚刚稍息的野马走过去。

所有的人都盯着她的一举一动。

那马也睁大眼珠，盯着走近的人。

忽然，一枝花抽出匣子枪，在马头上一点，叭——叭——叭，一连打了三枪。

鲜红的血溅了出来。

那匹傲慢无比的庞然大物，轰然地倒了下去，倒在一枝花的脚下不动了。

看着的人，一片哗然！

一枝花收起了枪,掉转身来,对着面前一群男人说道:"无论对什么,征服不了的,就毁灭它!"

她的话里充满杀机。

她的话使这些杀惯人的人也感到心惊。

谢文东干笑几声,说道:"好,好!对付共产党就只有这样。弟兄们,我们宁肯毁灭共产党,不让共产党来征服我们!现在,各位携手联合在一起,一定要杀光共产党,报效委员长!"

寒风刮过,扬起一股血腥。

白日无光。

她是个了不起的女人

夜。

大雪。

西北风。

一彪人马,黑压压地奔向小山子镇。狗叫了。

鸡叫了。

接着,响起了枪声。

再接着,响起了一片枪声。

寒冷和残酷,一道降临在这座小村镇。

孩子的哭声、女人的惊叫、男人的怒骂,顿时响成一片。冲进镇里的胡子,挨家挨户地赶人。

全镇的人都聚集在黄家大院。

大院的当中,升起一团刺眼的大火,把整个大院照得通亮。

谢文东穿着一件皮大衣，坐在离火堆不远的椅子上。他的旁边站着两个人。

一个人是穿着破长袍的黄子彬。他是这个大院的主人。另一个是一枝花，她是占领这家大院的主人。

谢文东看着眼前的大火，表情依旧很安详，好像是一个人在津津有味地烤着大火炉。

刚从暖被窝里赶出来的人，缩着身子，惊恐地望着火光中的这三个人。

半天，谢文东对黄子彬说道："姐夫，你看看那几个穷小子在没在。"

黄子彬双手插在袖筒里，用袖子抹了一把鼻子，说道："都在，都在。这帮穷小子一来我就嗅出味了。"

谢文东点点头，朝一枝花道："女主帅，这又要看你的了。"

一枝花把手里的马鞭一扬，走到人群跟前，大声地说道："谁是共产党，谁是农会的头，都给老娘站出来！"

人群里没有人开口。

"有种的站出来！"一枝花又道，"你们是他妈的胆小鬼。"

人群里，鸦雀无声。

这时，谢文东对黄子彬说："姐夫，你去把他们请出来。这帮穷光蛋还他妈的摆穷架子！"

黄子彬袖子一拱，抹了把鼻子，慢腾腾地走近人群。

他眼皮耷拉着，连看也不看人一眼，那样子活像一个鬼。走到一个大个子跟前，他停了下来，说道："民兵连长，你的胆怎么没了？"

立时，跟上两个胡子，把大个子民兵连长拉出人群。黄子彬在人堆里一个个地嗅着。不一会儿，已有十七八个人被拉出人群。他似乎还不满足，又返回身，在一个十五六岁的孩子跟前停下来，说："狗剩子，怎么把你给剩下了。"

狗剩子呸地往他的脸上吐了一口，骂道："黄子彬，你是条不下崽的老狗！"

黄子彬的眼皮连动也没动一下，依旧说："狗剩子，那天不是你领一帮小狗崽子斗我的吗？还给我戴高帽子。"

狗剩子还没来得及开口，人已经被拉出人群，和民兵连长等人绑在一起。

谢文东终于从椅子上站了起来。

他缓缓地看了看绑在一起的十几个人，问道："你们都是共产党的干部？"

"是又怎样？"小狗剩子硬气地说："你他妈的是谁？"

双山走过去，抡起棒子打了他一棒，骂道："小狗崽子，谢司令抗日的时候，你他妈的还没下出来呢！"

"你是谢文东？"小狗剩子吃惊地说，然后，又大声说，"谢文东是大汉奸！"

谢文东的脸变了，变得吓人。他对双山说道："你把孩子送到火堆里暖和暖和。"

双山答应一声，掏出刀子，把连着的绳子削断，然后双手抓住狗剩子的后脖颈，倒提起来，用力一甩，狗剩子便掉进火堆里。

火堆猛地闪了一下，把狗剩子连人带叫声一起吞没。人群里，立刻响起一片哭叫。

黄子彬又使劲地抹把鼻子，好像要好好品嗅一回人肉的焦臭味。

火苗，扑闪着，不一会儿就安静下来。

满院子里，一阵焦臭。

"怎么样！"黄子彬阴阳怪气地说，"我黄家的粮，黄家的地，黄家的房子，黄家的银子，能说拿就拿吗？你们听着——"说到这里，他睁开了眼睛，凶光毕露，道："把我的东西都给我送回来，给我跪下磕三个响头，赔个不是，我让你们过去，不然的话，谁也别想过个好年！"

"还有，你们这帮共产党干部，"谢文东说，"我知道你们是受了共产党的骗，一时财迷心窍，动了贪念。不过这些谢某人都能原谅你们。只要你们从今以后不跟着共产党走，坚决维护蒋委员长，谢某人既往不咎。"

他转过身去，对满村的人说："各位父老乡亲，日本鬼子投降了，大家盼来一个年不容易。可是，共产党要和蒋委员长分地盘，闹分家，不让大伙过太平日子。你们答应不？"

人群里没有一个人开口。

"现在，你们把自己的儿子、男人都领回去吧。"谢文东说，"不过你们必须保证不给共产党干事。"

半天，没有一个人走出来。

火苗在寒风里烈烈燃烧，啪啪作响。

谢文东一阵冷笑，朝一枝花说道："女主帅，征服不了的，就毁灭掉，对吧？"

一枝花站在火堆旁，喊道："来人！"

十几个胡子走到她跟前。

一枝花命令道："把这些共产党点天灯。"

点天灯是胡子最残酷的刑法。把人绑在树上，扒光衣服，浇上油，然后一把火点着。

不一会儿，十几个人便绑到院子里的两棵大槐树下。一枝花对黄子彬说："现在，你也破费破费，把家里的豆油拿出点来？"

黄子彬问："要豆油做啥？"

"油烧火腿，怎么，你不想嗅一嗅，尝一尝？"一枝花说。

"想，想。"黄子彬连连说道，使劲地抹把鼻子。

"那就去拿吧。"一枝花吩咐道。她知道这个黄子彬是一个吝啬鬼。

黄子彬为难地说："可是，现在没有啊，全让这帮穷光蛋分家去了。"说到这里，他竟忍不住哭起来，"全分了，连扫地的扫帚也没剩下呀！"

一枝花听了，转过身，吩咐道："给我挨家挨户地去搜，把豆油瓶子全给我搬来！"

地上，堆了一堆大大小小的油瓶子。

黄子彬心疼地望着这些瓶子。

一枝花一扬手，说道："亮了（扒光衣服）！"

立刻，一群胡子扑过去，用刀子去割厚厚的棉衣。

"住手！"一个苍老的声音喝道。

所有的人都寻声望去，只见杨老头走到一枝花跟前。他的身后跟着两个胡子。

小山子的人都不认得他，更不知道一枝花为什么走到哪里都要把这个人带到哪里。

杨老头走到一枝花跟前，瓮声瓮气地说道："把这些人都放了！"他在向一枝花下命令。

谁也不会想到，这个老头子会用这样的口气对一枝花讲话。

一枝花既没有恼怒，也没有惊讶。她紧紧盯着老头的眼睛。半天，才说道："你真的想救他们？"

"嗯。"老头子哼了一声。

"可是，你连自己的老伴都没想救。"一枝花问。她不能不这样问，她弄不明白这是为什么。

"嗯。"老头子还是没有讲话。

"山洞在哪？"一枝花确信老头子不是在糊弄自己。

"把他们给放了！"杨老头没有回答一枝花的话，而是再一次命令道。

一枝花看了谢文东一眼。谢文东朝她点了点头。

"不能放呀！"黄子彬听了连忙叫道，"这些穷光蛋等你们一走，还得分我的地，分我的房子。你们不能放呀！"

"放了！"一枝花大声地命令道。

拿刀子的十几个胡子不情愿地将十几个人的绳子割断。全村的人都怔怔地看着眼前的变化，看着这个不知姓名的老头子。

他是谁？看这样子这老头子像这个女胡子的爹似的，他为什么要救这些人呢？

一枝花一直盯着杨老头，唯恐他要一点心眼。

杨老头耷拉着眼皮，谁也不看，一句话不讲。火光映着他直挺的鼻梁，像一尊石像。

"山洞在哪？"这回问话的不是一枝花，而是谢文东。老头子用眼角看了看他，使劲朝地下呸了一口，没有理他。

谢文东窘在那里。

"老爷子，看来这买卖还是我们俩来做吧。"一枝花走到老头子跟前说。

老头子说："我领你们去！"

说着，便自个头前走了。一枝花连忙跟在后面。

谢司令朝双山一使眼色，双山立刻跟了过去。

几个人还没出院子，便听到镇子外面响起了枪声。

她在逃避清醒

走到院子门口的人，立时停下脚。

院子里的人，抬起头朝镇外张望。

枪声是从镇子的南边响起的。

一阵嘈嘈的脚步，急匆匆跑进一个胡子。他一进院，便大声地喊：

"共军攻进来了！"

所有的人听了心里都是一顿。

一枝花一扬手，啪——，抽了报信的胡子一鞭，骂道："饭桶！共军来了就把你吓这样！"

回头她对黑子吩咐道："先把这老爷子好好地看管起来，别让共军给摸去。"

黑子应了一声，立刻派两个亲信胡子将杨老头子带进一间房里。一枝花走到谢文东面前，说道："谢司令，这回该你露脸了。土八路自个找上门来了。"

谢文东点点头，镇静地说："女主帅报白马之仇的时候到了。我等着你的好消息。"

他说着，居然真的在椅子上坐下了。

一枝花让他这样一说激奋起来，说道："我去领教领教这些土八路的威风！"

她说着，把手往嘴里一放，一声长哨，立刻，有三十几个人跳上了马，齐刷刷地站成六排。

这就是一枝花的天罡双枪队。

在上次的战斗里，双枪队死伤了六七个人，幸好一枝花还有几个备用人员。所以，此时依旧是六六三十六人。

一枝花一甩大氅，跃上一匹大红马，扬鞭打马，第一个冲出院子。

嗒嗒……

双枪队紧跟着冲了出去。

谢文东和院子里的几个人看了，也不能不在心里佩服这个一枝花，不能不佩服她的天罡双枪队。

这是一个了不起的女人。

这个女人如果被共产党拉过去，一定是一个叱咤风云的女英雄。

这个女人如果跟国民党干，一定是一个难得的将才。

这个女人如果一个人独往独来，一定是一个人人惊羡的魔王。

谢文东想到这里不禁心中暗暗庆幸。如果不是他绞尽脑汁，几番用计，无论如何也难以收服这个女胡子的！

他不禁感叹地对双山道："养兵千日，用兵一时。此乃千古之理呀！"

双山笑着说："谢司令善于得人心，有曹孟德之智，又有刘玄德之仁，真是令双山五体投地！"

谢文东得意地一笑，说道："孙子云：攻城为下，攻心为上。我便是要一个心字。"

双山道："只怕这个女人到死都会感激谢司令的。"

谢文东哈哈一笑，侧耳听了听村子外的枪声。

镇外，枪声渐息。

谢文东点点头，满意地说："去，派人准备酒食。我要用共产党的血下酒喝！"

双山去了不多时，一枝花等骑着马冲进院子。

谢文东急忙从椅子上站起来，迎了过去，嘴里连连说道："女主帅，果然是英雄，马到成功！"

一枝花跳下马来，说道："谢司令过奖了。不过是一些土八路，让我的马队一赶，就缩回去了。"

"真是力拔山兮气盖世！"谢文东眉飞色舞地说，"土八路我知道，怎么能敌得上女主帅呢？"

他说着，对身边的几个人道："走，我们进屋里喝口热酒，庆贺女主帅的胜利！"

一枝花在男人们的簇拥下，进到屋去。

女人的最大弱点是受不了男人的吹捧。

一枝花是女人。她也受不了男人的吹捧。

她一连喝了三碗酒，而且，还想喝！

她想喝醉。

苦恼了。醉了，就什么也不知道，什么也不记得，也就没有什么了。

人，清醒的时候就会有苦恼，

人，有苦恼时就会逃避清醒。

此时的一枝花就是想逃避。她在逃避清醒，其实是在逃避一个人。

这个人就是关山。

方才她领着双枪队冲出大院，赶到南门。南门正在危急，有几个共军爬上了城头。幸亏，她的双枪队，弹无虚发，把冲上来的人打倒。她登上了城头，她看见了她想见又不想见的人。

她就是来找这个人的。她要杀死这个忘恩负义的人。她要替她的雪里驹报仇。

关山也看见了城头的她。

接着，关山的人退了下去，把镇子团团围起来。

一枝花再也站不住了。她跳下了城头，跳上马回来了。她胜了。可心里比打了败仗还难受。

所以，她只有喝酒。

因为，关山不可能知道她的心，不可能理解她的情。没有谁能知道，没有谁能理解。

只有酒！

鸡叫了。

天，亮了。

小山子仿佛还没有在昨夜的恐吓中醒来。

各家的烟囱没有一缕炊烟。

一群女人站在城墙上，把一桶桶井水浇在土垛上。

水，很快冻成一片光滑的冰块。

一队男人挑着水桶，在一群胡子的监押下，匆匆地跑来跑去。

一枝花骑着大红马在城里遛着。

她的酒刚醒。漂亮的大眼睛有一抹哀伤。

立马墙头，望着镇外广阔的田野，白茫茫的一片。几棵枯树矗在路边。路上，零星地点缀着几处马粪。一处洼地里，隐约能看见人头攒动。这是围镇的共军，他们在这里守候了大半夜。既不来攻城，也不散去。想必是在等援兵。

一枝花想到一会儿将要有一场殊死的战斗，心里不禁一片茫然。

她不怕打仗，甚至怕没有仗可打。但现在，她不知道自己该如何打。

她从远处收回目光，看了看已经结冻的冰墙。忽然发现，在她的马下跪着一个人。

这个人许是跪了很久了，已经缩成一团。在马上一看，像一口黑锅扣在雪地上。

她喝问道："谁？"

跪着的人抬起头，是一个老太太，老太太见一枝花问自己，急忙叩了一个头，才说道："大当家的，您给我做主吧，我闺女完了！"

"怎么回事？"

"昨晚有个你们的弟兄钻进我家的屋里，非要和俺闺女睡觉，我左央求，右央求，他只是不肯，还拿出刀子来吓唬人。"

"那人在哪？"一枝花打断老太婆的话，问道。

"今个一早，又跑俺家去了。你快去看看吧！"老太太哭着说。

"混蛋！"一枝花骂了一声，说道："你领我去！"

老太婆连忙从地上爬起来，用手指着镇边一幢矮房，说："就那个小房。"

一枝花一拍马，大红马立时冲过去，转眼间，在那间小矮房前停下来。

她跳下马，大踏步地进了院子，一脚踹开门，进了屋去。哐啷一声，一个胡子从炕上跃起，打开窗子，就要往外跳。不料，炕上的女人扑上去，一把拽住他的大腿。

那个胡子拼命地挣。结果，裤子被挣下一半。

一枝花大喝一声，跳上炕去，一把拽住那个胡子的后领子，用力一甩，甩到炕下。

那个胡子在地上滚几滚，抬起头来一看，是一枝花。一枝花喝问道："你是哪个王八羔子揍的？"

那个胡子定住神，说道："爷们是天龙的二大爷。"这胡子的的确确年岁不小，下巴的胡茬也白了许多。

"天王老子的二大爷也不兴干这档子丢人现眼的事来！"一枝花说着，抽出匣子枪。

"你要干什么？"老胡子惊恐地问。

"干什么？你连规矩都不懂，亏你在山里头待这些年。"一枝花说着，大拇指一扳，机头张开。

老胡子一看，噌地蹿出门去。

他跑到院子，一看见一枝花的大红马，便跳上去，用力蹬马。马儿撒腿跑了，正好将迎面赶来的老太太撞倒。

这时，一枝花冲出门，一见大红马快跑到黄家大院门口了，甩手就是一枪。

叭——

那个胡子从马上摔了下来。

枪声，惊动了镇里的人。

挑水的镇民们停下脚，看着死狗一样的老胡子。监押的胡子也凑过去。

老胡子摔得满脸是血，羊皮袄上浸满了血，他躺在雪地上，半个屁股露在外面。

这时，谢文东和几个人从院子里赶了出来。

看见地上的老胡子，他们连忙奔过去。

"二大爷！"天龙一见，一下扑到老胡子的身上，喊道："二大爷！"

老胡子半天睁开眼，抽搐地说："天龙子，有种的给二大爷报个仇……"

天龙眼珠都快出来了，他一跺脚，大声地骂道："他妈的！是哪个王八羔子放的冷枪！"

"是我！"说话间，一枝花大踏步地走过来。

天龙刷地从腰里抽出匣子枪，"奶奶的，老子跟你拼了！"

站在他旁边的占三山一把抱住他，说道："先别的，问问咋回事。"

这时，谢文东指着地下的胡子问道："这是怎么回事？"

"他干了见不得人的事！"一枝花理直气壮地说。

谁都明白见不得人的事是什么。谁也没再问下去。

天龙骂道："你他妈管得着吗？老子就是要搂大妞睡大觉，碍你蛾子什么事？！"

一枝花不听则已，听到此处，血猛地涌上脸。她一跃蹿到天龙跟前，啪啪一连几鞭子。

天龙被占三山抱住了手脚，结果实实在在地挨了三鞭！

"啊呀！"天龙像挨了刀子的猪一样，猛地挣开占三山的手，扑了过来。

一枝花连忙闪过身，朝天龙的腰眼踢了一脚。天龙一下子摔在雪地上，滑出老远。脑袋刚好碰在一个水桶上。水桶里的水全浇在他的脑袋上。

站在旁边看热闹的镇民们忍不住大笑起来。

天龙恼羞成怒，挣扎着从地上爬起来，拔出手枪。一枝花手疾眼快，一枪打在他的腕子上。

天龙的枪掉在雪地上。

一枝花叫道："天龙，你算个人吗？你二大爷糟蹋人家闺女你还有脸护着？有种的，你把枪再拿起来。"

天龙真的弯下腰去拣。不料，枪还没拿到手，手上又挨了一枪！

天龙惨叫一声，疼得跪在雪地上。

一枝花走到他的跟前，说道："天龙，你要是敢再动一动，老娘就给你个子儿尝一尝。"

天龙痛苦地抽搐着身子，一句话不敢说，像一匹被人制服的野马。

谢文东此时一句话也没讲。他觉得自己不说的好。半天，他走过去，双手扶起天龙，温声说道：

"天龙兄弟！大敌当前，不可不先正军法呀！你放心，你二伯的后事我谢某人包下来了。"

天龙听谢文东这样一说，禁不住放声哭了起来。

一枝花不屑地转过身，从那具死尸上迈过，直奔自己的大红马。

她上了马，没事一样地走了。

冰坦克

太阳出来了。

小山子变得亮晶晶的。

哒哒哒，城外响起了嘹亮的进军号角。

号角声里，一群群战士向城门冲来。

守在城门的胡子，开始还击。

但子弹没有拦住战士的冲锋。有十几个战士已经冲到城墙边上。

几个人滑倒了。

又有几个人滑倒了。

城门上的胡子接连向这些战士开枪。战士们倒下了。其余的战士，不得不退回去，望着亮晶晶的城墙发恨。一个战士奋力抛出一颗手榴弹。手榴弹冒着白烟，撞在城墙上之后，掉在冰上，滑出老远，然后爆炸了。

城墙里，传来胡子得意的狂笑。

一枝花登上城墙，大声地喊着："共产党有种的站起来。趴在地上装什么狗熊?!"

她的喊声，招来几颗子弹，但都没有打中一枝花。这时，一个胡子骑着马跑来，对一枝花说道："大当家的，南门吃紧，谢司令让你去增援。"

一枝花跳下城墙，问道："有多少共军?"

"一个连，很凶。"胡子说。

一枝花跳上马，带着双枪队离开东门。

南门的枪声异常激烈。

老白鼠的人马正在拼命抵抗，但城外的人还是连连发起进攻。双方的人几乎都看清了面孔。

一枝花登上城墙，把形势看了一道，对老白鼠说道："必须把这帮家伙赶得远一点！"

老白鼠气急败坏地说："我打了一辈子仗，还用你来教训吗？你有本事，你他娘出去赶一赶！"

一枝花骂道："你这个老糊涂！你不会想个法吗？"

"有个屁法可想？"老白鼠说。

一枝花眉头一皱，说道："有了！"

说完，她跳上马，奔进镇里。

不多一会儿，三匹大马拉着一个大爬犁从镇里跑出来。爬犁上用棉被子遮着，被子浇过了水，外面结了一层薄冰。

爬犁里，站了五六个胡子，一枝花也站在爬犁里面，大声地喊着："冰坦克来了！"

老白鼠见了，不明白这是干什么用，问道："你这是作什么妖？"

一枝花笑着说："老白鼠，你把城门打开，我们出去给你捉几个妖回来看看。"

老白鼠立时明白了冰坦克的用途，急忙叫人打开城门。三匹马一声呼叫，冲出城门。

爬犁里的胡子，每人都是双枪，而且还有一挺机关枪。一出城门，爬犁上所有的枪都响起来。

迎面冲来的战士，抵抗不住这样密集凶猛的火力，连连撤退。有七八个人被子弹扫倒。

不等对方组织起反攻，冰坦克一转马头，直奔西门而去。

冰坦克在雪中奔驰。

一枝花坐在上面感到十分得意。她探出身，让迎面吹来的寒风吹起自己的披肩长发。

她简直像一匹不肯驯服的野马，在白茫茫的雪野上狂奔，从远处望去，她又像坐在囚车里的囚徒，只露着一个披头散发的脑袋。

可是，她不管这些。她就是想让共产党的人知道她一枝花的厉害，让关山知道她的厉害。

她也实在是厉害。绕着城墙跑了足足三圈。没有人能抵抗住她的冰坦克。

她太得意了！

冰坦克回到镇里，耀武扬威地停在黄家大院。

谢文东等人急忙迎出大门。就连老白鼠也不得不向一枝花谦让了三分。

所有的人都得佩服一枝花。佩服她的智慧，佩服她的胆略。

一个让人佩服的人，必定是一个超绝的人。

一枝花，就是一个超绝的匪星。

吃过中午饭，一枝花又要登上她的冰坦克。

这次，她的冰坦克上多了一根长竹竿，竹竿上挂了一面红旗。关东的乡下人都懂挂红旗是怎么回事。

原来，关东乡下的大户人家都养些庄丁炮手，专门用来看家护院，防备胡子来“砸窑”。所以，为了向胡子示威，显耀自家的势力，便挂上面红旗。

胡子一般称这样的人家叫响窑。

一枝花挂红旗，就是为了让城外的共军来打。冰坦克刚刚从南门冲出去，只听北门几声枪响。

一枝花心知不好，正想奔向北门，这时，几颗子弹射来，打倒三匹大马。

冰坦克不动了。

家

一枝花和四个胡子被困在冰坦克里。

外面传来一片杀声。

二十几个战士从雪地爬起，向冰坦克靠近。

冰坦克里的胡子已经死了三个。

一枝花心里不禁暗暗着急，她在等待城里的人来救她们。可是，城里的枪声像炒豆一样。

就在这时，南门忽然打开，冲出十几匹马来。

带头的正是黑子。

他带着十几匹马，一直冲到冰坦克跟前，大声叫道："大当家的，快上马！"

一枝花急忙跳出冰坦克，蹿上一匹红马。

她大声地问："城里怎么样了？"

"完了！共军用大炮炸开了城门，人都冲进来了！"黑子说。

"谢司令他们呢？"一枝花问。

"早他妈的溜了！"黑子骂道，"老白鼠他们一见连一枪也没放就跑了。大吉字和占三山看见他跑，也开了城门跑了。"

"妈的！男人多了都是饭桶！"一枝花恨恨地骂道，"这帮混账连共产党也不如！"

"谢司令临走时还吩咐说让你留下掩护撤退！"黑子说。

"屁！老娘才不给他们这些臭男人揩屁股呢！"一枝花恼怒地说。

"咱们怎么办？"黑子问。

"滑（撤）！"一枝花说完，看了看远处的小城镇，黑着脸道："向南滑，回寡妇坟。"

说着，她一拍马，首先冲进白花花的雪野。

奔上一座小山丘，回首一望，只见后面已经追来十几匹马。追兵越来越近。

一枝花对黑子道："你照应一下。"

黑子答应一声，留下八九个胡子，躲在松林里。一枝花领着十几个女胡子一直奔山里而去。山上的雪厚厚的，马跑慢了许多。

不知过了多久，一枝花等人在寡妇坟前停下来。这时，天下起了雪。

一枝花对手下的人说："下马，候一候黑子。"

十几个人一道下了马。眼前是一片倒塌的木屋。几根焦黑的木桩横七竖八地支在白皑皑的雪地上。

这里曾经是她们的家。

一枝花一个人忍不住朝倒塌的木房走过去。

废墟中，还能嗅到一股焦木的味道。

这味道是苦的，和此时她的心一样，她站在雪地上，呆呆地望着这个毁坏的家。

一枝花一辈子没有过家，她不知道家是什么样的。

记得小时候，她和邻居家的孩子在一起玩"过家门"。几个孩子不论在炕上，还是在院子里，只要用手画个门，再画一个炕就够了。

然后，几个小孩围坐在一起，手板对手板，一边拍，一边"过家门"：

你拍一，我拍一，我家门前唱大戏。

你拍二，我拍二，我坐爹妈身当间儿。

你拍三，我拍三，奶奶摇个大蒲扇。

你拍四，我拍四，爷爷教我写大字。

你拍五，我拍五，姥爷扎个纸老虎。

你拍六，我拍六，姥姥给我炖碗肉。

你拍七，我拍七，叔叔上山打野鸡。

你拍八，我拍八，舅舅给我吹喇叭。

你拍九，我拍九，我给爹妈端碗酒。

你拍十，我拍十，绊在门槛狗啃屎！

那时，她就知道该有个家。那时她就想建个家。

所以，她走到哪都建个家。

所以，她建了许多个家。

可是，到头来却连一个家也没有，一枝花心里有说不出的苦衷。

作为一个男人，他必须建一个家；作为一个女人，她必须有一个家。男人这样做是为了证明自己的力量；女人这样做是为了表明自己的智慧。

一枝花有男人具有的力量，也有女人具有的智慧，但唯独没有一般男人和女人所具有的家庭。

"我甚至还不如那个小寡妇。"一枝花的目光落在远处被白雪盖住的坟茔，悲伤地想。

不管怎样，那个风流的女人活着的时候，有一个暖乎乎的小木屋，死了以后，有一个完完整整的坟。

一枝花看着看着，眼睛不禁湿润了。泪水和雪水湿润了她那漂亮的脸颊。

猛然间，她发现树林里有几个人影在攒动，她厉声地喝问道："什么蔓儿？"

她的话没说完，一排子弹朝她打来，她就势躲在一堵木头后面。

刚刚下马的十几个人一下子炸了。子弹把她们打散了，一枝花看见有三个女胡子倒在雪地上。她仔细辨认了一下，忽然看到杨老头也在人群里。她立刻跳出去，连跑带藏奔到杨老头的身边。

"别动！"她威喝道。然后，她一把将杨老头拉进跟前的破房子里。

鱼死网破

一进破房子，一枝花便问道：

"你是想死，还是想活？"

老人没有开口。

"你别再跟我磨时间！"一枝花不耐烦地说，"痛快点！想活就赶紧把那个山洞告诉我，现在还来得及。"老人依旧没有开口。

"我数三个数，你再不讲话，我就——"一枝花用枪筒点了点老人的脑门。

"一。"她叫道。

老人没有动。

"二。"

老人还没有动。

"三。"

一枝花终于数完第三个数。她把枪对准了老头的秃脑门。

这时，她听到有人在喊："一枝花，快投降吧！你已经跑不了了！"

一枝花侧耳听了听，发现自己的人都没有动静。看来，他们都打光了。

咬了咬牙，一枝花用力勾动了扳机。

砰——

杨老头倒在地上！

一枝花猫腰钻出破房子。她看见倒在树下的几具尸体。她躲到一棵大树背后，注视着周围的动静。

对方显然也不肯轻举妄动，竟没有打枪。

一枝花发现对方的人一定不多，而且子弹也不多了。她想，只要能靠近那几匹马，自己就一定有逃掉的希望。

她打定主意，一闪身从树后蹿出，立刻招来几颗子弹。但是，她还是冲出了十几步。

她的马，就在离她不远的地方。她毫不犹豫地冲过去。可是，没有等她跑到马的跟前，马便倒下了。

一个男人站在一枝花面前。

这个男人不是别人，正是关山。

一枝花举起的枪一下停住了。

关山冷冷地看着她，一字一句地说："你杀的人还不够多吗？"

一枝花没有回答。枪口依旧对着关山。

"也许你不记得你杀了多少人。"关山正色地说道："可是，你不能不记住你刚才杀死的那个人是谁。"

"不知道。"

"我从来不去记死人的名字。"一枝花道。

"但这个人你必须记着，"关山严肃地说，"因为他是你的父亲！"

一枝花听了，差点没跳起来！她惊问道："你说什么?!"

"杨大伯根本不姓杨，而是为了逃避日本人和汉奸才改姓杨。他叫王子和。是你的生身父亲！"关山说。

"你胡说！"一枝花吼道。

"杨大娘被你们抓去，她认出了你，可是又不敢相信。幸亏我们把她救出来，她向我们打听你的经历，才弄明白，你就是当年卖给宋家的珍子！"

珍子，珍子。一枝花又听到有人叫她珍子，她的心大大地震动了。

"你被卖给宋家以后，宋家的人又把你卖到哈尔滨的妓院。你在那里认识了胡子头金龙。从此，你跟他跑到山里，做了压寨夫人。金龙死后，你当了大掌柜。"

一枝花的泪水唰唰地流下来。

"你发誓要杀尽所有的坏男人。可是，你却不知道谁是坏男人，甚至把好男人也当成了坏男人。杨大伯是一个多好的老人，他为了不让那批军火再给人民带来灾难，宁死不肯说出一个字，结果，你却——"

关山说到这里，也禁不住哽咽了。

雪花静静飘着，像是在述说着一个又一个辛酸的白色故事。只有关东有这样的雪花，也只有关东有这样的故事。

一枝花缓缓地转过身，慢慢地朝小破屋走过去。走进木屋，只见杨老头身上已经飘满了白晶晶的雪花。

老人的脸，流着血。鲜红的血把一片片晶莹的雪花都融化了。关东的雪是那样的白，那样的凉，而关东人的血却是那样的红，那样的热。

他就是她的父亲，她日日想念的父亲。

从前，她只给达摩老祖下跪，希望保佑她成功。而此刻，她在给自己的父亲下跪，反省自己的罪孽。

可是，他死了！

他至死也不知道打死他的竟是他的女儿！即使他知道，他也不会相信，永远也不会相信。

一枝花解下自己的大氅，轻轻地盖在父亲的身上，然后，两腿跪了下去。

慢慢地，她的双手举起那两支还微微发热的匣子枪。两支枪口对准了自己的胸膛。

她那双漂亮的大眼睛轻轻地闭上了，就在闭上的那一瞬间，两颗晶莹的泪珠掉了下来。

也就是在那一瞬间，她勾动了两只扳机。

寡妇坟，又有了两座新坟。

王老太太跪在坟前，把一张张黄纸点着。

黄纸剪的纸钱，圆圆的。一阵寒风刮来，纸钱车轮般地飞滚起来。

黄色的飞轮，顺着山脊，飞旋出去，像是在追赶什么。

追什么？

一定是灵魂。假如人死了，真的有灵魂。

假如有，谁的？

一定是她的。假如她死了真的有人惦念。

真的能追上吗？

也许……

追上了，又要说什么呢？

不知道。

一定也没有人能知道。

而那一个个飞转的纸钱，恰好似黄色的符号。对于一个普通的人，它是一个句号。对于一个不普通的人，它是一个省略号。

一枝花是一个不普通的人。

所以，你不能用逗号。

所以，你不能用句号。

所以，你只能用省略号。

写于 1988 年 1 月

林海枭匪座山雕

鹰叫虎山麓

一只黑色的鹰高叫着，在自由自在地飞翔。

它的上面，是碧蓝的天空。

它的下面，是翠绿的威虎山。

它的周围，充满夏日灿烂的阳光。

它的前方，是无边无际的林海。

威虎山并不很高。山上长满高矗挺拔的松柏。远远望去，像座绿色的花园。

威虎河闪着耀眼的银光，从山中流出，绕着山脚朝远处流淌，日夜不停。

黑鹰一会儿腾空拔起，一会儿俯冲而下，在威虎山的上空不停地盘旋、飞舞。

忽然，黑鹰仿佛发现什么不祥的预兆，猛地冲下，向山脚下巡视。

通往山里的路上，一支黄色的队伍走进威虎山。

队伍前头的人，举着一面白旗，旗上有几个红字：海林满蒙开拓团。

队伍有一百多人，除了十几个荷枪实弹的日本兵外，其余的人都扛着镐、锯。

队伍蹚过威虎河，在河畔停了下来。那些不拿枪的日本人，放下手中和背上的东西，便躺在河畔的石滩上休息。有的扒光了上衣，有的晒肚皮，有的已进入了梦乡。

这时，黑鹰冲到这些陌生人的头顶，发出一连串询问式的叫声。

山本村夫少佐仰头看着这只不客气的主人，皱了皱眉头。山本村夫个子不十分高，满脸络腮胡刮得铁青，看样子大约三十刚出头。尽管天气闷热透不过气来，他仍旧保持着日本军人的风度，军纪严整，步伐有力。他负责保护那些身着军装的开拓者。

他讨厌看见鹰，尤其在刚刚踏进威虎山的时候。在他的意识中，鹰是不祥之物。

可是，这只鹰似乎盯住了他。在他的头顶上来回地盘旋，不时发出怒吼。他下意识地握紧腰中的战刀。

他一踏上这块异国土地，便养成了这个习惯。似乎时刻都想杀人，时刻都预感到有人来杀他。他也说不清这样做为了什么。但他必须这样做。

叭——一个日本兵向黑鹰开了一枪。

黑鹰愤怒地叫了一声，抖开两只苍劲的翅膀拔高而起，飞进了山林。

那个开枪的日本兵在众人的一阵嘲笑声中，放下长枪，满脸通红，如同偷了人家的东西，又被人发现了而羞愧。

嘲笑声还没停止，黑鹰不知什么时候，又从空中冲了下来。刚才突如其来的枪声，使它十分恼怒，它向开枪者发出凶猛的反击。这就是鹰。它可以侵犯别人，绝不允许别人来侵犯它。

几个日本兵急忙摘下背上的长枪，企图用子弹阻止这个黑色复仇者的进攻。

叭、叭、叭叭——几支枪口几乎同时射出致命的弹丸。鹰怒不可遏，显示出一种不屈的架势。它用最快的速度，迎着黑洞洞的枪口，一个俯冲便扎了下来。

几个日本兵猝不及防，一个个惊得目瞪口呆。鹰拍打着黑色的翅膀，伸出一双尖利的凶爪，凶狠地朝几个开枪的日本兵头上抓去。一个日本兵的帽子被它抓到天上。

山本村夫望着这几个士兵的狼狈样子，恼火地走了过来。大声地骂道："饭桶！统统的废物！"

几个日本兵赶忙立正站好。他们立正就是为了接受上级的训斥和命令。

黑鹰似乎看到了下面的一切，又发出一阵充满骄傲的尖叫声。

叫声充满着威严，回荡在林海之中。

那几个日本兵愤愤地向黑鹰翻着白眼。

山本村夫恼羞成怒地抬起头。黑鹰离他很近，似乎根本没把他们这些人放在眼里。他向身边的日本兵伸出左手。

那个士兵立刻把手中的枪送到山本村夫的手里。

山本村夫的眼睛一直没有离开那只鹰。他徐徐地将子弹推上枪膛，举起枪。

枪口，在跟踪目标。

整个队伍静下来。这些尚武的日本人决不会放弃观望这样的精彩表演。

他们知道山本村夫的枪法。他们相信山本村夫的枪法。

叭，山本村夫勾动了枪机。

子弹紧擦着黑鹰的翅膀掠过。黑鹰摇晃了一下身子，抖落几根羽毛。然后，不屑一顾地飞走了。

山本村夫呆呆地望着那几根飘落的羽毛。枪，从他的手上无力地掉下来。

半天，他转过身，朝队伍前头走去。

一走进威虎山，山本村夫便被这山深深地吸引住了。凭着军人特有的敏感，他感觉到这山有一股不可侵犯的威力。几丈高的苍松古柏，遮天盖地。仰头一望，令人天旋地转。

山上，铺满几十年、几百年的枯枝落叶。脚稍一用力便发出一颤一颤的抖动。

山谷之中，长满没腰的马莲野草。山风徐徐吹过，绿波荡漾，透出无限的含蓄。

那天好像突然间就会塌下来。这地好像随时都会陷落一样。草丛之中，好像埋伏着一个师、一个军的人马。山本村夫的心头袭上一种莫名其妙的恐惧。

他不知不觉地走到队伍当中，想让自己平静下来。

但是，不行！

越往里走，这种感觉就越强。仿佛他是在向地狱的大门走去。

一阵细微的山风吹来，他嗅到一股说不清的臭味，这臭味飘进他的鼻中。他立刻站住脚。

"什么味道？"他抽了抽鼻子，警觉地看着周围。

其他人也站下来。他们都嗅到了这股死人的气味。

"在那边！"山本村夫一下辨别出这气味是从前边的乱树丛中刮来的。

他朝站在队前的领山人走过去。

"那边的，什么的有？"他指着前边的乱树丛问。

站在山本身边的翻译官赶紧用中国话重复了一遍。

领山人是个本分的山里老头。他上身穿白粗布汗衫，露出像树皮一样的胸脯。他右手握一柄镰刀，左手挎着一个大篮子，里面有一些山蘑菇、黄花菜之类的山菜。

他听完翻译官的话，马上说："那是毛子坑。"

"毛子坑？"山本村夫自言自语地重复一声，"里面什么的有？"

"是一堆'毛子'。"领山人说。

"毛子的是什么东西？"

领山人的口气里带着一股愤恨："毛子就是大鼻子，俄国大鼻子。"

俄国人是日本人的仇敌。日俄战争时，山本村夫还是个孩子。但他恨俄国人。一听说这里来过俄国人，山本村夫好奇起来，说道："过去的看看。"

"毛子坑"有两丈来宽。土坑的边上长满杂乱的野草。走近土坑，臭味扑鼻而来，令人作呕。

山本村夫和跟来的十几个人忍不住用手绢捂住鼻子。

领山人若无其事地用镰刀撩起野草，像是掀开一个古老的箱盖，让跟来的日本人伸着脑袋向里看。

里面是一堆白花花的骷髅！从骷骨上还能辨认出俄国人那高头大马般的骨架。山本村夫看过许多死人，却没有看过这样多的死人。

这些人活着的时候，一定也是威风凛凛的人。穿着漂亮军服，戴着高高的军帽，腰间挎着战刀。然而，他们死了以后，什么都化为乌有，像破烂一样扔在长满荒草的土坑里。

山本村夫不敢再想下去。他感到脊梁骨凉飕飕的。他问领山人："这些人是怎么死的？"

"被杀死的。"领山人举着手里的镰刀说。

"什么人杀的？"山本村夫好奇地问。他知道俄国人很厉害，他不相信除了日本皇军以外，还会有人杀死俄国人。

"座山雕。"

山本村夫转身问翻译官说："座山雕的什么的干活？"

翻译官小声地说："太君，座山雕，是个胡子。"

"胡子？"山本村夫问道。

翻译官岁数不大，学生打扮。他只是听说关东胡子厉害，究竟怎么回事，连他也不知道。他想了半天，才解释说：

"胡子，就是土匪。他们专门杀人。如果有谁惹怒了他们，他们就杀死谁。"

"他为什么要杀这些俄国人？"山本村夫说。

翻译官摇摇头。

山本村夫指着领山人说："他的知道？"

翻译官连忙对领山人说："皇军让你讲讲这坑的来历。"

"照理说，我是不该讲的。要是给官府知道了，扣个通匪的罪要下大狱的，到时候什么都完了。不过你们要听，我就讲讲。"领山人说着，招呼这些日本人在一根朽木上坐下来。他们很想听听这是怎么回事。

领山人从腰里摸出旱烟袋，一边装烟，一边说道："提起这'毛子坑'的来头，可就话长了。足足有三十几个年头了。"

翻译官小声地把老头的话翻译成日语："他说这坑已经有三十多年了。"

三十多年！没有人想到这个坑会有这样长的历史。几个日本人不禁又朝那个坑瞧了瞧。这坑里一定有说不完的故事。

领山人眯缝着眼睛，长长地吸了口旱烟，又徐徐吐出来。他深邃的目光，把这些异国的年轻人，带进三十年前的清朝。

秋风里，立马三屯

那是光绪年间的事。

当时，这地方比现在好玩多啦。山里头什么兽都有，树儿上有数不清的鸟儿，天天唱歌。路旁开满了野花，风一吹，香气扑人一鼻子眼儿。

可是到了后来，这里来了一群卷儿头发绿眼睛的俄国人。

老百姓都管他们叫"老毛子""大鼻子"。听说这帮人是西太后叫来到这儿修铁路的。

那时候，这一带动不动就出现一伙"老毛子"，背着小尖镐，扛着长杆子，转来转去。他们东瞧瞧西看看，从前山到后山，这儿立一个杆子，那儿打一个桩子。不管是庄稼地，还是坟茔地，他们走到哪，钉到哪，把这跟前的七屯八村搅得鸡犬不宁。

这还不算什么，最可怕的是看见人家的闺女上山采蘑菇，他们抓住了按到地上就给祸害了；瞧见了小鸡伸手就抓，抓不着就使枪打；站在道上，不管有男有女，扯开裤子就冲人撒尿；要是觉着谁不顺眼，抢起家伙就打个半死。

这帮家伙简直跟牲口一样，不懂人语，也不知人情，更不讲道理。他们砍中国的树，削成木桩，丢了还要当地老百姓赔一两银子。一两银子，在当时够一个人活大半年了。

记得光绪二十四年秋天，老毛子在朱家屯钉了一百来木桩，说铁路将来打屯子里过，让屯里的人搬到别处去住。村里人联名告到官府，官府说管不了。结果白花了百十两银子。

村里的人被逼得实在走投无路，几家大户私下合计，想进山请座山雕出来赶走这帮毛子。

可是当时请胡子头比请官府还难：得给胡子送大礼，礼到人才到。要是礼少了，甭说请，去的人还要挨一顿打。可胡子都是老百姓，老百姓总是向着老百姓。他们讲义气，礼到事成；做不到，再把礼退回来。

村里的人东家凑，西家齐，凑齐了几十两银子，还捆上口肥猪，由全村人推举出来的朱老先生领着，吹吹打打地进山去请座山雕。这样做，是为了给座山雕面子。因为胡子平日最恨人瞧不起他们；谁要去求他们都得正正经经地，这样胡子才肯下山来。

那日，天晴晴的，没一块云彩。

大家伙热热闹闹地往山上走。

走到离这儿不远的时候，就听山上一阵马叫，从山道上飞下五匹大红马。

第一匹马上的人腰里别着两支火枪。他年岁不大，三十出头。后面的人都提着大砍刀，一个个威风得很。

别火枪的胡子横住马，大声问道："你们是哪路的，报个号来！"

朱老先生一见山上下来人了，赶紧上前一揖。朱老先生是朱家屯撑面子的人，中过秀才，年纪也属上辈人。讲起话来，像唱戏似的。

他说："这位好汉，我等乃是朱家屯的百姓。时逢吉日，备些薄礼上山拜山大王的。"

"那好吧。我替我家掌柜的在此恭候你们了。"那马上的汉子说着，跳下马，向朱老先生等人一抱拳：

"感谢诸位一片美意。礼物我们带上山去。山规在先，不敢请各位上山歇坐，还望包涵。"

朱老先生不懂这些规矩，着急地说道："好汉，我们要上山面见掌柜的，有要事相商。请前头带路领我们去见掌柜的。"

"你要见掌柜的?！"那汉子警觉起来，说道："掌柜的今日有事，不能见客。请各位转回，改日我家大掌柜下山拜谢各位。"

朱老先生慢慢地说道："也好，我们就在此等候，待掌柜的事情办完，我们再上山不迟。"

其余的人纷纷说："我们就在这等候掌柜的。"

汉子见众人如此诚心，问道：

"你们找我家掌柜的有什么重要的事？"

朱老先生长叹一声，说出老毛子如何祸害百姓，全村人想请掌柜的下山杀"毛子"的一番来意。

汉子听到这里，立刻说道："如此大事，容我上山告诉掌柜的。"

说完，他翻身上马，打马沿来路跑上山去。

过好大工夫，也不见山上下来人。村里人心里不住地打鼓，看来大掌柜的不肯下山。这些胡子吃饱了就不愿再四处招惹是非，怕官府围剿，所以，很少下山。

太阳要落山时，山上下来了一彪人马。

前面的一位骑着一匹乌黑发亮的乌龙驹大马，年纪在二十出头。他一双鹰眼，黑亮黑亮的，看派头像是个山大王。

只见他勒住马头，也不下来，在马上向众人一抱拳，说道："在下座山雕，感谢各位父老乡亲对张某的信赖。"

朱家屯的人都愣住了。

他就是胡子头座山雕！

屯里的人都认得他。他叫张青山，是张家大院的炮手。前些年因为受不了张家的气，放火烧了张家大院。从此，再也没有人看到他。

没想到，他竟当了胡子。

更没想到，朱家屯的人今天敲锣打鼓来求的胡子头就是他。

朱老先生连忙说道："大王言重了。我等此来，是专门请大王下山为我等百姓除害安民的。"

座山雕把手一摆，截住朱老先生的话，说道："我已经知道了。好话不讲二遍。来人！——"

立刻从他的身后走出来两个胡子。

"把猪抬上山，今晚让兄弟们吃个痛快。"座山雕吩咐道。那两个胡子答应一声，走过来，把猪往马背上一撂，乐颠颠地赶马上山了。

朱家屯的人不知道座山雕心里如何想的，想问又不敢问，眼睁睁地看着猪让人弄走了。

只听座山雕大声讲道："江湖常言道：好狗护三邻，好汉护三屯。我座山雕收人钱财，为人免灾。老毛子我杀啦！"

朱家屯的人听了简直高兴得了不得，恨不得跪下来给他磕几个响头。

"各位放心！"座山雕接着说道："有我座山雕在，老毛子一个木桩子也甭想钉。你们回去，告诉村里的人，把老毛子钉的木桩，统统给我拔下来。拔一个，我赏一两银子。拔十个，我赏银一锭！"

说到这里，他打马朝道旁的大土坑走过去。

朱家屯的人不知他要做什么，都跟着来到大土坑前。

座山雕的马在坑边停了下来。他用马鞭一指土坑，说："今天，当着各位的面，我把丑话搁在这儿。老毛子要是杀了我座山雕，这坑就是我的坟坑子。杀不了我，这坑就是毛子坑。我要用老毛子的尸首把它一块一块地填满！"

打那以后,座山雕手下的人见了"老毛子"就杀。杀死一个,便把尸首拖进山,扔进这个坑里。这下把老毛子惹火了,一连派了几伙人进山去抓座山雕,可连个影儿也没找到。

日子长了,"老毛子"再也不敢到这一带来了。"毛子坑"的故事就这样在这十山八岭前前后后传开了。

雕箭红束

山本村夫呆住了。

这个故事,和这山一样。

这个座山雕,比这山更叫人毛骨悚然!

"座山雕的,现在的活着?"山本村夫问。

"活着。"领山人不无羡慕地说道。

"座山雕的,住在什么地方?"

领山人用烟袋比画一圈,说道:"就在这山里头。"

山本村夫随着领山人的手势,环顾一周,全身像过了一圈电。

这山,转瞬间变成了座山雕。

座山雕骑着大黑马,从山顶冲下来,手里举着一把雪亮的战刀。

山本村夫想到这里不禁伸手抓紧腰中的战刀。

这时,一声鞭哨。

山道上,冲下一匹快马。转眼间,快马停在众人面前。

等山本村夫看清时,面前已经矗立着一匹红鬃马。马上的人,一脸黑胡子，敞着胸。腰间系一条红布腰巾，斜插着两支乌亮的匣子枪。

这就是胡子。

山本村夫意到手到，猛地抽出腰中的战刀。身边的人，也操起手中的长枪和尖镐，严阵以待。只要山本村夫手中战刀向前一指，他们就会毫无畏惧地冲上前去，把面前的这个黑胡子连人带马打个粉碎。

黑胡子骑在马上，冷冷地扫了一眼面前的这群日本人，满不在乎地一抖缰绳，大声地问：

"谁是你们的头儿？"

山本村夫没有明白他的意思，一动不动地注视着对方。他不敢有半点的分神。

翻译官凑近他，悄声说："太君，他找你讲话。"

山本村夫向前挺挺身，算作回答。

黑胡子上下打量了一眼山本村夫，确认不会弄错人，便说道：

"好，我就跟你说。我家大掌柜座山雕有话，要想进山来先留买路钱。不然的话谁也别想在我家山前山后碰倒一根草采走一朵花。这树，一棵不许砍；这山，一镐不许刨。要是不听劝，砍下脑袋砸个扁！"

说完，他掉转马头，扬鞭打马而去，丢下一群莫名其妙的日本人。

山本村夫问翻译官："他说的是什么？"

翻译官知道事情要糟，忙说："太君，他是座山雕派来的。他说座山雕不让砍树。这山是座山雕家的。我们要进山得给他们路钱，不然他们就杀咱们人。"

山本村夫一听，哇哇大叫，手中的指挥刀不停地挥舞着。他不能容忍这些话。他宁肯死去也不会答应座山雕。

愤怒使他刚才的恐惧一下子消失了。他镇静下来，命令他的开拓团向深山老林中进发。

太阳偏西的时候，开拓团在一处山间平地上停下来。十几个持枪的士兵，在四周放哨。

其余的日本人拿着钢锯，开始进山后的第一项工作：伐倒松树，建筑木屋。他们要在这里住下来，直到把这里的松树全部伐倒运回日本。

这就是他们到这里来的开拓任务。

闪亮的钢锯，一点一点地割进红棕色的松树干里，馨人的松香随着轻拂的山风四处飘散。

山本村夫站在一块高地，望着一棵棵钻天树轰然倒下，心中泛起一种在战场上才有的骄傲的惬意。

忽然，感到眼前一道红光掠来，他迅速把头一缩，一支红色的羽箭插在他身后的松树上。

山本村夫一闪身，藏到那棵树后，机警地向四周巡视。半天，没有见到动静，他走过去，从树上拔下那支红羽箭。

他喊来领山人，把手中的红羽箭递给他，问道："这个的，是什么？"

领山人一见，脸色立时变了，像看到毒蛇一般，不敢用手去接，连忙说道："这是座山雕的红雕箭。"

"干什么的用？"山本村夫又问。

领山人费了好大劲才说道："杀人用的。"

原来，座山雕在杀人之前，总要先给对方送去一支雕箭。

雕箭分黑红两种。

黑雕箭是用黑雕、黑鸡毛制成的。它代表恐吓。

倘若有人触犯了座山雕，就会收到这样一支黑雕箭。接到黑雕箭的人就得备上大礼，托人说情去见座山雕。座山雕允许以后，再派人收回黑雕箭。

红箭是用白鸡毛蘸血制成的。它代表死亡。只有座山雕要杀的人，才会收到这种血雕箭。接到血雕箭的人，没有一个能活下来的。世界上任何东西也不能让座山雕收回发出的血雕箭。

山本村夫的预感证实了！

现在，座山雕给他送来了红雕箭！

这就是座山雕杀人的信号。

他摸着这支雕箭，半天没讲一句话。

所有的人都在看着山本村夫，他们预感到将要发生的事情，希望他们的少佐下达撤退的命令。

他们是开拓团，不是战斗兵团。

在国内，他们只被称作拿镐的战士。

他们的任务，是开拓威虎山，把这里的树伐倒，再运回去。他们的敌人是满山的树木，不是人。他们犯不上用生命来换这一棵棵参天大树。

可是，山本村夫想的是自己的任务，保护开拓团的人身安全。

这是他和手下的十一个士兵的任务。

忠诚自己的职守。否则，就不配做一个军人。

终于，他下达了他该下达的命令："准备战斗！"

林海长夜强弩注

威虎山的夜，黑得怕人。

高挺的松柏，遮住星，掩住月。

没有人敢在夜里走进威虎山。人们都说，山里有老虎。

这山，是虎山。

这林，是虎林。

人人都知道老虎吃人，却没有人知道老虎也怕人。

老虎总是在夜里出来觅食。它不愿意让人看见，或许，它怕让人看见。

许多猎人打了一辈子猎，也没见过老虎一眼。更多的人一辈子也没进过山，自然也就一辈子不知道老虎的模样。

然而，人们还是怕它。在山里给它建起庙宇，尊敬它为山神。

所以，人们永远谈虎色变。

面对着威虎山的黑夜，这些日本人想得最多的就是老虎。一个个心惊胆战，仿佛他们走进了老虎洞。

这些人在一块空地上，升起了一堆篝火。

火光，照亮山林。

但是，它驱不走人们心头的恐怖。松林间的一缕晚风，令人打一个寒战，起一身鸡皮疙瘩！

所有的人围坐在火堆旁歇息。

山本村夫望着山坡下那十几株伐过的树墩，在心里盘算如何度过这难熬的夜晚。他已经没有了害怕。军人的冷静和勇敢在他身上重新恢复了。

现在，他做好所有准备，等待座山雕的到来。

但是，座山雕一直没有来。

甚至，连一个小动物也没有来打扰他们。

走了一天的人们，渐渐地睡着了。

山本村夫没有睡。军人在阵地上，没有睡觉的自由。

他知道座山雕一定会来。

他望着眼前熟睡的人们，心里充满了怜悯。

这些人都是刚刚从日本迁来的农民。严酷的经济恐慌袭击了日本这个岛国。这些种粮食的人却没有了粮食吃。他们卖儿卖女，忍痛度日。为了摆脱这种经济危机，日本帝国让他们跟在装甲车的后面，来到了中国。

山本村夫心中暗想：他们不到这里又到哪里去呢？

夜，深了。深得发凉。

山本村夫觉得自己是在一个黑洞里。要在洞里便好了，至少洞比这要安全。山洞有石壁。有石壁就不会有危险。可这里的四周却空荡荡的，令人不可捉摸。这里的四周是用枪口垒成的。随时，都会火光一闪，飞出要命的子弹。

山本倚着长枪，静静地坐着。枪是军人的胆子。他不怕。

一个哨兵从暗处走过来。

他走到火堆边上，弯腰抽出一截木炭，点着一支烟卷。

他美美地吸进了一口。

在夜里，对于会抽烟的人来说，没有什么比一根香烟更珍贵的。

哨兵慢慢地吐着烟。烟，像一根白灰色的棍，从他嘴里伸出。

叭———一声清脆的枪声，划破寂静的黑夜。

哨兵还没有来得及吐完嘴里的烟，便一头栽进火堆里。

所有的人都被这枪声惊醒了。

有的人爬起来，想看看发生了什么事情。

"趴下！别动！"山本村夫立刻命令说。可是，他的话还没讲完，黑暗中又射来一枪。他的腿一麻。

他知道，自己的腿给打断了。

他趴在地上，没有吭声，紧张地注视着四周。

四周，又恢复了寂静。

这些日本的农民趴在地上，一动不敢动。他们从来没有遇到过这样的夜晚。

他们没有想到"满洲"的夜晚是这样的可怕，这样的恐怖。

小的时候，大人拿着又圆又大的苹果，问道：

"你们说，这苹果好吃不？"

"好吃。"孩子们忍着口水说，眼睛却盯着红红的苹果，等着大人的手伸过来。

"你们知不知道这苹果生在哪？"

摇头。孩子知道的毕竟没有大人多。

"在'满洲'！"大人喊道，手一扬，把苹果扔到很远很远的地方，说："记住，想吃苹果，吃大米，吃白面，长大以后就到'满洲'去。'满洲'那里要什么有什么。"

"满洲"，要什么有什么。

"满洲"就是这样刻在他们幼小的心灵上的。

他们向往"满洲"。他们盼望自己快些长大。

他们终于长大了，终于来到了"满洲"，终于来到了要什么有什么的"满洲"。可是，"满洲"等待他们的却是子弹。

不知过了多久，才有两个士兵爬过去，从火堆里拉出哨兵的尸体。

山本村夫借着火光，看清死去的士兵的脸。子弹穿过他的额头，血从烧焦的头发里涌出来。

"开枪的人一定是个神枪手。"山本村夫在心里赞道。看来，这帮胡子的确非同小可。

山本村夫刚想站起来，让人把尸体拖走。只听叭叭，又响了两枪。两个士兵趴在地上不动了。

山本村夫这回看清了子弹是从哪射来的。他抓过长枪，就地一滚，躲到几根原木下面，向松林里打了三枪。

叭，叭，叭。

证明一个军人存在的，只有枪声。

松林里立刻毫不犹豫地还了三枪。

有来便有往。阵地上有阵地上的礼节。军人的礼节是残忍的。

山本村夫惨叫了一声，倒在原木的下面。

血染青草倭寇头

山本村夫睁开眼时，天已经亮了。

他听到一个声音。随着声音，他吃力地看去，周围站着一群人。

这群人是胡子。

这群人当中，他只认得那个黑胡子。

黑胡子旁边站着一个白胡子。

白胡子个子不高，穿着一件绸长衫，一双小眼睛透着凶光，瘦削的下巴上翘着一撮山羊胡。这胡子证明了他的年龄。

山本村夫通过这撮山羊胡，断定这个人就是座山雕！

座山雕背着双手迈着方步，来到山本村夫跟前，上上下下地打量着这个醒来的年轻军官。

山本村夫中了三枪。第一颗子弹打断他的大腿；第二颗子弹打穿他的肩膀；第三颗子弹打进他的小腹。

血，染红了地上的野草和原木。

座山雕对黑胡子说道："把那个会说日本话的带来。"

黑胡子应声而去。

翻译官哆哆嗦嗦地走过来，垂手站在座山雕跟前。

"你给我对他说。"座山雕对翻译命令道。

翻译连连点头，却不敢看座山雕一眼。

座山雕说道："谁违背了我座山雕，谁就得死！我让谁死，谁就得死。那便是样子——"他说着，伸出手向山坡下面指，让山本村夫去看。

山本村夫听不懂他的话，费了好大劲，才抬起身子顺着座山雕的手指看去。

十几颗人头，摆在一片松树墩上！

山本村夫认识这些人和树墩。这些人头正是他所要保护的人和他的士兵；这些树墩正是昨天他们伐倒的松树留下的。

座山雕用那些伐树人的脑袋祭悼伐倒的树！

"这些树，是老祖宗留下来的。谁要伐了，谁就得出个好价钱！"座山雕说。在他眼里，他的树比任何日本人都高贵不可侵犯。

山本村夫现在知道了他付出了怎样的代价。

这时，他看到在离那片人头墩不远的地方，几十个开拓团的人被五花大绑着，跪在地上。周围站着荷枪实弹的"胡子"兵。

山本村夫感到一种绝望的耻辱。过了一会儿，他再也忍受不了这样的刺激，身子重重地摔在地上。他从木墩下面，慢慢摸起自己的指挥刀，抽出鞘。

座山雕看着他，一动没动。

黑胡子把二拇指轻轻按在扳机上。只要山本村夫稍微一动，他就会一勾扳机把他钉在那里，再也不能动弹。

山本村夫望着自己心爱的刀。这把刀从他一踏上满洲，就开始了杀人的使命。

他的刀就是专门用来杀人的。

他杀了无数的中国人。

现在，他要用这把刀杀死他自己！

在杀不倒的中国人面前，他只有自己杀死自己。

刀尖慢慢地挨近他的小腹。

黑胡子的枪，对准这个准备死去的日本军官，为昨夜受伤的弟兄报仇。

座山雕摇摇头，说道：

"成全他。"

刀尖从山本村夫的背后穿出。他的整个身子痛苦地抽搐着，最后，倒在座山雕的脚下。

座山雕微微点了点头，吩咐道："埋了。"

说完，他背着手，转过身去。

山坡下，是那片人头墩。

早晨的太阳，照在鲜红的人头上。地上的绿草，挂着露水珠，闪闪发亮。

看了半天，座山雕才满意地说道：

"漂亮！"

威虎山中怯寻虎

日本关东军第十骑兵师广赖师团第一旅指挥官明谷治太郎中将，接到紧急命令后，立刻率领他的骑兵旅，星夜赶奔海林县。

他们的任务是活捉座山雕，救出所有的被捕人员。

这对于指挥官明谷治太郎来说，并不算什么艰巨的任务。

他长得很瘦，却很精神。尽管已经五十多岁了，他鼻子下面的仁丹胡还没有白。

在脚下的这片土地上，他完成过许多值得他骄傲的任务：他打败过马占山的手枪队，他把王德林将军率领的义勇军赶入苏境。这使他无比骄傲。他的勋章一大半都是因此而来的。

在他三十多年的戎马生涯中，有一半时间是在中国度过的。

他是个"中国通"。他懂得中国：中国的历史，中国的政治，中国的地理，尤其懂得中国对于日本帝国的意义。

他经常对手下的士兵说："孩子们，你们的事业就在'满洲'。只有在这里你们才能实现你们将军的梦想！"

他自己就是这样实现将军的梦想的。

此刻，他骑在马上，望着朝霞满天的威虎山，心中充满信心。

威武的高山，茫茫的林海，红彤彤的朝霞，将在他的指挥刀下构成他的又一篇杰作。

他自言自语着："多么美的山啊！它为我准备了什么样的勋章呢？"

他就是怀着这种心情，走进海林县镇的。

这是一个破烂不堪的小城镇，坑坑洼洼的大道被马队一踏，尘土满天。一群玩耍的孩子站在道边，望着这群耀武扬威的日本兵。

明谷治太郎没想到，这里真的有一件东西在等着他，但并不是他梦想的东西，而是一片海叶子。

海叶子就是信。

关东绿林称信叫海叶子。

海叶子是座山雕派人捎来的。捎信的人就是山本村夫的翻译官。

他捂着嘴，把信放在明谷治太郎的桌子上。他用手比画着示意让明谷治太郎拆开看，这次他没有说日本话，也没有讲中国话。

他的舌头让座山雕割下一半。留下的一半是座山雕让他用来讲中国话。

明谷治太郎是中国通，他不用翻译。他一个人慢慢拆开信，见上面用毛笔写着：

告日军指挥官：

癸丑七月乙未，日人一百零三人，擅入威虎山伐百年古柏几十株，罪孽至极。现已扣押待治。

倘若交付如下物品以偿损失，方可免于一死。物品如下：

长枪：20支。子弹十箱。

短枪：10支。子弹二箱。

棉衣五十套。

限于后日正午，虎爪砬子下交办。倘迟误一日，斩杀一人，十日不到，斩尽杀绝。

座山雕

明谷治太郎没想到座山雕竟先敲了他一下。

看来，他的对手并非等闲之辈。

他和关东胡子打过交道。他知道这些人都是说得到做得到的硬汉子。他们宁肯豁出性命，也不愿留下话柄给别人。倘若他真的不按时送上东西，那么，第二天他的桌上真的会摆着一颗人头。

这帮胡子杀人从来不眨巴一下眼睛。他们的心都是黑铁铸的。

出发前，广赖指挥官曾经这样对他说："座山雕是一只藏在山里的老虎，连张作霖也没有制伏他。"

老虎并不可怕。但是，老虎躲在山里便是可怕。

民国初期张作霖坐镇奉天，野心勃勃，虎视中原。为了稳固自己的地盘，张作霖常常出兵围剿各地的"胡子"。

他一是要安定北方，出兵关中；二是要招收各路人马，扩充实力。

所以，他招降纳叛，软硬兼施。大军所到，各个绺子纷纷归顺。

在张广才岭一带，唯独座山雕不肯下山。

那时座山雕已打下地盘，兵多粮足。他咒骂张作霖是绿林叛贼，把张作霖派去的人割下耳朵，赶下山去；还扬言要取张作霖项上人头。

张作霖火了，亲自率领人马杀进山来。

他们在山里转了八九天，结果除了座山雕的枪子，连人也没见到。张作霖威风扫地。

从此，座山雕名声大振。各路绺子都惧他几分。官府更不敢派兵讨伐。

"张大帅，实在是草莽之人不懂得战略战术。我不会这样蠢。"明谷治太郎想到这，抬头向窗外望去，威虎山矗立在白云之间，甚是威武。

他想：我在明处，座山雕在暗处。中国有句古话叫作"明枪容易躲，暗箭最难防"。这些胡子，个个都称得上神枪手。进山搜剿，岂不是提着脑袋往枪口上撞吗？

怎么能找到座山雕呢？

他苦苦地想，慢慢地眯上眼睛。

凶残从来无须问

第二天，明谷治太郎真的率领骑兵进山了。

他不能不进山。"不入虎穴，焉得虎子"？

明谷治太郎不是怕死的人。他在马上已经三十年，早不把生死放在心上。军人，就得不怕死。怕死不得将军做。

别人进山，怕见座山雕。他呢？他怕见不到座山雕！

在马队的前面，拉拉扯扯地走着三十几个中国老头、女人和孩子。这些人是一早被抓来的，连早饭还没来得及吃上一口。明谷治太郎给他们分配了特殊的任务。

老头是给他当向导的。女人，是给这些胡子的。孩子呢？是用来哭的。

他们可以帮他找到座山雕。明谷治太郎最知道怎样用中国人治理中国人。

有了这些老人和孩子，队伍大大减低了前进的速度。

但是，明谷治太郎认为，这样可以大大增加安全。

座山雕的人个个都是神枪手。

有了这些人，神枪手也无济于事。

明谷治太郎绞尽脑汁，终于想出这条毒计。

明谷治太郎能想出无数统治中国人的毒计。

不狠非君子，无毒不丈夫。

他想，除非座山雕比他更毒，否则座山雕的子弹就不敢朝自己的人打。

他抬头看见自己的军旗在队伍前迎风招展，心里涌上一种轻松的快意。

那军旗是他从日本本土，一直高举打进"满洲"的。

在中国这片国土上，它从来没有倒下过。没有比这更令他和他的士兵骄傲的了。军旗永远是战士的骄傲，就像一幅油画对于画家，钞票对于商人。

明谷治太郎正望着这面骄傲的军旗，猛听得一声枪响。

军旗在空中晃了几下，终于落到地上，盖在栽下马来的骑手身上。

明谷治太郎大叫一声，抽出指挥刀。

其余的士兵，"哗"地抽刀在手，盯着前面的山林，等待冲锋的命令。

明谷治太郎拍马冲到队伍前面，挥起手中的战刀，雪亮的马刀砍在马下的一个白发老头的脖子上。

老人的头，滚到地上。

明谷治太郎举着沾着血的战刀，站在那些百姓跟前，朝前面的山林狂叫着。他在呼叫子弹！

他在向座山雕示威。他要看看座山雕敢不敢开枪打死他。他叫了半天，对面一点反应也没有。

既没有射来子弹，也没有出来一个人。

座山雕被他镇住了。

他向山头一挥战刀，他的士兵立刻向山林冲过去。林子里一个人也没有。座山雕吓跑了。

明谷治太郎想：他们跑到哪里去了呢？

座山雕没有家。

他八岁那年，父母相继死了。他住在叔叔家。

长到有把力气时，他给有钱人家扛活。后来，和张家大院的炮手混熟了，学会摆弄枪炮。十七岁便当上张家大院的炮手。

十九岁那年，一绺胡子绑了张家大院的"花票"，张家怀疑是他通匪。他烧着张家大院，跑进山里。

在威虎山里，一个没有人知道的地方，他安下了家。从此，威虎山便成了他的家。

座山雕的家有十几间，全部用原木筑成。

几间正房由他和几个大头目住。左右厢房是兵营，里面住着二百名骑兵。厢房挨着马棚。

座山雕的其他兵，驻扎在八个据点中。

这八个据点，按乾坎艮震巽离坤兑八卦，分别压在东南西北、西北、东北、西南、东南四方八位上。

座山雕的"家"，居正中。

每个据点，又分前中后三个哨卡，每个哨卡十个人，前后相隔五六里地。

外绺子的人要想见座山雕，得先缴下家伙，蒙上眼睛，由第一道哨卡的人送到第二道哨卡，再送到第三道哨卡。这前前后后要走上一天！最后，由第三道哨卡的人领着去见座山雕。

外人出去的时候，同样道卡接道卡地送。

进山打猎的人，贸然闯进来，只有被杀掉。然后，胡子按死者留下的地址，送去一笔可观的钱财。

座山雕的家难进，更难出。所以几十年来，很少有人知道这个地方。

座山雕的屋里摆设十分简单：

外屋墙上挂着座山雕的手枪和马鞭，还有一顶大皮帽子。靠墙有一张八仙桌。桌上有座铜钟。桌子两边摆着两把木椅，上面铺着兽皮。

座山雕每天坐在上面发布命令，处理事务。

里屋，是座山雕睡觉的地方。

朝南有铺大炕，上面铺着虎皮。每天早晨起来，座山雕都要仰在那里吸一壶大烟。

座山雕离不开大烟。

抽完大烟，他便开始处理各种事情。

现在，他一个人在屋里抽烟。

黑胡子来了。

黑胡子一进屋，看见里屋的门关着，知道座山雕还在抽烟。

座山雕抽烟时，不准任何人打扰，无论多大的事都得等抽完烟之后办理。

黑胡子知道座山雕的规矩，便一屁股坐到椅子上，焦躁不安地等座山雕出来。

他是二掌柜的，所以，他可以坐在这把椅子上。

他所以能坐在这把椅子上，全靠他的好枪法。

按着绿林的规矩，二柜主要担当退却时掩护任务。所以，枪法必须百发百中。

他的枪法百发百中！一抬手就能打灭百步之外的烟头。

可是，就在方才，他的枪法不灵了。

明谷治太郎的那一刀，好像砍在他的头上，他当了二十年胡子，还没看见这样杀人的魔鬼。

那家伙简直疯了，硬是在他的枪口下砍掉一个人的脑袋。而且，看那样子像是还没砍够似的。

他明白，那些中国人是被抓来当替罪羊的。

他举着枪，半天不敢扣动扳机。

最后，无可奈何地收起枪，带人跑回山寨，向座山雕报告。

他担心日本人真的摸上山来，到那时可就骑虎难下了。他必须请示座山雕。

可座山雕在抽烟！

黑胡子真急坏了。

这时，门开了。

一股大烟的香味扑鼻而来。

座山雕站在门口。

他精神十足，眼睛放着光。此时他感到全身舒服极了，想干一切事情。

大烟可以麻醉一个人的神经，也能给一个人带来无法形容的振奋。

这主要取决于你为什么要抽烟。目的不同，效果就不一样。绿林有句常言：酒助英雄胆，烟提好汉神。

座山雕不抽烟，就会觉得自己老了许多岁。

他怕自己老起来。

人在年轻的时候，总是想法使自己老成一些；而真到老的时候，又千方百计地让自己年轻。人，就是在这种矛盾中，一天天地老下去。

今天，他抽烟的时间特别长。

每当有重大举动时，座山雕总要抽许多大烟。

黑胡子看见座山雕出来了，赶紧站起身，让他坐下。

座山雕没有坐，站到地中央。他现在有浑身的力量。他现在能干许多事情。他问道：

"山下刮什么风了？"

黑胡子讲完早晨的事，睁大眼睛，等着座山雕做出决定。

座山雕微微点头说："干得不错，我给他一个下马威，他给我一个回马枪，玩得有点路子。"

"我看这事有点扎手。老这样不开枪，要是日本人摸上山……"黑胡子忍不住说道。

座山雕知道二掌柜后面的话要讲什么。山里头的"飞子"不多了，每个弟兄不足十发子弹。十发子弹能玩屁大工夫？打这伙日本人，肯定不会有好果子吃。

座山雕从来不铤而走险。

可是，日本人真的摸上来，那可就更危险了。

"不能让他们来！"座山雕在屋子当中走了几步，用一种主人的口气命令说："我座山雕从来不请洋人来做客。"

黑胡子焦急地等着他说出办法。日本人正在搜山呢！座山雕猛地停下来，胸有成竹地说："你去把老疙瘩叫来。"

明谷治太郎抬头看了看太阳。烈日当头，已是正午。

他带着队伍已经在山里转了四个多钟头，可连座山雕的一点影子也没发现。明谷治太郎心里也不免暗自着急。

如果明天太阳当头时，他还没有找到他要找的人，他就得按着座山雕的话去做：乖乖地扛着枪支、弹药、棉衣到虎爪砬子去等座山雕，然后恭敬地奉上这些东西，再呆呆地看着座山雕得意扬扬地把东西拿走……

明谷治太郎不敢再想下去！

时间也不容他再多想下去。他必须在明天到来之前，抓到这个座山雕，救出那些被活捉的一百多日本人。

他必须这样做。这是他的任务。

他只有这样做，因为座山雕没有给他更多的时间。

立马山岗，周围山势尽收眼底。他又举起望远镜，四下搜寻。

西边的山林很密。山也陡峭。他仔细地看着。

中国有句古话，山深藏猛虎。也许，座山雕真的就在那里。

他朝身边的人说道：

"向那边开路！"

十几个日本兵挥舞马鞭，驱赶着那些累得满头大汗的老头、女人和孩子，朝西边的山林爬去。

这些日本人从来没有这样打过他们的马，却如此心狠手毒地对待毫无反抗能力的中国老百姓。他们把中国人看得连牲口都不如！

队伍中，顿时哭声、惨叫声、怒骂声响成一片。

明谷治太郎听得很舒心。他相信这是他走上将军宝座前奏响的军乐曲。

他希望这声音越大越好，要像这阳光一样遍布整个威虎山。

他要让座山雕听到，要叫座山雕震惊！

他这叫"敲山震虎"。他欣赏自己起的这个有声有色的名字。

军事家首先要是一个艺术家。

他认为：对付中国人，就要用中国人自己的东西，敲中国的山，震中国的虎。

现在，座山雕真的被他镇住了！

除了早晨的那一枪，座山雕没有敢再放第二枪。

明谷治太郎赢了。

人，都喜欢自己赢，也只有在看到自己赢了的时候才感到欢喜。

明谷治太郎望着被驱赶上山的中国人，觉得他自己是一个围山打猎的将军。那些中国人便是一群狗。

他是来打猎的。

他在等着松林中跑出他的猎物。

那些老百姓开始向山上爬。他们和马跑了一上午，已经累得没有力气了。他们巴不得座山雕真的在山上。

只要座山雕狠狠地打这些日本人，他们宁肯挨十刀八刀也心甘情愿。

忽然，一声嘶叫！

一团黑色的东西从山上冲下来。

明谷治太郎惊喜地瞪大眼睛：那是一匹马！他的猎物真的被逼出来了。

山下的日本兵立刻抽刀出鞘，等待着厮杀。马刀在阳光下闪闪发亮。

那黑马冲下来。它的腹下藏着一个人，人们隐约可以看见乌黑的头发在马腹前抖动。这匹马实在瘦得可怜，不过骑手的骑术实在不错。

明谷治太郎来不及再想。他等待第二匹马冲出。

可是，只这一匹。

黑马不顾一切地冲进了骑兵当中。一场马战不可避免。

十几个日本兵迅速地迎上去，形成个弧形阵势，将冲来的黑马堵在中间。

那马径直冲向中间的日本骑手。

那个日本骑手迅速侧转马头，让过黑马，紧接着回手一刀。

马刀在空中划了一个漂亮的弧圈，重重地砍在黑马的后腰上。

黑马瘦小的身躯痛苦地抖动一下，支撑不住这狠命的一击，倒在地上。

上山的那些老百姓，没想到日本人的刀这样厉害，简直比古代关云长的青龙偃月刀还快。他们赶紧闭上眼睛，不忍看那黑马的惨相。

明谷治太郎策马上前，刚才士兵的回马刀，叫他骄傲。他走近跟前，几个日本骑手正发呆地看着那个快要死去的家伙。他在马上往下一看，不禁一惊！

倒在地上的，竟是一头毛驴！

毛驴浑身上下涂着黑锅灰，倒在地上痛苦地抽动着身子。

骑手呢？

明谷治太郎想，去看驴的腹下。驴脖子下面系着一颗血淋淋的人头。

这是日本人的头！

座山雕派这头毛驴来，就是给他送这颗人头。

什么意思呢？

明谷治太郎当然明白。这是军人的语言。

这叫：杀一儆百。

座山雕在向日本皇军下命令：全部撤退。明日再战！否则……明谷治太郎青筋暴起，他望着那个山冈，眼睛里冒出火来。

他知道，如果他再往上走一步，山上就会滚下第二颗、第三颗人头。

座山雕杀人不眨眼。他能在一顿饭的时间里，把所有的人质杀光斩尽！

明谷治太郎要是看到"人头墩"，看到"毛子坑"，今天，绝不会贸然进山。

不打不相识。

他现在才知道座山雕的厉害。

站在山下，他看了足足半个小时。山上没有任何表示。密密的树林让人感到高深莫测！

终于，明谷治太郎屈服了。

"撤退！"

他朝山上看了最后一眼，不甘心地拨转马头。

他在心里说道：座山雕，明天，我让你也知道我的厉害。

一声霹雳，仿佛要把威虎山拦腰砍断。

转眼间，雨倾盆而下。

整个威虎山笼罩在无边无际的雨雾之中。

迷蒙蒙的一片，分不清山和水、水和山。

关东的夏天，晴上十几日，就会有一场暴雨。尤其在山区。三伏的天，小孩的脸。

关东的雨，不像江南的雨丝那样多情、那样缠绵，也不像海南的雨一连几月不断，无休无止。

关东平日不常下雨。下的时候，又很猛烈，劈头盖脸地下个够，下个透。

关东的雨，是暴风骤雨。

明谷治太郎不知道是怨天，还是怨地。

没有这天，就不会有这雨。

没有这地，就不会这样难走。

也许，是老天在捉弄他。

他的战略部署，险些让这雨给冲毁了。

今天，他就要和座山雕决战了。

他布下了天罗地网。座山雕就是再插上一双翅膀，也逃脱不掉。

他带领一百多个士兵，押着"货物"，向虎爪碴子开去。除他以外，其他人一律步行。

土道很泥泞，马走得不快。

明谷治太郎并不着急打马。他在心里一遍遍地想着自己的计划。

渐渐听到水声。威虎河因为暴雨，河水涨了许多，急湍地从山里流出。

河水流出的地方，就是虎爪碴子。

虎爪碴子，不高，也不大。样子像一只老虎爪子。

关东有许多山，是从形状上起的名。

虎爪碴子仿佛刚从威虎河里抽出似的，从上到下，水淋淋的。

一会儿，这里将要用血重新洗一遍。

明谷治太郎端详着这座石碴子，他这才发现，原来还是座石山。

昨天夜里，它在他眼里只是一堆土。

他的望远镜能看清这山的轮廓，却看不透这山的内容。

倘若谁过分相信自己，谁就会犯同样的错误。

明谷治太郎相信自己。

他在昨天夜里，借着星光已经勾勒出他的地图。

他要用高山、流水、青松、绿草，在这创作出一幅立体的图画。

当然，最少不了的，是座山雕的头。

这是画龙点睛之笔。

但座山雕会来吗？

他望着虎爪碴子旁的山路。山路只有一米来宽，零零星星地铺缀着几块山石，那一直通进山里。

这条小路，上山容易，下山难。骑马行进相当困难。所以，明谷治太郎把他心爱的骑兵，全部化作步兵。

他相信他的骑兵也是出色的步兵。

三个戴钢盔的士兵，扛着一挺机枪和一箱子弹，登上虎爪碴子，在碴子上架起机枪，枪口正对着山路。石碴子居然成了天然的碉堡。

这挺机枪封锁住山路，不论是谁都不可能从山上冲下来，不论谁也不可能从山下跑上去。明谷治太郎在这里布下了天罗地网！

明谷治太郎很聪明，他懂得什么叫有备无患。

可是，明谷治太郎太聪明了，却忘记了欲擒故纵。

自古兵不厌诈。

座山雕即使是吃了熊心豹子胆，也不会自投罗网。

关东的顽童自小就唱：一二三四五，上山打老虎，老虎不下山，专吃王八蛋！

座山雕不下山，天罗地网又有什么用？

座山雕还没有来。

明谷治太郎有些沉不住气。他的眼睛都快望酸了。

"座山雕滑头的滑头！"他在心里说，他真担心座山雕躲在山里不敢出来。座山雕是胡子，他可以说话不算数。

这时，山路上飞出两匹大红马，像两朵红霞从山中飘出。

明谷治太郎眼睛一亮，赶紧放目望去。

马蹄敲在山石上，发出一串脆响。

两匹红马冲到虎爪砬子下。

明谷治太郎看清马上的骑手，都在二十岁左右。他们一色红紧身衣，腰中系一条青布腰带，斜插着两支快机头的短枪。枪穗不住地在腰中抖动。

两匹马直冲向河边。

大红马看到汹涌的河水，高昂地叫着。两个红衣骑手，勒住马头，噌地抽出双枪。

叭叭，两个人朝天各放了一枪。

枪声在山中回响，半天才消失。

立刻，山上又飞出两匹白马，宛如两朵白云绕山而出。马上骑手，全是白衣白裤，腰中系着红布腰带，手提着双枪。

两匹白马在山脚的小路口停下，像两座玉雕的罗汉，把住路口。

白马和红马相距有一枪之遥。

山下的日本兵全看呆了！

这些打了一辈子仗的人，从来也没有经历过如此场面。

他们睁大眼睛向山上看，等待着出现更精彩的场面。

这时，一匹黑马，从山里走出来。马走得不紧不慢，从容不迫。马走到半山腰，人们才看清马上：坐的竟是一个老头！

换　票

这个老头，就是座山雕。

座山雕真的自投罗网来了。难道他真的吃了熊心豹子胆?!

没有。

如果真的弄到熊心豹子胆，也许座山雕真的会吃掉。

如果有人要是吃了座山雕的心和胆，他又会怎样呢？

座山雕所以成为座山雕，就是因为他有心，有胆。

他有别人没有的心计和胆量。

所以，他在绿林中当了几十年的胡子。

他坐在马上，好似坐在交椅上一样。

在他后面，跟着走出一行人。这些人的胳膊被绑在一条绳子上。

不用说,他们自然是失踪的"开拓团"——那些拿锹的战士。

他们好像是让座山雕牵出山来的一样。这些人的后面,跟着二十个荷枪实弹的胡子。

这群人,缓慢地走下山来。

他们不知道他们正在走进敌人的包围圈。

座山雕望着等待他许久的日本人,微微地一笑。

他轻轻带住马,向四下展望,仿佛山下有千军万马在等候他检阅。

他满意地点点头,回过头,招呼一声:"老疙瘩,去让他们挪动挪动。"

老疙瘩在后面应了一声,向山下走去。

老疙瘩,是绿林报号。

按着关东绿林的规矩:凡是上山"吃横把"(即当胡子)的人,都要给自己起个名。这个名不用百家姓的字,免得山里山外混淆,随便叫什么都可以。最少两个字,最多三个字。比如:不服劲、大龙之类的。有了报号,不准再叫从前的名。弟兄之间不许"翻蔓子"(问姓名)、"盘根子"(问家属、地址)。因为,当上胡子的人,都是有仇家的人,或者是官府缉拿的人。所以,不准泄漏。

老疙瘩的名和姓,没有人知道。

他在山上是"揽把子",主要负责看管和处理"秧子"(抓来的人质)。换票时,自然离不得他。

老疙瘩走到明谷治太郎跟前,说道:"换票开始。人马后退三百步。"

这是绿林的规矩：换票时，双方必须退出一枪之地。然后，把票摆在中间，由专人交换。

明谷治太郎向后摆摆手。日本兵们立正站好，然后，向后转，齐步走。

这样泥泞的山地，他们居然仍走得整整齐齐。他们真的走出三百步。

然后，他们站住持枪而立。

座山雕缓缓走到空地中间，两眼盯着明谷治太郎。

明谷治太郎从这目光中，认出他是谁了。

仇人相见，分外眼红！

明谷治太郎恨不得抽出战刀，把这个小老头拦腰砍下马去。

这个座山雕让日本关东军的威风扫地。明谷治太郎甚至不敢看那一串人质，这是他的耻辱，是日本帝国的耻辱。

此时，座山雕正盯着这个日本杀人狂，想亲手剜出他的心，看看这心是黑的，还是红的。看看他为什么对手无寸铁的老百姓如此狠毒。

他们对视着，谁也没有开口。

他们没有共同语言。

就在这时，山上树林中响起了枪声。接着是一片枪声。山上在进行战斗！

山下的人，翘首远眺。他们为山上的自己人捏着一把汗。

只有座山雕和明谷治太郎一动没动，两双眼睛仍旧对视着。

山上的枪声，就是他们此刻的语言。

明谷治太郎目光里有仇恨，有狠毒，还有一丝不易察觉的惊讶。

座山雕呢？

他的小眼睛里透着沉稳、老辣，那一撮山羊胡，充满嘲讽地翘着。

他们知道山上发生了什么事。接下来，将发生什么事？

座山雕一摆手，他后面的二十几个人立刻冲到河边——

端枪而立。

座山雕的人和明谷治太郎的人相距足有一百多米。

一个日本兵走过来，清点人质。

老疙瘩也在清点子弹、枪支和棉衣。清点完毕。两个人回到本队。

换票开始了！

双方的人，紧张地注视着，把山上激烈的枪声都忘掉了。座山雕手下走出十个人，跑向中间那堆东西，他们从泥水中搬起箱子，迅速奔向本队。

那一队人质，也向本队奔去。

一双双泥脚在泥水中奔跑。这需要速度。谁若跑回本队，谁就抢得了主动。

时间，就是生命！

明谷治太郎在为那一百人着急。

座山雕也屏住了呼吸。假如有人突然摔倒，这个人就可能回不来了。

最后一个人跑过座山雕的马头，一直奔到河边。忽然间，站在河边的二十几个人向两边一闪，河边上不知什么时候出现了两张木筏。

十几个扛东西的胡子，迅速跳上第一张木筏。

木筏载着人和货，很快顺流划下。

明谷治太郎站在马上，看得一清二楚。

他来不及多想，猛地抽出战刀，向那些跑回的人们，大喝道："统统卧倒，卧倒！"

一百多人哗哗啦啦地倒在泥泞的地上。

他们已经学会卧倒。座山雕的子弹教会他们许多东西。站在远处的日本兵，蜂拥着朝河边冲过来。他们必须阻止座山雕登上木筏逃走。

然而，他们晚了几步。只是几步！

座山雕的人已登上第二张木筏，连座山雕的大黑马，也稳稳地站在木筏上。

一直趴在石碴子上的机枪手，被这突如其来的变化弄得不知所措。

他们急忙掉转枪口。但不等掉过枪来，站在山路口的两个白衣骑手，双枪齐举，三个日本机枪手倒在石碴子上。

紧接着，两匹白马向山里奔去。红衣骑手也冲过去。这一切，都好像预习过的一样，转眼间便发生了。可谓兵贵神速。

明谷治太郎冲到河边。木筏已经冲出半里多路！明谷治太郎恼羞成怒，向远去的木筏疯狂地射击。子弹落进河水里，连一片水花也没能激起！

威虎河像一匹脱缰的马，载着木筏，从山里冲出，向山下奔去。

明谷治太郎猛地想起山顶上的战斗，急忙命令人马奔上山。

山路又陡又滑，十分难行。

等明谷治太郎奔上山顶，山上连一声枪声也没有了。

座山雕的人都溜了！

绿林客

雨过。天晴。

天高。地阔。

关东的天，关东的地，就是这样。

粗犷中，带着爽快！

威虎山大本营，一片热闹。

营房的空场上，摆下两排酒席。

一群伙夫，忙碌着上菜。

按着绿林的习惯，每逢打了"响窑"，弟兄们都要坐在一起庆贺一番:评功论赏,论技比武;推杯举盏,划拳行令,一醉方休。

这种时候，最忙的要数仓房先生和水香两个人了。

仓房先生是平日负责粮草的，相当于后勤部长。这顿宴席吃得可口不可口，要看仓房先生的安排了。

水香呢？ 相当于事务长,负责站岗、放哨、接人、待客等事务。

关东人好客。关东的胡子也好客。

不论绺子多大多小，有了好事，都要请另一些绺子的首领来"沾喜"。否则，别人会说掌柜的太娘们气，不够哥们义气。

这是绿林中不成文的规矩。

座山雕得了大窑，自然要请一些客人。

不过，能被座山雕请上山的人，都不是一般的人物。

客人们都早早地来到了。座山雕的酒，谁都想喝。

最晚来的，是大林。

大林在这一带，称得上响当当的硬汉子。原先当过几年兵，后来联合几个兄弟骑马挎枪，开了小差。不到半年，他便在关东绿林中创出字号。

座山雕很器重他，曾经出手帮他立下山头，还救过他的命。

大林也是知恩报恩的人，认座山雕作干爹。每次座山雕摆宴，都要找他上山。一是要他露露脸，二是让他结识一些朋友。

水香见他来了，远远地招呼道："你这个干儿子怎么当的，客人们都已经到齐了，只等你一个人。"

大林高个子，方脸，方额。他仍旧保持军人风度，穿得整整齐齐，走起路来挺胸抬头，浑身上下都透着帅劲。他笑着说："路上遇见点买卖，随便给干爹捎来了。"

他的身后跟着两个随从，也是正规的军人打扮。

大林打发两个随从去休息，自己径直进了座山雕的屋。

人逢喜事精神爽。今天座山雕精神得很。

座山雕的精神头好像总是用不完。

在关东绿林中，很少有他这样岁数的。不少人在五十几岁就已挂枪闭山，找个远远的地方住下来。图个晚年平平静静，安安稳稳。

座山雕却从来没想过会有这一天。

他的命运，似乎在一上山就已经安排下来了，他根本不会离开这山。事实也正如此。

他在山中，已经住了近四十个年头。他在关东绿林中称得上屈指可数的老前辈。

所以，大林一进屋，先规规矩矩地向座山雕问好，然后说道：

"路上遇见一桩买卖，想给您老人家带份礼物，顺便照顾了一眼。"

座山雕坐在椅子上，好像没有听到似的，欠了欠身，指一指屋里的人说："过来拜拜。"

屋里，有十几个人。

大林只认得平东洋、占日本、三江好、大檩子、老北风几个人。

他连忙向几个人一抱拳，算作招呼。

座山雕指着门口的一个老头说："这是'穿地龙'。"

大林连忙说："久仰老前辈大名。"

穿地龙是座山雕的同辈人，使一手好飞刀。据说他已经封刀出山，日本人占领东北以后，原来绺子的当家人肩头窄，支不开套，让日本人打花达（即打散）了。于是，有人又把他请进山，重新立了山头。

穿地龙旁边坐着一个小矮子，大林一见便猜出此人是谁了。

他叫"矮个子"。因为他太矮，连媳妇也没人给。他一气之下，进山当了胡子。此人个子矮，心眼却多得很，所以，没几年就坐了第一把交椅。座山雕常提起他，骂他是"小鬼子"。他的盘子在江东老爷岭，他很少过江来。这次座山雕特意请他来吃喜。看来这回的排场实在不小。

坐在南面的一位，是"花和尚"。他年轻时得了鬼剃头病，头发落个精光，所以自己报号叫花和尚。他的绺子压（驻扎）在五常一带，有三百多人马。

挨花和尚站着的是北江好。他和座山雕交情最深，少说也有二十来年的来往。在牡丹江上游，他是数得上有头有脸的头号人物。

大林以晚辈的身份向这些人行礼。各首领都知道他是座山雕的干儿子，所以，对他也十分客气。

这时，水香走进来。他来到座山雕跟前，递上一封信，说："当家的，依兰有个叫谢文东的派人捎来的。"

座山雕的记忆中没有谢文东的名字。他想一定是近来创的字号。自从日本人来了以后，上山拉杆子的越来越多了。不过，这帮后生都有些毛手毛脚，干不成大事，太嫩了。

座山雕并不把这些人放在眼里。

他慢慢打开信。

信写得很工整。

座山雕首领：

闻公聚义山林，雄踞虎山，以抗倭扶国为志。今胜日寇，大长绿林之威，实乃关东之幸。

吾等钦赞无限，书难尽辞。

昊天不吊，倭贼内犯，焚杀奸抢，无恶不为，举国共愤。凡有志之士，孰不抱灭倭之心？

文东承依兰民众之推拥，豪绅之委托，揭竿而起。志在联合各路豪侠，协力抗敌，尽救国救民之心，逞杀敌驱寇之志。

痛饮黄龙,以谢国人。

特致函前辈,诚望统率义师,下山聚义,共挽国难,同图大业。

谢文东拜

座山雕放下信,心想:这个谢文东看来是个大坏子。文采武略,端个不凡。信上所言,可见此人大有称霸关东绿林之心。后生可畏!不过,现在还不到挑大梁的岁数。我张青山经营这些年,也没有能一统绿林。他谢文东凭几点墨水,竟如此狂妄!

年轻人,最大毛病就是不知天高地厚。

不知天高地厚的年轻人,总有一天要栽跟头。

座山雕微微一笑,说道:

"叫送信的进来。"

不一会儿,水香领进一个三十出头的大汉。

这人长得肩宽体阔,一双虎眼,浑身上下透着一股虎劲。

座山雕凭眼力,便知这是一员虎将。这人后来果然当了抗日联军第十一军军长,成为一位名震关东的抗日英雄。

大汉向座山雕和其他人抱拳说道:

"在下明山,给五爷和各位首领问安。"

座山雕道:"免了。山高路远,够辛苦了。喝碗五爷的水酒,润润嗓子。"

说完,他站起来,带头出了屋。

神枪猎蛋,飞断无度

酒宴,已经摆齐。

大盘装菜。大碗盛酒。

热热乎乎，满满登登，摆了一桌。

让你看了，不能不吃。

让你吃了，吃饱吃够。

让你喝了，喝足喝好。

一方水土，养一方民。关东人招待客人，也是粗犷中带着爽快。

座山雕坐在正中央。

他有这个资格。凭他的年龄，他的身份，他的地位，他理当这样。

年龄。身份。地位。这就是一个人的资格。

一个人到了一定的岁数，身份就变了，地位也就不同。

这时，这个人就有了这种资格；这时，他也就开始摆这种资格。

座山雕可以向所有人摆资格。

一个人如果不摆资格，就没有人能瞧得起他。

这个道理，座山雕一向很明白。所以，他向所有人摆资格。

他坐在那，等别人来敬酒。

喝酒的人，在这个时候都争着给座山雕敬酒。因为，只要座山雕喝下那碗酒，就会答应他要的任何一件战利品。

能给座山雕敬酒是件荣幸的事。

但，也是件不容易的事。

敬酒的人，必须一枪打碎座山雕抛在空中的鸡蛋。

射一个鸡蛋不容易，射一个下落的鸡蛋更不容易。

每一次喝酒，座山雕都要扔三个鸡蛋。

每一次，鸡蛋都是摔碎的。

在山里，只有两个人能做到。一个是二柜黑胡子，另一个就是座山雕本人。

有一招，吃个饱；

有一绝，便做爹。

这是绿林人所共知的道理。有枪便是草头王；绝艺即为王中王。

没有好枪法，当不了胡子；没有一手神枪，当不了胡子头。

绿林中人信奉"弱肉强食，竞争生存"的自然淘汰法则。他们不相信天王老子，也不相信孔子孟子。他们相信现实，相信自己。

这时，仓房先生拿来一碗鸡蛋。

按照常规，每次开宴前都要举行这种仪式。

座山雕从仓房先生手里接过鸡蛋。鸡蛋在他手掌中来回地玩着。

立刻，从酒桌中站出十个人。

他们准备接受这次比赛。这时，机会、荣誉、金钱、地位，对于他们每个人都是均等的。有谁获胜，谁便可以得到一支崭新的日本造短枪和三十粒子弹。

这是山中最高的奖赏，比一枚勋章还要吸引人。勋章只代表过去的荣誉，而枪和子弹却可以创造新的荣誉。

二十只眼睛紧张地望着座山雕手里的鸡蛋。鸡蛋随时都会从座山雕手里抛出。

鸡蛋会被座山雕抛向任何一方。

座山雕做了一个预备的手势。

枪手们手中的枪一支支举起来。

其他的人，静静地坐在位置上看这场精彩的表演。

客人中，只有明山第一次进山，没有见过这场面。他睁大好奇的眼睛。

座山雕抛出了第一个鸡蛋。

鸡蛋刚到半空中，便响起了枪声，接着又响了几枪。

子弹从鸡蛋的周围划过。

鸡蛋在几颗子弹的间隙中落到地上。

座山雕不满地朝他们一挥手，几个枪手红着脸回到座上。

座位上，又有六七个枪手站出。他们都想打碎第二个鸡蛋。

可是，他们也没有成功。

鸡蛋在空中划了一个大大的抛物线，开始下落。

枪手们都眼睁睁地看着它下落，重新推上子弹射击已经来不及了。

忽然，一声枪响，鸡蛋在空中被打个满天散花。

这一枪打得非常漂亮！那些观看的人和射击的人都忍不住叫起好来！

所有的人都不约而同地顺着枪声去寻这个神枪手。他们看到一个冒着轻烟的枪筒。

开枪的人，竟是明山。

果然是个人物。座山雕心想。他满意地点点头，回过头来，大声吩咐道："上礼！"

一个十几岁的小家伙，双手捧过用红绸子包着的短枪。

这是座山雕的奖品。

无论是谁，无论是哪个绺子的人，只要能打中座山雕的鸡蛋，座山雕的奖品就属于他。

明山站起身，他没有去接送上的短枪，却从桌上端起酒碗，朝座山雕走过去。

"五爷，入山随俗。我敬五爷一碗。"他说着，双手捧上酒碗。

他这是要向座山雕要更大的奖品！

"痛快！"座山雕接过酒碗，一仰脖，喝下碗里的酒。然后，他问："你有什么需要五爷的地方？"

对于这样的人，座山雕向来另眼看待。

明山说道："我家谢团长一心抗日，久仰老前辈大名，特意派我请前辈下山助战，以成大事。"

座山雕没想到这个人会向他提出这样的请求。真是善者不来，来者不善。

他为难了。

旁边的人都知道此时座山雕心里想的是什么。这个要求实在太高了。座山雕从来不离开家门半步。让他下山到几百里地的地方，怎么行呢？

凭他座山雕现在的身份、地位、年岁，怎会听一个无名小辈的支配。这谢文东四处招兵买马，心中必是有成关东绿林霸主之志向。如此下去，座山雕岂不屈居人下了？

座山雕是无论如何也不会答应这个条件的。只听他大声地说道：

"好！谢团长手下的确藏龙卧虎。既是谢团长看得起我座山雕，我愿为朋友插两肋刀子。咱们好事好办，办好事好。按我威虎山的规矩，这件事咱们还是嘎巴溜脆听个响，免得让人说我座山雕不够仗义。"

他说完，举起手里剩下的最后一个鸡蛋。

人们明白这是什么意思。座山雕要自己打碎鸡蛋。打中便是一平，接下再比，直到有一方输了为止。

在关东绿林，本事决定一切。技精一样，顶个官长；人无专长，放屁不响。

明山立刻说："老前辈一言为定。"

说完，他让到一旁，看座山雕打枪。

所有的人都知道座山雕的枪法。就是扔一百个鸡蛋，也不会有一个是完整地掉下来的。

据说，座山雕上山前就有一手好枪法。

第一天上山，大掌柜问他：

"你有什么本事？"

"我会打枪。"十九岁的他硬气地说。

"使使我看看。"

这是考试。入伙的人都要经过这一关。不合格的，给几个钱打发下山。胡子也不是说当就当的。

世界上没有轻而易举的事。

座山雕不在乎，他说："你说打什么吧！"

大掌柜一听，知道这个小家伙来者不善，有心想难难他。他四处看了一圈，想找一个难射的目标，忽然看见前边的山石上立着一只黑雕，便用手一指，说：

"就打那只。"

"打就打。"座山雕举起枪，向那雕瞄准。刚要开枪，就听旁边响了一枪。

原来，大掌柜有意难为他，看看他的枪法到底如何，朝那雕的爪下打了一枪。

黑雕听到枪声，立刻振翅飞了起来。

座山雕枪口一挑，迅速勾下枪机。

子弹正打中那只黑雕。黑雕惨叫着落下山去。

大掌柜一拍他的肩头，说："中了。你还没号吧？我看，你就叫座山雕吧。"

这就是座山雕的由来。

从此，谁都知道座山雕的枪法。

座山雕当了大掌柜以后，便立了这个打鸡蛋的山规。

不过，他自己也好久没有打鸡蛋了，绺子里的人都想再饱饱眼福。

座山雕掂量着手中的鸡蛋，然后，手猛地向上一扬，鸡蛋抛到了空中。

说时迟，那时快。只见座山雕一撩马褂，抽出腰中的手枪。枪在他的腰胯上一擦，子弹便推上膛。枪筒从他的身边划了一个漂亮的圆弧，便举到了身前。

这一连串动作，做得既干净又利落，前前后后没有两秒钟。这就是座山雕的绝技。

嘎——座山雕二拇指一勾。

枪，没有响！

座山雕一愣。看热闹的人也一愣。

鸡蛋，在这一愣当中掉在地上。叭的一声，碎了。

座山雕打了一辈子蛋，从来没有放过一个鸡蛋。今天却——好马也有失蹄的时候。座山雕枪法再好，也会有漏枪的时候。可是他不该在这时候失手！

这时，只见座山雕大拇指一拨，退下枪膛里的子弹。

啊——他立刻惊叫了一声。

原来这颗子弹竟没有底火！

座山雕目瞪口呆！

这颗子弹是今天早晨才从箱子里取出来的。

箱子里的子弹是前天从日本人手中抢来的。

"上他妈鬼子当了！"座山雕霍的大叫一声，命令道："把那些飞子统统给我拿来！"

所有的子弹箱都拿来了。

所有的子弹箱都打开了。

所有的子弹箱的子弹都是臭子！

日本人给座山雕几十箱打过的臭子。

座山雕被日本人骗了。

座山雕绑了一辈子票，从来没有吃过一回假票。今天却栽到日本人的手里！

狮子老了，便没了往日的威风。连老鼠也跑到它身上撒尿。

难道座山雕老了吗？

难道座山雕的威风没了吗？

难道日本人真的要跑到他身上撒尿吗？

座山雕简直要发狂了，狂得就像一只吃人的老虎！

他的脸涨得通红，老筋暴跳。白胡子乱颤着。

猛地，他把身前的酒桌，掀翻在地。

无可奈何索宝图

天下没有吃不散的宴席。

座山雕的宴席不吃就散了。

座山雕就这个脾气。他发起火来，可以冲破天，砸透地。没有一个人能劝得了他。

客人们只好一个个告辞下山去了。

客人中，只有大林没有走。

他最后一个来的，也要最后一个走。因为他和别人不同，他是座山雕的干儿子。

他走进座山雕的屋子。

座山雕没有搭理他。他生气的时候，谁也不理。

大林知道这个，一声不响地坐在椅子上。

过了半天，座山雕才冷冷地问：

"你怎么还没滚回去？"

座山雕对人一向有分寸，注意使自己的言谈举止和自己的身份相称。但是，对于他的朋友却不同了。他是赤裸裸的、冷冰冰的、气汹汹的。

因此，能挨座山雕训斥和责骂并不是坏事，而是难得的好事。

大林也知道这些，所以心里很高兴。他笑着说："干爹，我还有点事没办。"

"有屎就快点拉，拉完就滚蛋。"

"是是，"大林连忙说，"早上我进山时，在路上遇到一个眼线（奸细）。他说，有个叫朱文才的人，要拿一笔飞子（子弹）和新盛屯的姜标子换一幅画。我当时一机灵，什么画这样值钱呀！要咱弄到手送给干爹作见面礼就亮堂了。于是，我详细问起来……"

"什么屁画这么值钱？"座山雕问。

大林一见座山雕开口了，心中暗暗高兴。他不怕座山雕生气，就怕座山雕不讲话。"叫《清明上河图》，是宋朝人画的，有千把子年了。日本人要建'满洲国'。在长春建'新京'。修'皇宫'自然要收一批国宝入'宫'。这《清明上河图》是第一件国宝。所以，'朝廷'出了大价钱。我估摸了半天，觉得挑不动，所以，给干爹带来了，算小的孝顺干爹啦。"

大林说得一点骨气没有。当儿子的再有骨气，在当爹的面前也硬不起来。座山雕最讨厌没骨气的男人。可是大林的话句句实在，座山雕也就无话可说了。

没有比实在更感动人的了。

偏偏座山雕的心是铁打的。他冷冷地问："多大码？"

大林说："黄金一百两。爹，你看这价码招人喜欢不？"

"嗯，"座山雕在鼻子里哼一声，"你发大财了。"

大林急忙站起来，说："您这扯哪去了？这是我孝顺您老人家的。起初我没好意思拿出来，因为您这回的票也是满天叫的。

可是，刚才……"

一提起刚才的事，座山雕又火了，吼道："你爹不会和那帮王八羔子完账的。"

"您老的脾气谁还不知？"大林说，"可是，那日本人除非您，旁人谁敢操弄？那张大帅都没斗过日本人，马占山、王德林也全给日本人赶到国外去了。只您坐山吃山，敢和日本人唱对台戏。"

"你少拍我的马屁！"座山雕嘴上骂着，心里却笑着。

世上的人，都希望别人夸奖自己。谦虚的人让别人来夸奖自己，骄傲的人自己夸奖自己。

大林从话里听出了座山雕高兴，喜出望外地说："爹，您肯下山了？"

座山雕问："那姜标子真的有《清明上河图》？"

大林都快急哭了，说："爹，我还能诳您吗？"

"量你小子也不敢。"座山雕仰到椅子上，没有讲话。

无论从哪方面，大林都不该做对不起座山雕的事。

三年前，大林刚创字号时，北霸天听说以后，觉得大林没把他放在眼里，便率领百十号人，连夜冲进山去，挑了大林的窑（绿林中称端老窝叫挑窑）。大林的肚子也让北霸天捅了一刀。他硬是捂着肚子，爬上威虎山，跪在座山雕脚下，求座山雕下山替他报仇雪恨。座山雕亲自下山，给他要回面子，他这才立了山头。

从那以后，大林听说座山雕也姓张，和自己是本家，于是，认作干爹。不过，座山雕似乎从来没在人面前承认过，但也不说不许。因此，大林仍按过去称座山雕干爹。绿林中人都知道他们的关系，也常常抬举大林，给他几分面子。

大林是个精明人，哪能看不出来呢？所以，他对座山雕永远是顺从的。

"去，到屋里把烟壶拿来，"座山雕吩咐道。看来他实在有些疲倦，堆在椅子里连眼皮也懒得抬一抬。

大林连忙站起来，推开门，进里屋去取烟壶。

这里屋是座山雕的卧室。座山雕从来不准手下的人进来。谁也不知道里面到底有什么东西。

有人说：座山雕把自己的金银财宝，都埋在屋子下面的地窖里。

也有人说：座山雕的炕上有一个通到山外的暗道。

反正，什么说法都有。但有一样是相同的，就是这屋没有外人进去过。它很神秘。

座山雕让大林进去，也只取烟壶的工夫。但这对大林来说，已经万分荣幸了。

大林一进去，用眼向屋里一扫，便看到北墙供着一尊佛。香案上点着香火。谁也想不到座山雕竟会信佛。

常言说放下屠刀，立地成佛。座山雕却一手拿刀，一手拜佛。

大林没敢多看一眼，拿起烟壶就出来了。

座山雕接过烟壶，对大林吩咐道："你回去把人码（集合）好，明天掌灯前在新盛屯南碰头。"

大林喜出望外，叫道："干爹。"

座山雕把烟壶叼在嘴上，说道："点上。"

座山雕等烟点着，靠着椅子慢慢地吸起来，不再看大林。他在下逐客令。

大林退出屋，掩上屋门，带着两个随从下山去了。

一杯浊酒论真语

新盛屯离威虎山有一百来里路，几乎全是山道。

座山雕赶到时，正是太阳偏西的时候。

马队压在屯外的树林里。水香四处安上瞭水的（夜哨）。然后，自己带上两个人去联系大林绺子。

大林听说座山雕已经来到，急忙上马赶到树林。

一见到座山雕，他便说："您老亲自下山，这回姜标子一定不敢炸刺。"

座山雕问道："眼线（奸细、侦察的）弄亮堂了？"

座山雕向来是不冒险的。他每到一处，都要先把眼线安准，以防万一。所以，每次打窑绑票，都是马到成功，又准又狠，又稳又快。

"亮堂了。"大林说："就七八十人，三十几根杆子（枪）。踩盘子的说，姜标子今晚要给女儿过生日，稀松得很。你看怎么个搞法吧。"

"不。"座山雕说，"按着老规矩，你和我先去访访。"

座山雕讲究的是先礼后兵。尤其对小绺子，从来不打闷棍子。

大林说："我看也好，免得将来传扬出去，脸上不光彩。可是，他若不肯呢？我看还是多带几个弟兄。"

难得大林一片孝心，处处想得周到。座山雕也不反对。

他一边上马，一边说道："你小子就他妈胆子小。"

他说完，打马出了林子。

大林赶紧招呼十几个弟兄上马，跟在座山雕后面。

姜标子万万没想到座山雕会闯进来。

屋里的人，也都大大地一惊，手端着酒碗，看着进来的一伙人。

大林走前一步，大声说道："五爷给你家千金上礼来了。"

说着，拿出一包大洋，递过去。

姜标子五十岁左右，白脸、细眉、五官长得端庄秀气，一看便知年轻时也是风流倜傥的多情少年。

其实，这姜标子胆子最小，虽然长得漂亮，却从来不敢拈花惹草，偷欢取乐。他一生就只娶了一个老婆，生下一个女儿，叫菊儿。后来老婆让胡子抢去了，他一气之后，领着几十个枪户进山去抢人。结果，他们把胡子的老窝端了，但老婆却让人家给捅了。姜标子从此就把这些猎户组成一支护屯队。在屯里建了炮台，专门防匪。日子久了，他在绿林中也有了点名声。

他和大林的交情很深，由此又认识了座山雕。所以，他听大林的话，脸上立刻堆上笑，方才的紧张减了许多。

姜标子上前双手接过大洋，对座山雕恭敬地说："五爷，犬女一个小小的生日，您老还亲自下山破费许多，标子实在感激不尽。"

座山雕说："标子，你把五爷看外了。你的事，五爷我不知道则罢，知道了定要来热闹热闹。"

姜标子脸上显出一丝令人不易觉察的惊诧。他连忙说道：
"五爷，犬女的事，不敢劳您的大驾。其实、五爷吩咐一声标子
也就把酒给您老送上山去了。"

大林说道："标子，别磨牙了，五爷已经跑一天了。"

"正是，五爷您老先里屋请。"姜标子连忙让座山雕进屋。

管家急忙过来，招呼手下的人重新安排饭菜。

座山雕带来的人一见赶上了好事，心中喜滋滋的，嘴里不
住地流口水，却谁也不敢朝桌前凑。

这时，只听座山雕丢下一句话："嘴巴都别太长了。"说完，
他便跟姜标子进后院去了。

这屋，专门用来招待贵宾的。

墙上挂着字画。屋里收拾得干干净净。

一铺新炕席，摆了张不大不小的四方桌。

桌上摆着酒菜，好像特意为座山雕准备的。

关东人待客很讲究家里家外，辈大辈小。外屋招待一般亲
戚朋友，里屋招待长一辈的亲戚。不论客人是否到，都要先摆
下几盘凉菜等着，免得人家挑礼。

座山雕也不客气，先坐进炕里。大林在他左边坐下。

姜标子给座山雕倒上酒，再给大林倒，最后，给自己倒满。

他双手端起酒碗，举到眼前，说："五爷，姜标子门牌小，
屋子窄巴，没敢上山请五爷。五爷看得起我标子，这碗酒我喝了。"
说着，他一仰脖，咕噜噜喝下酒。

酒，已经喝到第三碗了。

座山雕脸渐渐红了起来，他瞧着姜标子问：

"五爷亏待过你没有？"

"哪的话呀？"姜标子说，"五爷待我们一向不薄。"

座山雕点点头，说道："好。五爷借你件东西使使怎么样？"

姜标子毫不含糊地说："没说的，五爷在我这看上的，尽管用好啦。"

"爽快，"座山雕大声叫道，"五爷这辈子就喜欢一个痛快劲。"

"五爷，你要使的，不知我这小庙可有管用的？"姜标子问。

大林说道："五爷自然不会难为你的。"

"是什么呀？"

座山雕盯着他说："《清明上河图》。"

姜标子一愣，马上说道："什么图，五爷我这好像没这图。"

大林说道："不是地图，是一幅画。就是你从王爷府绑来的票码子。"

姜标子慌忙说："那年我是弄来些字画，可我都卷巴卷巴卖掉了。有几幅，都挂在这呢，五爷要喜欢，摘去好了。"

大林说："五爷要的是张古画，宋朝人画的。"

姜标子急了："五爷，做贼的心虚，放屁的脸红。我姜标子有半句假话……"

座山雕一直盯着姜标子，忽然说道："五爷信得了你，你小子不会和五爷我藏心眼。来，喝！"

姜标子放下心来，端起酒碗，连说："五爷最了解我姜标子了。"

他喝完酒，问道："五爷要那图干啥用？"

座山雕放下酒碗，吐了口长气，说："不瞒你说，五爷近来和日本小鬼子……可是手头紧巴，支不开局子。啊，不讲这些了，你放心，五爷不会让尿憋死。听说你那宝贝女越来越出息了，找人家没有？"

提起女儿，姜标子便高兴起来。他说道："对了，我叫她来给五爷倒碗酒，闺女大了，脸皮子便薄了，都站门外半天了。"他朝门口喊道："菊儿，还不进来。"

他声音刚落，门帘一掀，进来一个十八九岁的姑娘。

姑娘梳着齐眉的刘海，白净净的瓜子脸，细长的脖子，穿一条藕荷色的裙子，露着两条水灵灵的胳膊。

谁也没想到在这山沟沟里，还有这样漂亮的姑娘。

山沟里飞出金凤凰。

座山雕也没有想到姜标子有这样漂亮的姑娘，更没想到这个姑娘手里拿着的却是两支黑亮亮的短枪！

两支枪正对着座山雕的胸膛。

你我他，人心难估

座山雕眼到心到，心到手到，他伸手去抓腰里的匣子枪。

就在这时，坐在他旁边的大林和姜标子猛地按住他的双手。

座山雕的手一动不能动。他想使劲，却不能够。

渐渐地，手一软，两支枪被从腰中抽出去。

菊儿扔过一根绳子。炕上的两个人把座山雕捆上。

座山雕骂道："原来你们是下好的套子。"

大林冷笑着说："打虎自然要先下套子。"

"说得好，"座山雕斜倚在窗台上，全无惧色，"你五爷到哪都是只虎。"

大林说道："是只老虎。虎老了，就没用了。不过你老了，也许价倒大了。"

"大林，你这个王八羔子。你想把你五爷送到日本人那领赏去不成？"

"有什么不成的？"大林问，"打中鸡蛋，别人就可以到你这儿领赏。我抓住了你，又有什么不可以去日本人那儿领赏？"

"日本人给了你多大官？"

"到现在你终于琢磨过味来了。到底是座山雕呀！"大林厚着脸皮说，"你什么都能琢磨透，连日本人都佩服你。可是世界上有一种东西你琢磨不透。"

座山雕不讲话了。他知道大林说的是什么。是呀，世界上只有人，让人琢磨不透。

他可能向着你笑，而在心里却在恨你。

他可能对你冷淡得令你无法忍受，心里却深深地爱着你。所有的人都无法琢磨。所有的人又都没法不让人琢磨。

水至清则无鱼；人至察则无徒。

让人琢磨透的人，也就成了无意义、无价值的人。伟大的人物直到死时，仍留给人们深深的谜。他们的坟墓不是一个句号，而是一个问号。

琢磨不透的人，往往是让人琢磨错的人。

大林便是这样的人。

大林三十来岁，却从没要过媳妇。当上大掌柜以后，山下的地主、乡绅都想巴结他，托人上山说亲，结果都让他拒绝回去。弟兄们以为他真的是不沾女色的硬汉子。

其实，他们错了。

大林常常一个人独自去逛窑子。

十天前的一个晚上，他又骑着马进城去了。

听说有一家新窑子开张，他一直想去采采花。

俗话说：蝴蝶好在花上飞，苍蝇喜欢茅坑味。这大林知道城里六六三十六家窑子馆。

他在窑子街下了马。

径直朝"金元宝"走去。

大林一进门，老鸨便迎出来。

"这位兄弟不知要吃荤吃素？"

大林道："荤的素的我都尝腻了，我就想见见鲜的。"

"好好。"老鸨一让身，做了个往楼上请的手势。

大林跟老鸨上了楼。走到一扇红门前，老鸨停下，客客气气地伸手说道："二十块大洋。"

大林从怀里摸出大洋，往老鸨手里一塞。他从来不吝啬钱。

老鸨鞠个躬，下楼去了。

大林伸手推门进到屋里。

屋里一股香水味扑鼻。大林不禁吸了一大口，他喜欢这种味，胜过喜欢大烟。大烟能让人提神，而香水能让人销魂。

这屋是个套间。外屋是客厅，里屋是卧室。

屋子摆设极其阔气、华丽。

地上铺着红地毯。雪白的墙壁。淡黄色的落地窗帘。

墙角有一架日本留声机。留声机在转，播放出那种让人销魂的歌曲。

大林立时全身都酥了。

歌声戛然停止。一个男人站在留声机旁。

大林一惊，以为走错了屋，刚要转身朝回走。

"张当家的。"那个男人叫道。

大林情知不好，手已向怀里掏枪。

"哈哈哈。"男人笑起来，一动不动地说："张当家的不愧军人出身，身手实在不凡。"

"你是什么人？"大林盯着那人问他。

"跑道学舌，混饭吃的。"男人很随便地说，"张当家的坐下来谈，我们交个朋友。"

大林见对方没有恶意，收下枪，走到沙发上坐下，道："原来是一个桌的。"

那男人给大林倒了杯茶，说道："张当家的胃口我是知道的，可以说慕名已久，早有拜望之心。只是张当家的神出鬼没，一时也无福见面。"

大林被那人说得有些不是滋味。那人明是捧人，暗是臭人。一时弄不清这人的来路。绿林有句常言：宁肯不识字，不可不识人。于是他说道：

"兄弟有什么话教导小弟，请直言。"

男人说："张当家的爽快。江湖上撑筏子，兄弟也直来直去。兄弟是来请张掌柜下山保民的。"

"保什么民？"大林一时不明白。

"保'满清'百姓呀！张当家的难道不知？清朝溥仪皇帝重登金殿，建都'新京'，立志要扶大厦于倾倒之时，富国强兵，再振大清王业。"

大林没有答话。他想：要想精，多听听。这人葫芦里到底卖什么药，现在还摸不准。

"自古文能安邦，武能定国。建立'满洲国'，需要一批文才武将。'皇帝'已经传下'圣书'，要外借东洋，内招贤人。张当家的年轻有为，在这大大小小的绺子中是屈指可数的将才。如今建立'满洲国'，不请张当家这样的人出来，又去请什么人呢？"

大林明白了：他们要招抚我。我且听听。俗话讲：站得远，看得清。我先别露出马脚来。于是他淡淡地说："兄弟的意思我听出一二，却不知三四。"

男人微微一笑，向里屋喊了一声："来呀。"

从里屋，走出一个花枝招展的女人来。

女人身上穿着一件极薄的细丝长裙，圆脸蛋抹着香脂，发颤的大波浪长发披在肩上。大林看了一眼，便觉得六神无主。

那女人朝他微微一笑，媚态尽透，然后，走到那男人跟前，把一个皮包送到男人手上，自己竟坐到大林身边。

男人打开皮包，取出一张纸递给大林。"张当家的，请看。"

大林接过一看，是特任状。

上头明明写着他的名字，下头盖着'皇帝'的大印。

女人凑过来说："当家的官运来了，可不能忘了老朋友呀！"

大林从此以后便是海林保安团团长。

男人说："这是三，还有四。张当家荣升之后，朝廷要把你的人全部换上日本装备，再扩充三五百人。那时，你便是这一带的大当家了。"

大林再也坐不住了。仿佛落水者从水底下向上升腾一样，忽然间看到眼前有一只船。他不顾一切地朝船扑过去。

"请问，先生大名。"他声音发颤地说。

女人在旁说道："这回该我说话了。他是日本关东军明谷治太郎将军，到咱们这来剿匪安民的。"

大林扑通一声跪到明谷治太郎的脚下。

明谷治太郎哈哈一笑："张当家的，请起，请起。"

就这样，大林的忠诚，大林的本事，大林的人马，大林的一切，全部交给了日本人。

大林就像在押宝。

大林把"宝"从座山雕身上挪开，押在日本人身上了。

人人在押宝。在他没下手时，谁也琢磨不透谁要押哪一桩，押多大的码。

招来好汉大"典鞭"

座山雕没琢磨透大林的心，才有了今晚的灭顶之灾。

座山雕打了一辈子鹰，到头来还是让鹰抓瞎了眼。

前院传来喝酒行令的叫喊声。

座山雕的人喝得正热闹。

有谁会想到后院发生的这一切呢？尽管前后不过几十步。

世界上的人，令人琢磨不透。

世界上的事，令人想象不到。

令人琢磨不透的人，做出的事都是令人想象不到的。

有谁会想到大林能"反水"（叛变）？

座山雕问道："姜标子，日本人给你个什么官当？"

姜标子脸一红，说："五爷，今天的事，我标子只是成人之美，为朋友两肋插刀。"

"够朋友。"座山雕赞叹道："可惜五爷我认错了人，要是有你这样的朋友，就不会有今日之灾。"

大林冷笑一声。他知道座山雕又要耍花招，说道："你死到临头还充好汉。一会儿，你在日本人面前去耍钢条吧。"

座山雕骂道："你五爷一辈子只有一个爹，不会像你有奶便叫娘。"

"骂得好。"大林不羞不恼，赖皮赖脸地说："你再骂我认贼作父就更好了。我张某如今是'满洲国'的官员，'吃皇粮'的，就是要杀你们这帮叼野食的贼。"

座山雕大声喊道："你小子不是娘养的，是王八揍出来的。"

大林脸一下气白了，他抡起枪把子要砸座山雕的脑袋。这时，院子里响起一串脚步声。

"立定！"一个响亮的声音，"稍息。"

大林听出是他的保安团来了，赶紧停住手，插上枪，正了正身子，说道："座山雕，一会儿我让你管我叫爹！"

一个军官模样的年轻人走进来。

座山雕认出来，是大林绺子的二当家二林。现在他已经是保安团副团长。

"大哥，货物全部到齐。步枪一百二十支，子弹三百箱，军服一百二十套。弟兄们一切装备完毕。请你检阅。"说着，他递给大林一身军服。

"好！"大林神采飞扬，他的梦想终于成为现实！他再不用钻山林，睡大炕，过着颠倒黑白的日子了。

金钱、地位、女人……

他一边穿军服，一边兴奋地想。

穿好衣服，他站起身，威风凛凛地看着座山雕。他说："五爷，请你也见识见识吧。"

座山雕从炕上下来，说道："我倒要看看狐狸穿虎皮的威风。"说完，他大踏步地走出屋。

院子里站满了人。

这些人分作三伙。一伙是大林的保安团，一色新军装，新枪杆。他们站在院子中央。

另一伙是姜标子的人，有七八十人，武器也不齐全，有长枪、短枪、机枪，还有大刀片。他们站在院子四周，正好围住座山雕带来的十几个人。

座山雕带来的一伙人，全部使双枪，是座山雕的手枪队，专门保护座山雕的。这些人枪法都相当准。他们看见院子里的一群官兵，不知发生了什么事，急忙放下酒碗站在院子里观望。

他们看见座山雕背着手，大步走出来，这才放下心。

座山雕后面跟着大林、二林、姜标子、菊儿。

座山雕不管什么时候，在手下人面前，永远保持一种令人屈服的威严。哪怕在临死前的一分钟，他也不会低下头颅。

死算什么，二十年之后便又是条好汉。

座山雕站到院子台阶上，向院子里的人看着。

这时，手枪队的人发现座山雕身上绑着绳子，立时炸了。哗的抽出腰中的手枪，二十支枪对着满院的人。

姜标子的人也不示弱，举起家伙。

只有保安队一动不动！

他们在等待命令，军人只听命令。

座山雕喝道："把家伙收起来！"

手枪队慢慢收了枪，瞪大眼睛看着台阶上的人。二林手提双枪，站在座山雕的身后，只要他一勾二拇指，座山雕就会倒下。

大林哈哈大笑，对座山雕说："你看我的兵怎么样？"

"杆子够亮了，"座山雕说，"叶子（衣服）太皱巴了，像他妈尿布。"

的确，这身军装穿在他们身上太可惜了。衣服大大小小，肥的，瘦的，长的，短的，乱糟糟的。

最可惜的，他们都不习惯穿这种衣服，有的敞着怀，有的歪戴着帽子。

大林见了，也觉得脸上无光。他不满地看了二林一眼。二林一耸肩，意思说：我也不懂这些规矩。

大林只好自己站到队前，大声地喊道："立正！"

那些人赶紧站好。队伍整齐了许多。

大林得意地看了看座山雕，说道："记得五爷曾经夸我有军官的天才。果然是老马识途。"

座山雕道："姜到什么年月，都是老的辣。你五爷什么时候看错过人?!"

大林针锋相对，说："如此说来，是我绑错了人？"

座山雕一阵冷笑，猛地喝断："来人，把这山门的败类绑下！"

"哈哈哈，"大林忍不住大笑，"绑我？谁来绑我？"他的话没说完，只听身后有人说：

"我来绑你！"

大林急忙回头，见二林已经冲到身边，一转眼间，便擒住大林双手，拧到后面。

姜标子一见，抽出手枪。菊儿也拔枪在手。

但二林已经用自己身体和大林的身子把座山雕挡住，手中匣子枪对准菊儿！

说变就变。

满院的人一声喊杀。所有的长枪、短枪，齐刷刷地举起来。

但，谁也不敢先放枪。开枪，意味着同归于尽。二百来人的院子，静得吓人。

只有枪口对着枪口。

大林扭过脸问二林："你为什么要反叛我？"

二林问："你为什么要反叛五爷？"

大林："我大林一向待你不薄。"

二林："五爷也一向待你不薄。"

大林："日本人要杀他。"

二林："我问你，日本人是你爹，还是五爷是你爹？"

大林不甘心地说：“难道你不想当官了？”

二林坚决地说：“我更想当一个中国人！”

大林没有话可说了。

这时，座山雕从二林身后走出来，站到台阶中间。他大声说道：

“五爷的头值个团长的官儿。有要的，冲五爷脑门子来！”所有的人都顶着子弹，却没有人敢动一动拇指。

姜标子和大林的人怔怔地看着座山雕。

叭、叭、叭——一连三声枪响，从屯子外传来，打破满院死一般的沉静！

一串马蹄声由屯外传来。马上的人高叫着：“北江好啦！”

接着，西面也响了三枪。

又有两匹马跑进屯，马上的人一路喊着：“占日本啦！”

两匹马从院门前跑过。

随后，枪声噼噼啪啪地在屯外响起来。

一匹匹马跑进屯，接连报号：

“大檩子啦！”

“穿地龙啦！”

院子里的人，几乎都为之一震！

这是在“典鞭”！

典鞭就是各路绺子聚会。按关东绿林的规矩，只有绿林中出了大事才由大绺子首领典鞭。

这是谁典的鞭呢？

姜标子也并不清楚是怎么回事。按理说，在他的盘子上典鞭，得事先通知他。可他一无所知。

座山雕翘着白羊胡，满意地对满院的人说："没有人来取我的项上（人头），是各位看得起我座山雕了。今后，我座山雕决不亏待你们。"

说完，他走过去，对着姜标子说："你我都为朋友插过两肋刀。可是为大林这种东西把家当和女儿都豁上，太不识时务了。不怕绿林的朋友笑掉门牙？"

座山雕的声音不大，却充满杀机。

座山雕杀人，永远是平静得很。

姜标子明白了。

是座山雕跑到他家里来典鞭！

关东有句土话：过年放鞭赶鬼跑，胡子典鞭请鬼到。

姜标子这回可要完蛋了，非得家破人亡不可。

关东刀，对月画虎骨

扑通。

姜标子双膝一弯，跪在地上！

江湖上有句常言：不怕不识字，就怕不识人。姜标子在绿林之中混了二十几年，硬把座山雕看错了。

要知道，能够在绿林中典鞭的人物并不多。

座山雕却能。

"五爷，姜标子有眼不识泰山，得罪了您老，姜标子该死，只请五爷留下菊儿一命。"姜标子求道。

座山雕用平静的语调对跪在地上的姜标子说："起来吧。在孩子面前这样成什么体统。"

姜标子一听，赶紧站起来。"谢五爷大恩！"他说着便过去给座山雕松绑。

座山雕拂了拂身上的灰土，对姜标子说道："那些朋友都在屯子外头呢，你破费一下替五爷招待招待。"

姜标子急忙答应："五爷您放心好了。"

姜标子是够朋友的，他知道怎样招待朋友。

天黑下来的时候，整个姜家大院重新打扫了一遍，地上洒过清水，然后在院子当中生起一堆篝火。

老槐树下边，摆着八仙桌。桌上，有菜、有肉、有酒。

月光透过老槐树的绿叶子照在桌上。

姜家大院此时变得十分幽雅，像一幅画。

幽静，却不失浪漫。

清朴，又充满诗意。

一切都这样和谐，这样完美。

忽然，院门大开。座山雕和各绺子的头目走进来。他们刚刚从村外回来。

座山雕一见院子里的摆设，十分高兴，大声称赞说："姜标子到底是画画的，布置得文绉绉的。"

"他把咱们当成那些对着月亮作诗的大文豪了。"穿地龙笑着说。

座山雕往椅子上一坐，说道："咱们是武豪，是用刀子、用枪杆写诗作画，你们说是不？"

几个掌柜的听了，都觉得有理，不禁豪兴顿起，说道："五爷，今晚咱们也凑它几句如何？"

"说得不错，"座山雕一摸白羊胡说道："我就给你们出个题，你们作作看。"

"五爷，您说题吧。"几个首领高高兴兴地说。

"好。"座山雕说，朝姜标子吩咐道："给他们拿来看看。"

姜标子答应一声，向屋里吆喝一声："带上来！"两个持枪的汉子，从一间屋里押出大林，走到老槐树下，七手八脚把大林绑在树上。

这就是座山雕出的题目。

几个首领面面相觑，弄不懂这是怎么回事。

一枝花，一棵草，可以是一个题目。

一座山，一条河，可以是一个题目。

一个人，也可以是一个题目。

只要有人，就有诗；只要有诗，就一定要有人。

一个人，便是一首诗。

"怎么，难作了？"座山雕环顾全桌问。

"五爷，你的题目太难了。你的状元，怕我们是当不上了。"一个首领说。

"就是，"又一个跟着说，"我说呀，这个题目只有五爷你能作得。"

"解铃还须系铃人。"穿地龙看出点眉目来，说道："你就作出来给大家助助酒兴，也让大家伙开开眼，长长见识。"

"对对对。"几位首领连声说。他们想马上知道这是怎么回事。

座山雕捻着白羊胡，朗声说道："那我就卖卖老。"

他说着，举起酒碗，对满桌人说："先喝了，长长精神。"首领们纷纷举起碗，把酒喝干。

座山雕放下空碗，站起来。小眼睛亮闪闪的，脑门在火光映照下，光亮亮。他的内心十分激动，白胡子在微微颤抖。

他开口说道："我座山雕一辈子受不得别人的气。可我座山雕受了他妈的一辈子气，张家大院的财主给我气受，俄国大鼻子给我气受，张作霖当了官也给我气受，日本人来了，还他妈给我气受。我座山雕所以要当胡子，就为了不受人家气，就为了杀那帮给我气受的王八羔子。"他又给自己倒满酒。

"当胡子不杀人不中。"他接着说："当胡子杀好人不中。我座山雕只杀三种人。第一种叫贪官污吏；第二种叫外国洋人；第三种叫山门败类。"

他喝了一大口酒，放下碗，说："今天，我又要杀人。杀我们绿林中的败类。"

几位首领不约而同地去看大林，见他穿着军装，心里已明白了几分。

"官府是我们的死敌，日本人是我们的死敌，可这个王八羔子却给日本人干事，反水（叛逆）穿上了这张皮。"座山雕说着，从桌上拿起剔肉的匕首，走到大林跟前。

大林瞪大眼睛，恐怖地向后退。可是，他的手脚被绑住了。

座山雕盯着他，见他不再动弹，说："常言说，画虎画皮难画骨，知人知面不知心。今天五爷给你扒下这张皮，看看你的心是什么样的。"

他用刀子在大林身上使劲划了几下，然后，把那件军装撕下来。不一会儿，大林便已经一丝不挂，血从大林的身上流下来。

座山雕抬脚把衣服踢进火堆。

军装烧着了。

火，能毁灭一切。

座山雕回到桌边，拿起酒碗喝了一大口，然后说道："我们绿林的第二大忌，是拈花惹草。大林的两只眼尽盯女人的屁股！眼里便没了咱们兄弟。你们说，他这眼睛还留着有什么用？"

"对对，捅瞎他！"一个首领大南叫道。

"这小子目中无人。"又有人附和说。

座山雕走过去，问大林："还想看看金元宝不？"

"五爷……"大林惊恐地叫道。

"还认得你五爷？"座山雕猛地把刀子扎进大林的眼睛。一声撕心裂肺的惨叫，把静谧的月夜撕碎了。

谁听到这声惨叫，都会动容。

但座山雕脸上却没有一丝表情。

容情不动手，动手不容情。这是座山雕的格言。

座山雕杀人时，永远是这样。他的心好像铁做的，他的脸好像块石头。

他离大林只有半步远。他一直盯着大林痛苦抽搐的脸。血从大林的眼窝里流出来。

大林的惨叫声越来越小，他的脑袋耷拉到胸前，最后，只剩下呻吟了。

座山雕一直等他平息下来。

然后，他回到桌子跟前，端起酒碗，喝了一口，他又说道："我座山雕从不亏待朋友，待他大林一向不薄。他这小子嘴上喊我作爹，心里却在算计我张某。他和日本人合谋，把我骗下山来，绑五爷我去日本人那领赏钱。我座山雕绑了一辈子票，到头来让这个王八羔子绑了票。这小子的良心还有吗？"

"还有，二林的全家是让日本人杀死的，为了报仇上山拉起杆子。他硬让二林给日本人做事，还定下圈套要骗我下山。二林连夜跑去找我，我起初不相信，那天上山吃喜，他果然把编好的话来诳我，我便给他来了个将计就计，顺手牵羊。五爷我坐得正，行得直。今晚我请各位到此，就是让你们见证见证。"

各首领到此时，全明白了，不禁议论纷纷。

"这大林太他娘的没良心，五爷待他这样，他还要陷害五爷。他小子要真的当了保安团长，我们还他娘的要遭他的棍子呢！"

"真是人心隔肚皮呀！"穿地龙感叹着。

第一个首领站出来喊道："五爷，把这小子的心剜下来，看看是什么颜色的。"

"挖出来看看，正好做下酒菜。"有人附和说。

他们的心是一致的，因为他们的利益是一样的。在绿林中，反水的人到什么时候，跑到什么地方，都会被处死。这是绿林的规矩。

任何叛徒都不会有好下场。

座山雕把剩下的酒全喝下肚，一扬手，碗扔出老远，好像甩掉什么烦恼似的。他挽着袖子朝大林走了过去。

大林像个死人，他已经没有求生的能力，连求生的欲望也没有了。

座山雕把刀按在大林的胸膛上头。

月亮静静地照着这刀子。

跳动的火苗映着这刀子。

这刀子猛地扎进大林的胸膛。

老青山，罢远履

座山雕的手，在大林的胸膛里用力一抓，掏出一团热乎乎的东西。

这是大林的心！

座山雕瞪大眼珠，盯着这颗心，好像真的要辨清这心到底是什么颜色。

这心，在月光里是黑的。

这心，在火光下是红的。

人心，都有两种颜色：红与黑。

红与黑，构成了一个人在这个世界上的格调。

红，代表善。黑，代表恶。

善与恶，构成了一个人在这个世界上做的所有事情。座山雕走到篝火旁，把那颗心扔进了火堆。

火苗立刻吞下这颗心。

座山雕静静地等着这颗心被烧掉。火光映照着他的脸。他在想什么？

也许，他在想这颗心本来就该是红的。

也许，他想让这火把这一切都烧掉。

一切都没有了，人心也就平静了。

座山雕慢慢地回到桌子前，坐到椅子上。这时，他才感到自己很累很累。

月光照着他的脸，照出他额头上的皱纹。

月光照着他的胡子。他的胡子白得像雪。

他老了。

如果这时有一张床，他一定会睡去，安安稳稳地睡去。

也许他可以睡了。

从日本人手里，他终于得到了他要得到的东西。

日本人一个个的诡计，都被他识破了。

他胜了。

几个首领站起来，向座山雕敬酒。

座山雕没有拒绝。

关东的大白瓷碗，碰在一起，声音很响。

关东的高粱酒喝下肚，味道很甜。

他觉得身子在飘。飘。飘。

二林端着酒碗走过来。从今以后，他和他的绺子便是威虎山的人。座山雕就是他们的大当家。

他是在向大掌柜敬酒。

他有资格敬这碗酒。这次没有他的情报，座山雕怎么会有今天的胜利呢？

座山雕看见他，猛地停住举起的酒碗。

他想起了一个人。

谁？

明谷治太郎。

想到这个杀人狂，座山雕就想到要杀死他。

这个日本人没死，这个日本人还会杀中国人，也还会来杀他座山雕。

不杀了他，他座山雕还会要受气。

座山雕望着二林说："二林，五爷把这碗酒替你留着，你给五爷跑一趟差。"

他附在二林的耳边说了半天。

二林高兴地点着头，说道："五爷，你放心好了。干这个，我最拿手。"

座山雕满意地说："好。五爷就端着这碗酒等你的好消息。"

明谷治太郎今天醒得格外早。

他在等一个人。从昨天晚上，他一直等到现在。

他等得有点不耐烦。

大林简直是个饭桶。直到现在，连个影也没见到。难道座山雕没有下山？不会。座山雕急需子弹，这次他一定会亲自出马。这个老头什么险都敢冒。

那么，难道是座山雕又给溜掉了？

明谷治太郎一想到那个穿着黑绸缎袍的小老头，便感到一种害怕。

他刚到海林，座山雕便给他一个下马威。

他使敲山镇虎计，想以此找到座山雕的老巢。结果，他还了个"杀一儆百"。

他在虎爪砬子布下天罗地网，满以为会擒住座山雕。不料想，座山雕竟从水路溜掉了。如果不是他计多一招，说不定座山雕早已打上门来。

要消灭座山雕，光靠日本人不行，强龙压不倒地头蛇。

终于，明谷治太郎发现了大林这个伥鬼。他派人严密监视大林的行动，几天后，便掌握了大林的习性。然后，他亲自出马，成功地招降了大林。

于是，他精心炮制这一调虎离山计。

这一次，座山雕是不会识破的。因为他不会想到出卖他的，是他的干儿子。

明谷治太郎懂得如何用中国人打中国人。

他相信自己会成功。

他等待干儿子绑着干爹走到他的面前……

他想到这里，心里十分得意，舒舒服服地在床上伸了一个长长的懒腰。

猛地，他的双臂在空中停住了。

他看到在他的衣服挂上，挂着一颗人头。

这人头，就是他要等待的那个人的脑袋。

大林的脑袋，被人送进他的卧室，挂到他的衣服挂上！他腾地坐起来，从枕头下抽出手枪，机警地审视着屋子的各个角落。

屋里有刺客！

他巡视了半天，什么也没发现，但他仍旧不敢下床去。他向窗外打了一枪。

门口，立刻响起狗的叫声。

这狗是他专门带来守门的。他从来不相信哨兵。他认为他们只能看见老百姓，根本看不到敌人。所以，他养了这只狗。

窗外传来急促的脚步声。

门开了。

最先跑进来的，是他的那只狼狗。后面跟着十几个持枪的士兵。

"将军发生了什么事情？"士兵急切地询问。

明谷治太郎用枪指那颗人头。

十几个士兵也吃了一惊，急忙分散开，在屋子里寻找刺客。

那只狼狗对着那颗人头狂吠着。也许它在检讨它昨夜的失职。

明谷治太郎穿上衣服。那只狗仍在吠。

他不禁一愣，把大林的人头摘下来，让这狗去嗅。狼狗嗅了一会儿，便跑出门去。

明谷治太郎急忙说道："跟着它！"

骑兵队跟在狼狗的后面，飞一般地冲出县城。

狼狗跑得飞快。它正想立功赎罪。

昨天，那个送人头的人，要想割下明谷治太郎的头简直是再容易不过。

狗终究是狗，它不会斗过人的。座山雕太难斗了。中国人简直是无法统治。

明谷治太郎骑在马上，不禁感叹万分。

明谷治太郎追赶的人，此时已经站在座山雕的面前。

"五爷，我给他留下了。"二林说。

"好。那个日本人来了没有？"

"已经追来了。大约有六百个骑兵，离这大概有一袋烟的工夫。"二林说，用袖头擦着满头的汗。

"嗯。"座山雕满意地应了一声，吩咐道："你去把黑胡子叫来。"

不一会儿，黑胡子进来了。

座山雕说："你带百十个弟兄在这跟他们玩一会儿。然后，把他们领到土龙山去，让谢文东去啃。我已经派人给谢文东捎信去，让他们准备了。"

黑胡子说："五爷，现在咱们人手和家伙都够用，干啥要送人呢？"

座山雕没有回答。"我带人先回山去，三天后我给你摆酒。"说完，他站起来，好像自言自语地说："我已经吃饱了。"

第二天。

溥仪在'新京'登殿'加冕'。伪满洲国建立。

同一天，广赖师团四百八十人被歼。

史称"土龙山"事件。

同一天，座山雕率人马回到威虎山。

他离不开山。

没有人知道他为什么这样。

也许，就因为他叫"座山雕"。

附记：

许多人都知道座山雕。

据史料记载，当时在关东绿林中有六个座山雕。本篇所写的座山雕即是其中的一位。他曾被记录在《东北抗日义勇军史》中。历史上，在九一八事变后，东北一些土匪参加了抗击日本侵略的斗争，但东北光复后，许多土匪站在了人民的对立面，因此被新生的人民政权一一剿灭。

书中题目寄调《贺新郎》

蝴蝶迷真传（之二）

冰美人

车窗外，一片耀眼的银白。

蝴蝶迷坐在临窗的座椅上，久久地望着车窗外。

连绵的山峦，像一只只奔跑的白象。

山顶密麻麻地矗立着枯瘦的松林，厚厚的白雪笼罩不住松林间枝枝碧绿。碧绿中透着只有关东才有的沉默、倔强和粗朴。

山脚下，偶尔有几座村落。低矮的土房，歪歪斜斜的栅栏，没有炊烟的烟囱，给人讲不出的凄惨、荒凉。

铁道旁，不时掠过座座炮楼和炮楼上发冷的刺刀、钢盔。

这就是关东。关东的天，关东的地，关东的山，关东的林，关东的雪，关东的风。

坐在车窗旁，望着眼前的一切，蝴蝶迷不禁怆然泪下。

第一次坐火车去哈尔滨读书，这一切曾令她亲切、新鲜、神往。每一次放假回家，她都要倚着车窗看个不停。

少女的眼里没有丑恶。也许只有丑恶才使少女变得成熟。此时的她，已经不是对一切都充满天真单纯的幻想的少女了。

她是一个胡子，一个杀过人放过火的胡子头。

这次，她坐火车不是为了旧地重游，寻找失去的世界。失去的永远失去了，没有谁能挽回过去。她在流血中认识了这个血一样无情的真理。

当一个人认识到这一点，便开始走上成熟之路。

蝴蝶迷成熟了。尽管她的年龄与她的成熟很不协调，尽管她以前的理想同现在有多么强烈的反差，她还是成熟了。

她望着车窗外这熟悉的世界，几次想冲过去拥抱它，放开歌喉为它唱上一曲山歌。但她却用在枪声和痛苦中建立起来的理智之堤，牢牢地桎梏住冲动的滚滚心潮。

她必须冷静，一千分一万分的冷静。

因为她这一次是单身一人去哈尔滨。她要亲手杀死她的第一个仇人。

不知是什么时候，她的对面坐下一位漂亮的小姐。

也许是她那华贵的皮大衣吸引了蝴蝶迷的视线，或许是蝴蝶迷嗅到了这位摩登小姐身上散发出的沁人的香水味。蝴蝶迷扭过脸，朝她看了一眼。

只是看了一眼，蝴蝶迷的目光便停在那张脸上不动了。

这位阔小姐长得实在太漂亮！

她长着一张白嫩嫩的鹅蛋脸，浓密发亮的披肩长发，上面斜扣了一顶做工精细的白皮帽，正好和她那件白皮大衣相呼应。

脖颈上洒脱地系了一条天蓝色的领巾。

她的眉毛不粗也不细，秀眉下有一双长着长睫毛的大眼睛。秀挺的鼻子下是抹着淡淡口红的嘴唇，像春雨湿润的海棠花瓣。

摩登女郎对蝴蝶迷的注视很厌恶，蝴蝶迷立刻从她的目光里就感觉出来了。

这一定是一个官宦家的阔小姐。特别是与这身装饰相应的傲气，不是装出来的，而是深埋在骨子里的。蝴蝶迷这样想着，心里不禁涌上一股愤愤不平。

自己也有她一样的漂亮，可是，自己什么时候有过这样的装扮。阔小姐的漂亮可以给她带来男人的倾倒，带来数不胜数的金钱，还有楼房，小汽车……可是自己呢？

想到这里，蝴蝶迷不禁产生一丝的伤感。但她很快便从心头抹去这种伤感。她暗暗叮咛自己：不论今后怎样，决不再替自己伤心，替自己流泪。

一个人把眼泪留给别人时，他就变得坚强起来了。

这时，从蝴蝶迷的后面，走出一个身材高大的关东汉子。他的脸蜡黄，头发乱蓬蓬的，身上穿了一件破烂不堪的棉大衣。他的胳膊上挂了一个辨不清颜色的布袋。

汉子朝蝴蝶迷伸出一双又大又粗的黑手，嘴里小声地说道："赏几个钱吧！"

原来，这是一个叫花子！

这样一个关东大汉竟是一个叫花子！关东有丈不完的肥沃土地，难道他就没有一块地可以耕种？关东有数不清的山，山上有采不尽的木耳、山蘑、山菜，打不完的野兽，还有伐不光的树木，难道就没有一样他干得了、赚得来钱的？关东人有用不尽的力气，难道他竟找不到一件可以赚钱糊口的事做？

这简直令人不能相信，但是蝴蝶迷却能理解。

她一看见花子朝自己走来，心立刻动了一下，手本能地伸进她一直没离手的手提包。她从包里摸出一张钞票，也不看一眼便放到面前那只粗黑的手掌上。

那汉子的眼睛立时一亮，连连给蝴蝶迷鞠了几个躬，道："小姐的心太好了！"

旁边的人都看见了这一情景，无不带着几丝惊诧看着这个穿着华丽的阔小姐。

那汉子鞠过躬，连忙又把手转向穿白大衣的摩登女郎，怯声道："小姐，你也赏几个子儿吧？"

看来，方才意外的收获又给了他勇气，他把另一只手也伸过去，好像想接受比刚才更多的赐舍。

不料，半天没有钱放到手上。汉子抬起眼，朝摩登女郎望去。

他带着乞求的怯弱的目光，立刻被迎面而来的凌厉的目光镇住了。

这目光就是语言，就是拒绝。不，不仅仅是拒绝，而且还有辛辣的轻蔑和厌恶。

汉子伸出的手臂无力地垂下去，像被斗败的勇士羞愧地放下手里的枪，脸上却木然得很，没有羞愧，也没有愤怒。

这是一个被打败过几次而丧失了斗志的人，在他高大的躯体里没有了男子汉不肯受辱的刚强和硬性，也没有了战士在挑战时的勇敢和不屈。

汉子慢慢地转过身去，走开了。

蝴蝶迷发现汉子在转身的时候，眼睛朝自己望了一眼。这一眼里有无限的感激和凄然！

她的心立刻被揪作一团。她从汉子的背影上收回目光，看着面前这个刚才在心里赞慕的漂亮女郎。

摩登女郎也正用眼睛看着她！

那双漂亮的眼睛与其说像一对又黑又亮的圆宝石，不如说是两支深蕴着令人战栗的枪口。

蝴蝶迷从没见过这样漂亮的眼睛，也从没见过这样冷峻的目光。她不禁在心里暗暗说："她简直是一个冰美人。"

哈尔滨，不欢迎你

一声长鸣。火车轰隆隆地开进哈尔滨车站。

车厢里一片混乱。旅客们攀上行李架，取下自己的包裹纷纷拥向车门口。

蝴蝶迷提起自己随身带来的皮箱，离开座位，朝车门口走去。

站起来时，她又瞟了一眼坐在对面的冰美人。

冰美人好像并不急于下车，或者不屑和这些乘客同伍下车，仍旧静静地坐在座位上。

蝴蝶迷提着皮箱，随着人流，拥过车站，出了检票口。

她又一次来到了哈尔滨。

一年前，她含着伤心的眼泪离开哈尔滨，那时她是那样留恋这里。这里有她的校园，她的老师，她的朋友。这里有她熟悉的楼房、街道、长堤、细柳。这里有她的憧憬，她的初恋，她的青春……

可是，这一切都被鲜红的血冲走了。这血是她的，剃鬼头的，父亲的，还有她的仇人的。她曾绝望地想：再也看不到哈尔滨了。她甚至不敢再回到哈尔滨，怕见到那里的一切。

想终归是想，怕终归是怕。命运总是打碎每个人为自己建筑的心中楼阁，然后让他用自己的汗水、眼泪和鲜血，重新铸造出一个现实人。

命运把蝴蝶迷带回到这个给过她快乐和痛苦的冰城。

她必须在这里重新生活一次。

一出检票口，蝴蝶迷被满城的冰雪刺得睁不开眼睛！她下意识地眯起眼睛，四下张望。

此时，正是晌午。太阳照在楼脊上厚厚的白雪，闪闪发光。

站前的广场上，停着各式各样的小汽车，车身像被光罩住一样亮闪闪的。

蝴蝶迷忽然看见那个冰美人钻进一辆白色的小汽车。车门砰地关上之后，小汽车便开走了。

她是从哪出来的，怎么会走在我前面呢？蝴蝶迷心里说道，也朝一辆红色小汽车走过去。

汽车司机戴着一顶鸭舌帽，嘴里叼了一支香烟，站在车前招呼乘客。他长吐了一口烟，问道："小姐，您去哪？请上车。"

"去松花宾馆。"蝴蝶迷说。

"好啦。"汽车司机说着，走过来接过蝴蝶迷手上的提包。

然后，替她打开车门。

蝴蝶迷弯腰走进小汽车，突然"哎呀！"地惊叫一声。

汽车司机听到叫声，赶紧跑回来，打开车门，问道："小姐，出了什么事？"

蝴蝶迷坐在车里，目瞪口呆地看着自己的两只手，她的手里握着一个用冰块精雕的美人！

汽车司机吃了一惊，连忙说道："对不起，小姐，这是哪个王八蛋和老子开这样的玩笑，妈的！"

"不是，不是。"蝴蝶迷摇着头说。

汽车司机又问："小姐，这块冰放在哪了？座位上？"

蝴蝶迷摇头。

"脚下？或者靠背上？"汽车司机见蝴蝶迷一个劲摇头，更觉得蹊跷，有点不知所措地问："小姐，冰块到底哪来的？"

蝴蝶迷终于指着手提皮包说："是这里。"

司机松了一口气，说："我还当是谁他妈的坏老子的买卖呢！原来是有人跟小姐开玩笑。"

"不是玩笑。"蝴蝶迷说，她又看了看化出水来的冰块，说道："有人偷了我的钱，又把这块冰放进里面充分量。"

"偷了您的钱？"司机瞪大眼珠子问。

"嗯。"蝴蝶迷拍了拍空荡的手提包说："上车以后，我想先付车钱，伸手一摸，就摸到这个了。"

"这么说，小姐的钱全让人掏去了？"

蝴蝶迷没有吱声。她知道：小偷掏去的不仅是钱，还有……

"小姐，您是不是还有零钱？"司机客气地问。

　　蝴蝶迷听司机这样一问，才意识到自己此时已经身无分文了。她轻轻地摇了摇头。

　　司机明白了，冷冷地说："小姐，你再坐别人的车吧。"

　　他说着，放下手里提着的提包，做了一个请下车的手势。

　　蝴蝶迷脸一热，慢慢地下了车。

　　司机赶紧钻进驾驶室，一踩油门，汽车便抛下蝴蝶迷走了。

　　蝴蝶迷一个人站在空荡荡的广场上，仿佛落进大海里般，一时不知如何是好。

　　看来哈尔滨并不欢迎她的到来。命运之神把她送到这里之后转身走掉了。

　　她又一次感到了孤单无援。在这座城市里，她几乎找不到一处可以安身的地方。她原来的同学都毕业了。再说，就是不毕业，她也不敢到她们那里去住。别人家她都找不到，这可称得上出师不利了。其实她只要住下两天就可以干完她要干的事情。可是，她现在连坐车的钱也没有了，又哪里谈得上住店呢？

　　没有住的地方，没有钱买吃的，这些都可以想别的办法，比如把皮箱里的衣服当掉。只是，她没有了……

　　"小姐。"一个男人怯弱的声音。

　　蝴蝶迷被这叫声吓了一跳，抬头一看，是那个花子。

　　"你，你要干什么？"蝴蝶迷警觉地侧了侧身子。她忽然想起，一定是自己在给他钱时被扒手盯住了。可是谁掏的呢？为什么掏走之后又放进一块冰呢？

　　"小姐，我在这儿看你半天了。你一下了车我就跟着你……"

花子说。

难道是他偷的？蝴蝶迷的脑海里闪过这个念头。她盯着汉子的脸，问道：

"你跟着我干什么？"

"不干什么，"汉子躲闪地说，"小姐八成是有了什么难处？"

"我的钱被人掏走了，"蝴蝶迷用平静的口气说。

汉子的眼睛露出一丝的惊异，接着又说道："小姐，八成不光是因为钱丢了。"

蝴蝶迷心里一惊：难道他知道我丢了……她面露难色地说："我没有住处可去了。"

汉子点点头，问："小姐是头一回来哈尔滨吧？"

蝴蝶迷没有开口，只稍微点点头。

"小姐，你要不嫌弃，我领你去一个地方，既有吃的，又有喝的，还有住的。"

骗子。他偷了我的钱，又想骗我去……蝴蝶迷盯着花子，半天说道："你说的地方是不是很远？"

"不远，不远。"汉子连忙说道，"你看，顺着这条街一直往前走，过三个胡同就是。我给你提箱子，不用一袋烟工夫就能到。"

说着，花子真的过来去接蝴蝶迷手里的箱子。

蝴蝶迷往后一闪箱子，说道："这里没什么贵重东西，不沉，我自己能提得了。"

汉子窘了一下，连忙说："中哇，中哇，我是怕你提着费劲。"

说完，他便先行了一步。

花子房中花子王

"到了，到了！"花子兴高采烈地说："就那儿。"

蝴蝶迷停住脚，顺着花子的手指看去，前面是一座拆修的破房子。房顶厚厚地压了一层白雪，好像马上就要塌下去似的。房子的窗户用草垫子和麻袋片堵得密密实实。如果不是门口有两个汉子，蝴蝶迷根本不敢相信这里还住着人。

门口的一个汉子正用一把破菜刀，用力地在一块冰上刻字。另一个汉子用拣来的破布条做灯笼，他们看见有人来，都停下手里的活计。

其中的小矮个子袖着手，向花子招呼道："饼二叔，从哪要来这么漂亮的媳妇？"

饼二叔像变戏法似的从口袋里摸出两个小碗大的面饼，一下子塞进矮个子的嘴里："你这腔眼只你饼二叔塞得住！"

矮个子赶紧用手接过面饼，咬了一大口。

饼二叔得意地看了蝴蝶迷一眼，说："小姐，你别在意，我这个侄子嘴巴没深没浅，不像你们富户人家懂礼。"

不等蝴蝶迷讲什么，他又板下脸来，大声训斥道："短茄子、细黄瓜，你们过来，这是……"他想把蝴蝶迷介绍给短茄子和细黄瓜，话一到嘴边，才记起还不知道人家姓甚名谁，他结巴着，看了看蝴蝶迷。

蝴蝶迷见他这副样子，忍不住想笑。

短茄子吃完饼，又来劲了，问道："是什么呀？"

"是……是小姐。"饼二叔好不容易才挤出这个词来。

短茄子一听高兴起来，叫道："细黄瓜，你看饼二叔给咱们要来一个俊妹子。"说完，他一蹦高，转身钻进门洞里去。

饼二叔弄得笑恼不得，冲着短茄子的背后骂道："从你小子腔眼里蹦不出好屁来！"

他对细黄瓜吩咐道："你给这位小姐把箱子提进去。"

细黄瓜看了看蝴蝶迷，不自在地走过来，红着脸站在蝴蝶迷跟前。

蝴蝶迷没拒绝，把箱子递给他。这个箱子实在让她吃了不少累。

细黄瓜眼睛盯着提箱的把手，脸更红了，往后退了退，半天才挤出一句话："放地上，我好去提。"

蝴蝶迷见他这副害羞的样子，便放下提箱。

饼二叔在旁解释道："你还不知道，这孩子心灵手巧，样样都中，就是见不得人。"

蝴蝶迷这才问了一句："我看他比你的年岁差不多少，怎么叫你二叔呢？"

"你觉得这稀奇吧！你再往后就更觉得新鲜。"饼二叔说着，领蝴蝶迷进了门洞。

门洞又窄又黑。饼二叔在前面领路，蝴蝶迷摸了摸靴筒里的匕首，镇定一下，跟在饼二叔的身后进去了。

过一个狭道，进到屋里。一进屋，蝴蝶迷立时吓了一跳。

空房中一片昏暗，有二三十个叫花子，横七竖八地挤在一起。这些人都睁大眼看着进来的蝴蝶迷，昏暗中那些瞳子里放出吓人的目光。

蝴蝶迷立时醒悟到自己被领到什么地方来了。

这里是花子房。

在关东有这样的顺口溜：

一个阎王三个房，一房要比一房强。

没儿没女没爹娘，住进花房四处忙。

有钱有业有租饷，儿子抓进秧子房。

吃喝嫖赌也无妨，得罪官家蹲牢房。

这花子房本是"三大房"之一，足见这地方如何了。

据说"三大房"折腾起人来各有方式，因而风格不同，人受的罪也不一样。官府的牢房是第一苦的，因为那里有各种刑法拷打人；第二苦的是秧子房，胡子对抓来的票并不用刑，而是折磨得让你受不住，这样肉票就会给家人去信来换票；第三苦的就是花子房了，花子一不打人，二不骂人，而是损人，损得你自己想寻死上吊。

蝴蝶迷在山里听人讲过花子房里的勾当，所以心里并不惊慌。她站在那里，把花子房上上下下打量一番。

这间房子原来是两间，中间的墙被推倒了，用三根木柱支撑着房顶。窗户用草垫子和破炕席遮住。地上铺着稻草、麻袋之类的破东西。上面的人有躺着的，坐着的，跪着的，站着的，一个个像一堆堆破烂扔在地上。

饼二叔用脚踢了一下躺在门口的花子，骂道："滚一边去！来客人了。"

躺着的花子不满地瞪了蝴蝶迷一眼，把伸到门口的腿缩回来。

屋里的花子谁也没开口，蝴蝶迷却感到整个房子里都充满了敌意。

饼二叔又朝屋里的花子喊了一声："来客人了。"

依然没有应答。

饼二叔窘住了，用眼瞟了瞟身后的蝴蝶迷，羞恼地说："都他妈的冻成棍了？"

"饼老二，"这时在墙角有个男人粗声粗气地叫道，"那个人是谁？"

"道上拣来的。"饼二叔说。

"道上能拣来银子，拣来肉饼，还能拣来人家的媳妇？"那个人又道。

"三大爷，你甭往歪处想，我饼二可不是那号人。"饼二叔口气里有几分恭敬地说。

三大爷沉吟片刻，说道："她是什么道儿的？"

"好像是有钱人家的闺女。"饼二叔说。

蝴蝶迷借着火星的闪亮，看清三大爷的面孔。这竟是一个比饼二叔还年轻的汉子。她想起在江湖上并不是以年龄来论辈分，而是依据你入道的时间早晚来论。看来花子房也同样如此。

三大爷长吐了一口烟，又问："你是咋拣来的？"

饼二叔道："她的钱给人摸去了，在这盘儿（地方）没有了去处，我就领她来这儿。"

三大爷有点幸灾乐祸地道："也就是说这位有钱的小姐现在也和我们一样了？"

屋里的人听了立刻哄堂大笑起来。

蝴蝶迷心猛地一紧。原来现在自己成了叫花子！她不假思索，猛然转过身，夺门便走。

可是，方才躺在地上的那个花子，一蹿高站了起来，一伸手拦住蝴蝶迷的去路，嬉皮笑脸地说："小姐姐，你慢走，再叫俺们来瞅瞅。"

蝴蝶迷机灵地退后一步，没有让对方抓住，戒备地看着那张又黑又丑的脸。

这时，忽然又蹿上两个花子，三个花子挽住手，竟把门拦得严严实实，蝴蝶迷纵使再想冲也是不可能走脱的。

这时三个花子一唱三和地说起来：

花子甲：没看够，不能走，他看看，我瞅瞅。

　　　　都说姑娘长得秀。

花子乙：姑娘秀，姑娘秀，姑娘本是娘的肉。

　　　　别人敢看我敢瞅，我是姑娘大舅舅。

花子丙：大舅舅，不害羞，白天就要搂大妞。

　　　　大妞走，他就愁，没皮没脸往前凑。

蝴蝶迷感到一阵恶心，简直想把肚子里的东西都吐出来。她看过杀人，听过骂人，就是没遇到损人。

她向后退了退。她越退，三个花子越朝前凑。不知是谁在暗处绊了她一脚，她一下子跌在地上。

没等蝴蝶迷爬起身，黑暗中立刻有几条黑影朝她身上扑过去。

"妈呀！"

一声惨叫，屋里的人大吃一惊。

扑过去的几个花子呆呆地看着撞在一起的同伴，蝴蝶迷站在他们的身后，手里握着一把匕首。

借着窗户的一点白光，屋里的人看见匕首上有一抹鲜血。

屋里的花子顿时一惊。三大爷把烟袋朝门口的花子一比画，几个花子会意地点点头，并排站在门口，堵住蝴蝶迷的退路。他们的手里不知什么时候多了几根木棍和鞭子。

所有花子的目光都盯在蝴蝶迷身上。

昏暗中，一片沉寂，一片杀机。

这时，只听一个苍老的声音说："请问这位外哈（外来人）可是里几来的（本地的朋友）？"

蝴蝶迷吃了一惊。这个人会开春点（会讲黑话）。她寻声望去，只见在屋子的南墙上盘腿坐了一个老叟。因为他背着光，只能看见他白白的头发，却认不清他的脸。

这个人一定是花子头，蝴蝶迷在心里说。可是，跟不跟他碰（讲黑话）呢？她随机地说："老伯是他们的头？"

"你这斗花（女孩子）还够传快（心眼来得快）的。"老叟说，夸奖里默许了蝴蝶迷的猜测，"你往前近巴近巴（近前）。"

蝴蝶迷没有动弹，依旧背墙站定，说道："老伯，你有话请吩咐吧。"

花子王宽厚地说："既然你不愿和我们这些靠死扇的（花子）坐一块席子，就不劳动你了。"

蝴蝶迷听出花子王的言外之意，心想：看来这个人并不恶，我何不求他帮忙成了大事？于是，她说："老伯，您这样说，我倒过意不去了。刚才，我失了一回手，您别介意。"说着，她跨过地上躺着的花子，走到花子王跟前。

花子王坐在那没有动，只是说："拐拐吧（歇歇）。"

他的身边有一个木墩，蝴蝶迷便坐在上边，随手将匕首送进皮靴，说道："谢谢您了，老伯。"

"你到哈尔滨来不是撞门子（走亲戚）吧？"花子王说。

"嗯。"蝴蝶迷答应一声。

"是找一个人？"花子王又道。

"是。"蝴蝶迷简短地说。她发现这个花子王一直没有睁开过眼睛。可是，周围的事好像他都知道似的。称王者，自有称王的本领。蝴蝶迷在心里不禁对这个老花子王敬慕起来。

花子王意味深长地点点头，过了许久，他才说道："孩子，我知道你是谁了。"

蝴蝶迷眉毛一挑，睁大眼睛看着老花子王。

老花子王仍然平静端坐着，一动也没动，像一尊在风雨中搁置了几十年的石像。脸上的皮肤粗糙黝黑似乎没有一点表情，却给人一种说不出的深沉和刚毅。两只眼睛深陷进去，讲话时也不睁开一下。

蝴蝶迷恍然大悟，原来这个老花子王竟是一个盲人！

可这个看不见世界的盲人，怎么会知道自己的名字呢？蝴蝶迷惊奇地问："老伯，您怎么会认识我？"

老花子王没有回答她的问话，而是说："孩子，告诉我你的钱是怎么丢的？"

看来老花子王很关心自己。蝴蝶迷便开口说道："我也不知道是怎么被人偷走的，记得我下车时还检查了提包里的东西。

下车时人很乱，我就更加注意，上了汽车以后才发现提包里的钱被换成了一块冰。"

"你是说，你的口袋里有一块冰？"老花子王问。

"是。我想给司机准备车钱，伸手去掏提包，结果摸出块冰来。"

"那块冰是不是刻了一个美人？"花子王问。

"是，而且刻得还很细心。"蝴蝶迷说。

老花子王胸有成竹地说："孩子，你的钱被一个比你更厉害的人拿去了。"

"谁？"蝴蝶迷问。

老花子王十分肯定地说："冰美人！"

瞎话冰美人

老花子王一说出冰美人的名字，蝴蝶迷就想到了车上的那个摩登女郎。

摩登女郎漂亮的容貌，拒人千里的女皇般的冷峻又浮现在蝴蝶迷的眼前。

很难说清是喜欢她，还是讨厌她，蝴蝶迷竟无法忘却。

人所以被人铭记心头，或者是因为被爱过，或者被恨过。但也有一种人却是因为被爱和恨交织着，使你不能忘记。

冰美人就属于这种人。

"她住在什么地方？"蝴蝶迷好奇地问。可是，一开口她就后悔了，不安地望了望老花子王的眼睛。她觉得不该向这位老人提这样的问题。

老花子王没有在意蝴蝶迷的唐突，慢声地说："没有人知道她住在哪里。只听人传说，她长得非常漂亮。要不然，怎么会称美人呢？"

蝴蝶迷点点头，说："这个冰美人是干什么的？"

"你问她是什么蔓（干什么的）吧，这又说不准。"老花子王略显为难地说："我给你讲几段瞎话，你自个儿捉摸吧。"

一听说老花子王要讲瞎话，屋里的花子们都凑过来。花子甲朝蝴蝶迷调皮地眨眨眼。这些人居然像小孩子一样好奇、单纯。方才还是剑拔弩张，现在又一团和气。

饼二叔小声地对蝴蝶迷说："俺们头儿肚子里有上百担子的书，知古识今，瞎话海啦！"

这时，只听老花子王说道："其实，单这冰美人的瞎话也能扯上三宿五宿的。如今是个不寻常的年月，不寻常的人也就接二连三地露头露脸，这不寻常的人总要干些不寻常的事。在咱这关东马蹄子大的地方，远的不算，单这二十来年，绿林中有头有脸的人也是多得很的。冰美人就算得上有排号（名气大）的了。"

蝴蝶迷想，听老花子王这样夸赞冰美人，想必冰美人一定做出几件有排号的事来。没等她把话讲出来，老花子王便道："你还记不记得三年前松江楼人头无尸案？"

"记得。"蝴蝶迷连忙答道。那是她刚上学的夏天——

一清早，出外跑步的学生回来说，松江楼顶上挂了一个血淋淋的人头。

松江楼离学校不远，所以，同学们都跑去看热闹。等她到松江楼时，只见松江楼前围了成百成千的人。人头已经被警察摘下来，她只远远地望见浅白色的楼墙上的一团没抹去的血污。

她问老花子王："老伯，我听人说干那件事的人叫哈尔滨姑娘。这是她自己留下的名字。"

"不错。"老花子王点点头，道："那时你正在学校读书，自然知道这件事。可你还不知道这里面的真相。被杀死的那个人是日本关东军驻哈尔滨的高级参谋，叫竹下登一。这个家伙是一个色鬼，每隔十天就要换一个中国姑娘去他那里睡觉。最惨的是，这家伙祸害了一个姑娘以后，就在姑娘的肚皮上刻下编号。"

蝴蝶迷全身的血一下子涌上来。她又想到自己的那个人，眼里不禁冒起怒火来，她恨不得马上就去那座小白楼，亲手杀掉那个葬送了自己一切的日本鬼子，然后，也把他的人头吊在白楼之上！

但是，她没有冲动。她又一次在心里提醒自己：要冷静。这时，又听老花子王讲述道：

"竹下这个家伙的勾当让冰美人知道了。她私访了十几个被害的姑娘，终于摸清了那个竹下的行踪。她装扮成一个摩登女郎，到竹下经常出没的地方去放钩。有一天傍晚，竹下来了，他一看见穿着雪白色连衣裙的冰美人就被迷上了。他用车子带着冰美人在哈尔滨城里兜了一大圈，来到松江楼，要了一个雅间。他哪曾想冰美人是替全哈尔滨姑娘杀他的。进屋，他就被冰美人捅倒了。冰美人杀死他之后，用布蘸着血在墙上写下了一行字：

'除奸者，哈尔滨姑娘'。"

蝴蝶迷听到这里，才知道这哈尔滨姑娘就是冰美人。丢了东西之后的那种难言的愤恨，也渐渐地平息了，心里竟对这冰美人敬慕起来，她奇怪地问：

"老伯，像您刚才讲的，冰美人实在称得上是行侠仗义的巾帼英雄。可是，她怎么会干扒手的下流勾当？"

老花子王道："这就是冰美人啦。听说，她原本是一个江湖大盗。哈尔滨城的几桩大盗案，比方说，俄国华采银行黄金盗窃案、警察局长家的金条案、东洋商行翡翠雄狮案，都是冰美人干的。据讲这案子除了花子李三来哈尔滨露过手外，没人能比得了。另外，冰美人做这些案子都是在冬天。临走时，她总要在窗台上放一块冰雕的美人。所以，人们都知道这些案子是她一个人干的，便都叫她冰美人。"

"啊！"蝴蝶迷终于相信了，冰美人偷走了自己的钱。

"可是，她为什么放着银行的钱不去拿，偏偏要和我过不去？"

"这就说不准了，"老花子王说，"冰美人是一个性格古怪的人。一定是你在哪里得罪了她，不然，她决不会和你开这样的玩笑。"

蝴蝶迷想了想，摇着头说："我并不认识她，怎么会得罪她？"

饼二叔忽然叫道："我知道谁拿走你的钱了。"

"谁？"蝴蝶迷问。

"就是坐在你对面的那个女人。她就是冰美人！"饼二叔叫道。

蝴蝶迷仔细想了一下，问："你怎么认准她就是冰美人？"

"没错，准是她。"饼二叔一口咬定道，"你说，除了冰美人谁还会这样漂亮？我当时要是再多看上两眼就好了！"

他看了看蝴蝶迷，连忙又解释说："不过我可没说你不漂亮，你和她一样漂亮。真的，我一上车就看见了全车的人都看你俩。我想我一过去，你们就不能不给我钱，所以——"

"饼二，"老花子王截住饼二叔的话，显然他对饼二叔的啰嗦不满意，说道："光是凭漂亮可不能就咬准（下结论）。"

饼二叔立刻收住话，看着老花子王说："我敢肯定。在这位小姐给我拿钱时，我发现冰美人很在意地瞅了一眼小姐的手提包，她见我瞧着她就很恼火。"

蝴蝶迷也接着说了一句："我起身下车时还看见她坐着没动，可是当我出了站台时，却见她坐进轿车走了。"

"你可看清那是什么样的车？"老花子王追问一句。

"看清了，是辆白色的出租汽车。"蝴蝶迷道。

"那么，这个人十有八九是冰美人。"老花子王说出自己的判断。

"老伯，是依据什么这样说的呢？"蝴蝶迷问。

"孩子，像那样有身份的小姐，怎么会去坐出租小汽车？按理在她没下火车，小汽车就该等着她了。"

蝴蝶迷觉得老花子王的话很有理。她现在最关心的是去哪里能找到这个冰美人，于是，开口问道：

"老伯，我怎么才能找到她？"

老花子王轻轻地摇摇头，说："没人能找到她。日本宪兵队、警察局派出上百的人，找了她好几年，都没有找到她。"

蝴蝶迷听了之后，心凉半截。她看了看老花子王，抱着一线希望地说：

"可是，老伯您能知道。"

老花子王笑了笑，说道："你认为我能知道你的来历，所以也一定能知道冰美人的去向。"

蝴蝶迷为老者有这样高的智慧十分惊叹。她没有再问下去，等着老花子王说下去。

老花子王说道："其实，不单单我知道你的名字，我的徒儿们也知道。"

顿了顿，他问周围的花子们："你们可听过宁安的蝴蝶迷这个人吗？"

"听过，听过。"花子们连连说道。

"难道她真的就是吗？"饼二叔问。

老花子王点点头，指着饼二叔说道："饼二，你可是有眼福的人，一天竟看到两位女杰。只可惜，你有眼无珠！"

饼二叔也不无遗憾地搔了搔乱蓬蓬的长发，偷眼看了看蝴蝶迷。

其他的花子也把目光集中到这个漂亮的姑娘身上。

蝴蝶迷被这些人看得脸上发热。她万万没想到自己的名字竟然传到这哈尔滨来。

这时，花子甲朝她一抱拳，然后，张口唱道：

你也看，他也瞧，大伙都看女英豪。

蝴蝶迷，女中豪，握笔的手举枪刀。

大红马，满山跑，百发百中盒子炮。

杀鬼子，除土豪，千辛万苦把仇报。

花子乙和花子丙也站起来，三个人又一唱一和地说起数来宝。

花子乙：蝴蝶迷，本事高，一枪结果张大炮。

打活靶，把婚闹，七峰山上镇群豪。

花子丙：蝴蝶迷，计谋巧，调虎离山砸响窑。

先杀小，后杀老，王家老少没处跑。

蝴蝶迷听三个人的数来宝，心里有说不出的激动。这些叫花子一个个貌似无能、无耻，可内心深处却如此是非分明、敢爱敢恨。想到自己刚才的意气用事，觉得十分羞愧。

她说道："老伯，方才我……"

"方才你一进来，我就觉得你不是一般的女子，于是才用话问你。你听懂了我的话，却不肯和我对脉子（见见面），又不开春点（讲黑话），我便断定你是里码人（一伙的）。听你的口音是宁安一带的人，我便想到了你。你说你是来找人，那一定是找你的仇人。这样想来，我心里就有谱了。"

蝴蝶迷经老花子王一讲，心里全明白了。想到大智若愚这句话，她更加敬佩起这个老花子王。

老花子王又道："你非要找到冰美人不可，八成是她不光拿走了你的钱吧？"

"嗯。"蝴蝶迷不想再隐瞒，便说道："我的手枪在手提包里，被她拿走了。"

老花子王听了认真地点点头，他也感到事情的严重性。没有枪，报仇将会十分困难。

饼二叔道："怪不得大掌柜的在车站前那样着急上火呢！"

他不再称蝴蝶迷"小姐"，而是叫"大掌柜的"。

蝴蝶迷道："无论如何，我一定要把事办成。"

老花子王赞许地点点头。

三大爷在旁边道："大掌柜的，我们不打不相识。你既是到了我们家门口，就是我们的朋友。我们也不能手插在袖子里瞧笑话。"

老花子王道："大掌柜的，有用人的地方，尽管开口就好了。"

仇人相见

拐过一条小街，前面的胡同就是青原路。

踏上满是白雪的小路，蝴蝶迷的心紧紧地揪在一起。

这条路，一年前她走过，和她的郑老师。

当时的她正陶醉在爱情的热烈之中，满城的冰雪也无法覆盖住她心中迸发的炽热。

她穿着棕色的皮毛大衣，里面是一件乳白色的高领羊毛衫。这是郑老师送给她的生日礼物。因为是到郑老师的好友家，她才特意穿上让他高兴。

她挽着郑老师的手臂，身子轻轻地依着他那挺拔的身躯，听他讲在日本留学的事。这些事她已经听过好多次了，可她还是愿意听。只要他讲，不论什么她都爱听。

他们要见的这位朋友，就是郑老师在日本结识的日本友人，名字叫本原。这是郑老师第一次领她去他的朋友家。

可是,她无论如何也想不到这位"日本朋友"是那样的凶恶。一见到她，眼睛就没离开过她。

后来，郑老师让人找走了。这个本原立刻露出了原形……

她不顾一切地跑出来，一直跑到郑老师家。可是郑老师根本没回家，在她无路可逃的时候，她遇上了剃鬼头。

剃鬼头救了她，也打碎了她梦一般的初恋。直到剃鬼头被郑峰开枪打下马时，她才相信了她一直不肯相信的事。

她终于明白：那天她的郑老师领她走在这条恬静的小路不是在去朋友家，而是去"魔窟"。

这座魔窟就是前面的那幢浅黄色的小洋楼。

蝴蝶迷觉得脸烧得厉害,每向前走一步,都觉得艰难和痛苦。她甚至不敢去看道边的楼房、院墙、柳树和电线杆，好像因为它们看见过一年前她的耻辱。

失恋的人总不愿见到自己过去的情人。一个被骗走爱情的姑娘，总是怕见到欺骗自己的人，因为她们把仅有的勇气都奉献给爱了。她们只有在心里去恨，却无论如何也没有勇气去为自己雪耻偿恨。

蝴蝶迷却有足够的勇气。

也许是因为她已不再是从前的安分守己的闺秀淑女。她是一个胡子。她在干只有男人才干的事情。

在她漂亮的脸上，有男人的刚毅。她暗暗地咬了一下嘴唇让自己冷静下来，然后，朝那小洋楼看去，像猎人紧紧盯着自己要捕猎的野兽一样。

前去探路的饼二叔已经走到小洋楼前。他敲了敲大院的木门，然后，把耳朵贴在门上听着。

半天，楼里出来一个老妇，头发梳在脑后扎成一个小圆髻，腰间系了一条天蓝色的围裙。

"老大妈，可怜可怜吧，给口剩饭剩菜。"饼二叔道。

老妇一见是叫花子，没好气地说："没有！"说完，把门关上。

饼二叔趁机把脚塞到门缝中，只听他扯嗓子没命地喊了一声："妈呀——我的脚！"

老妇连忙又打开门，看见饼二叔坐在雪地上张着嘴在叫，便道："你这要饭的脸皮赶胶皮厚了。没饭给你，你还赖着不走？"

"哎呀，哎哟，我的脚完了。老太婆你的心眼子长歪了！"饼二叔双手举着脚，给老太婆看，并叫着："你得包我的脚。"

"活该，"老妇气呼呼地说，"谁叫你把脚伸进来的？"

"老太婆，你绝户啦咋的，竟干这绝户事，说这绝户话！"饼二叔骂道。

老妇一听火气更旺了，朝门外呸了一口，说道："你才绝户呢！你不绝户你要饭吃？"

说完，她又把大门关上了。

饼二叔坐在地上，用脚不停地踹门。门被踹得咚咚作响。"老太婆你出来，你包我的脚！"饼二叔大声地叫道。这时，短茄子和细黄瓜从另一个胡同拐过来，也凑到饼二叔跟前。

三个人又大声地嚷起来："老太婆，你出来，给碗饭，给盘菜，你是一个好奶奶。"老妇被这三个人吵闹得实在无法，又走出来，威胁道：

"这三个该死的要饭的，瞎了眼咋的，跑到这来闹？"

"要饭的，到处要；你不给，他就闹。"短茄子顺口说道，然后装作认真的样子问："敢问老奶奶，这家姓白不姓白？"

"放屁！"老妇瞪了短茄子一眼，说道："姓白的是哪路人，能住得起洋房？这是松田一郎家。"

饼二叔听了，不但不怕，反倒说："松田一郎是什么人？老子有理走遍天下。哎哟！"

"要饭的，你要是再胡搅，我可要给警察打电话了。"

"你叫松田我也不怕。"饼二叔道，他说完真的扯着嗓子喊："松田，你出来！"

"松田先生不在家，你喊什么？"老妇恼火地说："他要是在家，早把你们几个送宪兵队了。"

短茄子和细黄瓜在旁也劝道："饼二叔，您老消消火，咱们还是去别的家，去本原家！"说着，搀起饼二叔。

"不对，这就是本原家呀！"细黄瓜说着，又仔细地看了看门牌号。

老妇听了不耐烦地说："告诉你们，这是松田先生家，不是本原！"

"你说这家不姓本原？"短茄子立刻回过头来问道："这块哪家姓本原？"

"瞎扯，这跟前没一家姓本原的。"老妇道。

"不对劲！"短茄子道，"这块我去年来过，本原先生还给我一件衣服呢！你准是老糊涂了！"

细黄瓜道："八成本原先生搬家了。"

"你才老糊涂了！"老妇道，"我在这家干四五年了，这家姓啥不比你清楚？快滚开吧！"说完，她砰地关上门。

短茄子和细黄瓜搀着饼二叔，走到蝴蝶迷跟前。短茄子道："大掌柜，这家不是本原家。"

"不姓本原？"蝴蝶迷疑惑地问。

饼二道："不姓本原，姓松田。没错！白让我搭了一条腿！哎哟，这老太婆子手真黑！"

短茄子又道："老太太方才说这块也没有姓本原的。你是不是记错地方了？"

蝴蝶迷摇摇头，说道："不会记错。上次我来时，好像也是这个老太太开的门。对了，她的脸上是不是有块黑疤？"

"对，有块，"饼二连忙道，"有黑疤的娘们手都黑！"

蝴蝶迷想了想，肯定地说："这个松田一定就是本原。你们在这等我，我去看看。"说完，她朝那幢小洋楼走去。她用手敲了三下门。

"又是谁呀？"老妇有些不耐烦地唠叨说，她打开门，一见是位小姐，问道："小姐，你找谁？"

"松田先生在家吗？"

"他不在家。你是？"老妇说，打量着蝴蝶迷。

"我能不能进去等他回来？"

"进来吧。"老妇让开门，蝴蝶迷跟着她进了楼。老妇把蝴蝶迷让进客厅，然后，给客人拿出水果来吃。蝴蝶迷拉住老妇，说道："大妈，你不认识我啦？"

老妇眯起眼，看了看蝴蝶迷，惊讶地说："你是傅姑娘？"

"大妈还认得我，看来大妈眼睛还不花呀。"

"不中了，再说来这儿的姑娘多了，也记不准了。"老妇说。

"可大妈还是记住了我！"

"别的姑娘都忘了也记得住你。"老妇道，"从这屋跑出去的姑娘，除了你再没别人。为那事，我还挨了松田先生一顿骂，说我晚上不关门，差点把我赶出去！"

蝴蝶迷听了心里十分难受，可脸上仍旧挂着进屋时的微笑。

老妇奇怪地问："姑娘，你怎么又来了？是先生约你来的吗？"

"不是，"蝴蝶迷摇摇头，说："是我自己找上门的。"

"你自己找上门的？"老妇睁大眼睛看着蝴蝶迷。

蝴蝶迷刚要开口，只听楼外传来一阵车笛声。"知道你来了才提早回家的。"老妇立刻道："你等等，松田先生回来了，八成准是他。"

蝴蝶迷连忙对老妇说："大妈，我只是来看看你，不想见他，请你不要告诉他我来了。"

"中中。"老妇说着，急急忙忙出去开门。

这时，松田已经大踏步走进来，他的皮靴踩得地板直响。蝴蝶迷立刻闪到窗帘的后面。

老妇跑过去，给松田找来拖鞋。忽然，客厅里的电话响起来。松田来不及穿拖鞋，就进了客厅。

松田有三十岁左右，个子不算太高，但长得很结实。他圆眼睛，高鼻梁，腰挺得直直的，走起路来耀武扬威，不可一世。一看见松田，蝴蝶迷全身的血立刻沸腾起来。这个人不是别人，正是她要寻找的仇人本原。

蝴蝶迷无论如何也不会忘记这个日本强盗。这个强盗，当他拿起枪的时候，就会向中国的男人开火；当他放下枪后，又会向没有男人保护的女人们下手！

松田大踏步地走到电话机前，伸手抓起话筒。

正是这个松田，把一个天真纯洁的少女，逼进深山老林，开始了一种冒险的生涯。

当一个人被逼得无法生存下去的时候，在他面前有三种选择：屈服、自杀、反抗。

屈服是勇气丧失之后的必然结果。自杀则是自信的堤岸崩塌泛起的水泡。只有反抗才是勇气和自信的有力结合。

命运，重新造就了蝴蝶迷，使她由一个弱者成为一个强者。

她有足够的勇气，足够的力量，足够的理由，为自己报仇雪恨。

她杀死了郑峰，杀死了王荣祖，杀死了山本队长。现在，她要杀死走进屋来的这个松田。

她轻轻地攥住匕首把柄，慢慢地从皮靴中拔出来，眼睛却一直没离开松田的后心。

就在这时，松田放下电话转过身来。他脸上十分严肃，阴森地望着窗外。电话里的消息一定是很不愉快。

蝴蝶迷整个身子都藏到窗帘的后面。她看不到他，但她已经感觉到他离自己很近了，只有三步远。只要稍微地一动，就会被松田发觉。

她屏住呼吸，全神贯注地观察着眼前的细微变化。这个时候，只要松田再向前跨进一步，或者转过身去，蝴蝶迷都会像箭一样冲出去，不等松田反应过来，匕首便会扎进他的胸膛。蝴蝶迷紧张地等着这个机会的到来。

这时客厅门开了，老妇走进来，手里拿着拖鞋。她看着站在窗前的松田，悄声说："先生，请换鞋。"

机会到了！

蝴蝶迷想，只要松田答应一声，转过身去，她就可以得手。不料，松田却生硬地说："不了，我还要去宪兵司令部。"他这样说，脸依旧看着窗外。

老妇应了一声，拿着鞋向外走去。这时，楼外响起一阵车笛声。

"你去开门，让他们进来。"松田吩咐道。

老妇连忙出去，打开门，立刻进来三个全副武装的日本宪兵。

三个宪兵进到客厅，松田才转过脸去，对他们讲了起来。蝴蝶迷学过日语，因而能听明白松田他们的对话。原来，松田刚刚接到司令部一项紧急命令，让他去滨华路53号逮捕一伙集会的地下共产党。

几个人商量了几句，接着一同出了客厅。

蝴蝶迷贴着窗子，看见四个人出了大门，接着，听到汽车的发动声。

她站在窗前，轻轻地摇了摇头。等汽车声远去之后，她立刻转过身，准备出去。

客厅门口，老妇站在那里，正注视着她。

蝴蝶迷做出一种不好意思的样子，笑着说："大妈，我这就走了。以后，有机会再来看您。"

说着，她从口袋里摸出几张钞票，递给老妇，说道："大妈，我来得匆忙，没来得及上街给您买件衣服，这点钱您留着作个零花钱吧。"这钱是临出来时三大爷塞给她的。

老妇半推半就地把钱收下，嘴里还说："姑娘你的心眼真好。"

她把蝴蝶迷一直送到大门外，临到最后还说："姑娘你要来这儿就随便来。"

滨华路枪战

蝴蝶迷离开松田家，朝事先约定的地方走去。她刚拐过胡同，立刻从一家院子里跑出一架马爬犁。

赶爬犁的，正是三大爷。

爬犁上面还坐着饼二叔几个人。

马爬犁在蝴蝶迷身边停下，蝴蝶迷跳上爬犁，说道："去滨华路53号，快！"

三大爷一扬鞭子，马爬犁立刻飞跑起来。

53号是一幢俄国式二层小洋楼。

马爬犁赶到时，松田的汽车还没有到。离53号不远的地方停着一辆黑色的出租汽车。整条街上，除了一个卖冰糖葫芦的老头缩头缩脑地站在电线杆下面以外，几乎再看不到别的行人。

"松田一定还没赶到。"蝴蝶迷对三大爷说。

饼二叔插口道："没错儿！三大爷的马爬犁比日本人的小汽车还快。"

蝴蝶迷道："你们在前面拐弯的地方等我，我进去看看。"

三大爷道："我让短茄子他们在这儿接着你。出了事你不要顾别的，先往我这儿跑。"

蝴蝶迷点头答应一声，下了马爬犁。

她朝街的两头看了看，见没有警车，急忙朝 53 号楼走去。洋房的一楼是厨房和佣人的房间。对着大门的正好是个木楼梯。

蝴蝶迷一进去，立刻从厨房出来一个女佣人，她问道："小姐，您找谁呀？"

"找开会的人。"蝴蝶迷道。

"什么开会的人？我们这儿是私人家呀，不是办公楼。"女佣人道。

"这不是滨华路 53 号吗？"

"是 53 号呀。"

"日本宪兵就要抓你们了，我是给你们送消息的。"

女佣人刚要开口讲话，这时，楼梯口有一个男人说道："请这位小姐上楼来谈吧。"

蝴蝶迷抬头一看，这个男人有四十岁左右，穿着一件青色绸布马夹，头发梳得整整齐齐，样子很像一位绅士。蝴蝶迷连忙走上楼，男人把她让进客厅。

客厅里只有一个青年在对着镜子系领带。他朝蝴蝶迷礼貌地点头招呼。

蝴蝶迷十分惊讶地把客厅扫视一番。从屋里的摆设来看，方才好像根本没有人在这里坐过。

"你们没有开会？"蝴蝶迷不解地问。

男人宽厚地笑了笑，道："开什么会？你看我这里有人来过吗？"

蝴蝶迷被男人这样一问，一时不知该怎样说。她为了证实自己不是骗人，又郑重地说道："反正日本宪兵司令部要来逮捕你们，是松田说的，他已经出来了。"

"你认识松田？他是干什么的？"男人问。

蝴蝶迷已经听出这个人在和自己打马虎眼，显然他不信任自己，忙说道："你们既然没开会，也就不会让松田抓到。我告辞了。"

说着，她转身朝楼梯走去。

男人似乎也不见怪，一边送客一边说："小姐，也许是你听错了。这也没什么，不过你的心意实在令人感激。小姐，能不能知道你的名字？"

蝴蝶迷道："我并不是为了让你感谢才到这来的。再见，先生。"

男人连忙又叫住她："小姐，请等一等。让这位黄先生送你一程，免得路上有意外的事情。"

方才系领带的青年已经穿戴完，他十分热情地说："小姐，我陪你走一程，你不反对吧？"

说着，他走到蝴蝶迷眼前，友好地笑了笑。

蝴蝶迷没有做什么表示,两个人下了楼。

刚走出门,胡同的前头便出现三辆警车。

蝴蝶迷一惊,对身旁叫黄先生的青年人说:"松田他们来了。"黄先生镇定地看了看眼前的形势,一把挽住蝴蝶迷的胳膊,轻声说:"别管他们,我们从前面拐进去。"

蝴蝶迷点点头,两个人像一对情侣并肩朝前走过去。

"站住!"忽然从一根电线杆后面,蹿出一个人。

一只黑洞洞的枪口,堵住两个人的去路。

两个人停住脚步。蝴蝶迷这才发现这个人就是那个卖冰糖葫芦的老头儿,他已经等在这里许久了。

"举起手来!"老头儿命令道。

黄先生看了看蝴蝶迷,把手从蝴蝶迷臂上举起来。

"转过脸去!"老头儿又道。

黄先生转过脸,手仍举着。老头儿很警惕地走过去,开始搜黄先生的身。

蝴蝶迷这时看见警车离他们只有几十米远了。

忽然,黄先生举起的手臂,猛地向下一击,把老头儿打倒,从怀里掏出手枪,砰地朝老头儿打了一枪。

"快跑!"黄先生拉住蝴蝶迷,扭头朝旁边楼房中间的小巷跑去。

这时,前面的警车已经看到了刚才的突变,三辆警车嘎吱地停下来,从上面跳下六七个日本特务,朝蝴蝶迷他们追来。

黄先生拉着蝴蝶迷刚跑出十几步,忽然,街口冲出一个穿黑大衣的特务，不等黄先生举起手枪，特务的枪已经响了。黄先生叫了一声，倒在地上。蝴蝶迷急忙弯下身去扶黄先生。黄先生捂着胸口，用手推着她说："快跑！"他把最后的气力都用在这两个字上，说完，气就断了。

"举起手！"开枪的特务已经冲上前来，朝蝴蝶迷大声命令道。

"抓活的！"从警车里冲出来的特务们大声叫道。他们已经封住了蝴蝶迷的后路。

蝴蝶迷已经无法再逃了。

她的手依旧抱着死去的黄先生。她抬起头，穿黑大衣的特务已经逼到自己面前。

呼——一声枪响，穿黑大衣的特务倒下了。

蝴蝶迷扭头一看，这一枪是从停在道边的那辆黑色出租轿车里射出来的。

穿着黑皮夹克的汽车司机，正倚在车门前，朝蝴蝶迷身后的特务开枪。

原来他一直隐藏在汽车里，在关键时刻出手救了蝴蝶迷。

冲过来的特务们被这突如其来的变化打个措手不及，立时有一个特务倒在雪地上。

就在这时，蝴蝶迷趁机一滚，已抓起黄先生和黑大衣特务掉在地上的两把手枪，隐蔽到一个垃圾箱后面加入了枪战。

这时，又有一个特务被打倒，其余的特务立刻散开，躲到树后、房角和门洞里准备射击。

整个街道出现了片刻的充满恐怖的寂静。

忽然，一声清脆的鞭响，一辆马爬犁卷着一团雪雾，风驰电掣般从另一条胡同冲过来。

特务们和那个出租汽车司机都没有来得及看清马的颜色，马爬犁就已经冲到蝴蝶迷跟前。

"大掌柜的，快上来。"三大爷一勒马缰，马爬犁停下来。

蝴蝶迷二话没说，跃身跳上马爬犁。三大爷把鞭一扬，马爬犁又奔跑起来。坐在车上的饼二叔把车上的一堆白雪拼命地扬起。不一会儿，马爬犁便在雪雾中消失了。

雪地上的信

一弯冷月，悬在漆黑的夜幕之上。

夜幕下的哈尔滨，一切仿佛都凝冻住了。

花子房前的两个冰人，在月光里闪着清冷的光。

周围一片令人寒顿的沉寂。

屋里，地当央燃着一堆篝火。一群花子在旁边烤火。

老花子王坐在火堆不远的地方，火光映着他的脸，显得格外凝重。

蝴蝶迷坐在一堆乱草上擦枪。现在，她有了两支枪。枪膛里的子弹并不多。不过对于蝴蝶迷来说，只要一颗就足够了。

松田只有一个脑袋。

可是，蝴蝶迷却看不到这个脑袋。一连三天，松田藏得无影无踪，甚至连家也不回去。

蝴蝶迷禁不住在心里有些着急。这几天，整个哈尔滨都在进行搜捕，出去砸孤丁（单人暗杀）十分不便。

这时，只听老花子王说道："饼二叔回来啦。八成今个他能带回来点儿。"

大家侧耳听了半天，才听到饼二哼哼呀呀地唱着走进屋来。

饼二叔一进来，屋里的人都抬起头，关注地看着他。

"外面怎么样？"蝴蝶迷问。

饼二叔丧气地摇摇头："外甥打灯笼照舅（旧）！"说着，他一屁股坐在地上，举起两条腿，伸到火堆前去烤。

"妈的，整天到晚地搜呀，查呀，那些赶爬犁、开黑色轿车的全倒血霉了！"

"找到没有？"三大爷瞪大眼问。

"连根毛也没找到！"饼二说，"共产党真是神机妙算。日本人这头警车一出来，他们就知道了，十几个人一跑就没边没沿的。"

老花子王说道："在当今天下，能与日本人斗的，怕是除共产党没有第二家啦。"

"那中华民国呢？蒋委员长还在呀！"蝴蝶迷问道。

老花子王道："孩子，你虽然能文能武，可毕竟是对这天下大事看不透呀！"

蝴蝶迷道："老伯，您就给我开开眼吧。"

老花子王不客气地点点头，说道："说起天下之事，从秦始皇到眼下，一朝天子一朝臣，一朝换一朝。秦后有汉，汉分三国，三国归晋，晋后朝分南北，五胡十六国，国归大隋，隋灭唐兴，唐后接宋，宋尽辽金，金继生元，元退复明，明尽大清，大清灭亡后，这才有中华民国。"

中国几千年的历史，改朝换代，竟被这老盲人说得清清楚楚，蝴蝶迷几乎都不敢相信了。

在学校时，她听老师讲过历史课，可她并没有对历史产生多大的兴趣。老花子王的一席话，让她顿开茅塞，原来这历史便是说天下大事的。

这时，又听老花子王道："到眼下的中华民国，国中有国。东北有'满洲国'，西北是共产党的小天地，民国在西南。眼下满洲成了日本人的天下。蒋委员长给日本打得一败涂地，只剩下个共产党，居高临下，与日本人势不两立。"

"这样下去，老百姓不是倒霉了吗？"蝴蝶迷问。

"这是天意。古人说，天下大事，合久必分分久必合。早晚有一天三国归一，天下一统。"

"那么，将来谁会胜呢？"蝴蝶迷再问。

"我看呀，准是共产党胜。"老花子王说。

"为什么就是共产党胜？"蝴蝶迷又问。

"要说这三国，蒋委员长是国父选定的人，父命不违，蒋委员长名正言顺，占尽天时。满洲地属关东，能攻能守，是占地利。共产党白手起家，联蒋抗倭，是为了得人心，占人和。自古得人心者成帝业，这天下将来不属共产党还能有谁？"

饼二叔插了一句道："共产党在咱这哈尔滨神通大得很。前些时候，硬是把日本关东军司令部的大牢给劫了。你们说尿性不？"

蝴蝶迷沉吟半晌，道："老伯说得对，共产党是占人和。我看他们的人待人都挺好。那个叫黄先生的就是为了送我走才给特务打倒的，那黄先生临走时还催我快跑。还有，那个汽车司机一定也是他们的人，他见我就要被抓住了，开枪救了我……"

"是谁在外面偷听！"老花子王猛然大喝一声。

立时，有三个花子从地上蹿起，冲了出去。

蝴蝶迷抽出手枪，也起身跑出门去。

外面一片漆黑，看不见一个人，蝴蝶迷卧到地上听了听，什么也听不见。

三大爷举着一根燃着火的树枝走过来，大声地问道："看到人了吗？"

"没有。"蝴蝶迷说。

"八成是狗子（特务）吧！"三大爷猜测说。他举着火把，在周围辨认着脚印，忽然瞧见雪地上有一封信。他连忙拿起来，递给蝴蝶迷。

蝴蝶迷拆开信，信上只写了几个字：

欲知松田下落，请在明日午后三时整，在临江楼门口碰头。

汽车司机

"是那个汽车司机！"蝴蝶迷惊喜道，"他还活着！"

三大爷道："吉人命大，哪能说死就死了呢！"

"他找到了松田的下落，真是太好了！我们快去和老伯商量一下。"蝴蝶迷说着先进了门洞。

老花子王半天没有讲话，那张信纸在他手里来回地摸着。

他好像不相信这是一张纸。

"老伯,您的意思是……"蝴蝶迷试探地问。

"他怎么会知道你要找松田报仇呢?"老花子王终于讲出自己的疑惑。

经老花子王一提醒,蝴蝶迷不能不在心里画一个问号了。"也许,他探听到的。您不是没见到我的面就知道我是谁了吗?再说这些人的神通大得很,日本人抓他们的消息他们都事先知道。"

三大爷道:"准是他们注意了你,又查出你的下落了。"

老花子王道:"不对,一定是从我们这里走漏的风声。孩子,你已经被人盯住了。"

蝴蝶迷道:"幸好不是让日本特务盯上了,不然又连累了各位兄弟。"

她朝大伙笑了笑,转脸对老花子王说:"机不可失。大伯,我看我还是去一次,好在我们有过一次交情。"

老花子王道:"看来你已经决定了,我也就不多说了。孩子,害人之心不可有,防人之心不可无。你小心为好。让老三带几个人在江边上接应你。"

太阳岛上

夕阳白色的光芒照在白雪覆盖的太阳岛上。

北国冬天的太阳也有暖的时候。

站在雕筑得精细的洋楼下,全身沐浴在日光里,蝴蝶迷并不感到寒意。

夕阳好像一张美人的脸,倚着太阳岛,向哈尔滨隔江凝望着。

离蝴蝶迷不远就是冰封千里的松花江。放眼望去,一江白雪,蜿蜒如练。江面上跑着各式各样的马爬犁。伴着串串欢快的马铃声,车顶上五颜六色的彩带迎风飘扬。

在这些马爬犁中,蝴蝶迷一眼就能认出三大爷的爬犁。他的爬犁上有一面杏黄旗,在风里猎猎作响。只要一发生意外,蝴蝶迷不消半分钟就可以横穿过面前的街道,跳上这架爬犁。

只要一上三大爷的爬犁,任谁如何追赶也是徒劳。三大爷的爬犁敢和枪子比快慢。蝴蝶迷在滨华路53号已经亲身体验了。

她不担心会出什么意外,也不怕。她只担心那个汽车司机不能按约而来,更怕找不到松田的下落。

现在是三点整。

蝴蝶迷专注地盯着来来往往的小汽车。她相信只要那辆黑色的轿车一出现,她就会认出那个司机。

“你在这里,让我找了好半天!”一个男人惊喜地叫道。

蝴蝶迷连忙扭过头。一个男人站在她的身后,他的身上穿着那件黑色的皮夹克。

“是你——汽车司机!”蝴蝶迷叫起来,脸上露出惊喜的笑。

“啊,你总忘不了从前的事。”男人轻描淡写地说了句,“现在人家都叫我王经理了。”

蝴蝶迷看到有两个人在注视她,大声地应和道:“恭喜呀!你高升了,是不是该请我吃宴呀?”

"好说，好说。"王经理说："请客是当然的啦。我们在这儿吃晚饭吧。"

说着，他做了个请的手势，蝴蝶迷便同他一道登上台阶，进了临江楼。

临江楼是哈尔滨闻名的游乐宫。在这里，吃的、喝的、玩的、看的、听的，应有尽有。人身上的所有感官，都可以在这里找到享受的地方。

"我们先去喝一杯白兰地，好吗？"王经理说。

蝴蝶迷点点头。这里的人太多，她想和王经理到一个讲话方便的地方。

酒吧里的人不很多，王经理选了一个靠窗的空位置。

两个人刚坐下，女招待便走过来，甜甜地问道："先生，要点什么？"

王经理看了看蝴蝶迷，用商量的口吻道："喝杯白兰地怎么样？"

蝴蝶迷本无心喝酒，也不计较，点头答应下来。

女招待很快端来一瓶白兰地和两只高脚杯，为他们斟上。等女招待离开，蝴蝶迷便问道：

"王经理——我就这样称呼你吧，那天幸亏是你相救，不然……"

"哪里，哪里，我们是风雨同舟，说这些客套话做什么？"王经理端起酒杯，说道："先喝一杯再说。"

蝴蝶迷也端起酒杯，由衷地说道："这一杯算是我敬你的。"说完，她一饮而尽。

王经理说道："哎呀，真不知道你还有这样好的酒量。"说着，他又给蝴蝶迷斟上。

蝴蝶迷见他这样热情，也不阻拦。等他斟满，她问道："王经理，你约我到这里来，不是只为了喝一杯白兰地吧？"

"当然，当然。"王经理说着，眼睛朝四处扫了扫，小声地说："他一会儿就来。"

蝴蝶迷有点不敢相信地叫了一声："真的？"

"你放心，小姐，这事包在我身上了。"王经理热情地大声说，"来，我们干一杯！"

高脚杯碰在一起，发出清脆的响声。

蝴蝶迷现在放心了，往下要做的事情就是等着松田来这里。

他会来吗？

王经理的表情让她立刻打消了疑惑的念头。她不时扭头看着闪着霓虹灯的大门。

"我们谈点什么？"王经理说，好像在提醒她不要这样。

蝴蝶迷不好意思地笑了笑："我总是没有耐心等人。"

"应当学会耐心。"王经理说，"我等你几乎把腿都冻僵了。"

"真过意不去。"蝴蝶迷抱歉地说。她忽然想起来，问："你是怎样找到我的住处的？"

"这我可不能说。"王经理笑眯眯地看着她说。

"是秘密？"

"是。"

"那我就不打听了。"

"你是一位可爱的姑娘。"王经理禁不住赞美道。

"是不是因为我长得漂亮？"蝴蝶迷问。

"我没见到过你这样漂亮的姑娘。"

"那么你也就想象不到我的不幸遭遇了。"蝴蝶迷说到这里，轻叹一声。

"所以你要杀他？"

"是。"

王经理看着面前这个漂亮的姑娘，忽然说道："他来了。"

蝴蝶迷听了扭头朝门口望去。

松田真的出现了。

松田今天没有穿那身军装，而是一身棕色的西装，胸前系了一条黑色的领带。他的身边有一个打扮得艳丽的女人。

蝴蝶迷手里的酒杯抖了一下，她连忙放下酒杯。

王经理急忙握住她的手。她的手不停地颤抖，几乎连她的心跳也能感觉出来。

"我们走吧。"王经理说着站起来。

蝴蝶迷不想走，可是王经理紧紧地握着她的手。她只有站起身，跟着王经理一道出去了。

"我们去哪？"蝴蝶迷问。

"去楼上跳舞。"王经理说。

一拐过楼梯口，迎面便能感到滚滚而来的乐流。

王经理道："你喜欢跳什么舞？华尔兹？"

蝴蝶迷说："我不喜欢跳舞。"

王经理说道："我知道你喜欢什么。"说着，他贴近蝴蝶迷说："你别急，我们还有足够的时间。"

他和蝴蝶迷坐到一张沙发上，说："你知道这里是干什么的吗？"

"不知道。"

"这里是专门供那些日本高级官员享乐的地方。松田常在这里过夜。"

蝴蝶迷听了，又四下打量了一下楼里的装潢，果然是富丽不俗。

"这里的一楼二楼是游戏的场所，三楼才是高级卧室。"王经理说。看来他对这里相当熟悉。

他这样的身份自然要知道得多，蝴蝶迷无须问他是怎样知道的。她只是为了让自己进一步相信刚才的事实。

"松田今晚一定会在这过夜吗？"

"一定会的。"

"他总来这里过夜？"

"差不多每周都有一两个晚上在这里。"

"他在这里干什么？跳舞、玩牌？"

"当然不仅这些。这里是男人的世界，不过也欢迎女人来。"

"他们欢迎什么样的女人？像刚才松田身边那样的女人？"

"那样的女人自然是不可少。还有别的女人，只要男人需要就可以。"

"她们也在这过夜？"

"当然了。你知道男人是离不开女人的。如果你愿意，你也可以在这里过夜。像你这样漂亮的姑娘，谁看了都会愿意的。男人永远喜欢漂亮的女人。"

蝴蝶迷的脸红了。她愤愤地说："这里是世界上最肮脏的地方。"

"也许你说得对。不过许多男人还有女人都向往这个世界，可惜他们不能如愿以偿。"王经理说着站起来，挽起蝴蝶迷的胳膊，说道："小姐，现在我就请你在楼上过夜。"

说话间，他贴近蝴蝶迷的耳朵，小声说道："我们去他的房间等他，在那里干掉他。"

这无疑是一个极好的行动方案。在房间里下手，比在酒吧或其他地方要顺利得多，可以给他个出其不意。

看来这一切他都事先策划好了。蝴蝶迷这样想着，起身挽着王经理朝楼梯走去。

一上三楼，就有一位漂亮的女招待款款地迎上来，问道："先生，太太，是住宿吗？"

"不，我们是来看一位朋友。我们方才在楼下约好了的。"王经理从容地说。

"请到这里登记，出示您的证件。"女招待说。

"好的。"王经理一边取证件，一边问道："岛田先生住在几号房间？"

他又用了一个假名，这个日本鬼子！蝴蝶迷心里说。

女招待看了看登记簿，说："他在3号房间。我带你们去。"

"谢谢，我们自己能找到。"王经理忙说。

王经理先轻轻地叩了三下门，仔细地听听动静，然后拧开门，回头示意蝴蝶迷：里面没人。

蝴蝶迷会意走了进去，王经理随后也进了屋。叭，反锁上门。

屋里没有点灯，厚厚的落地窗帘把整个屋子都遮得严严实实。

地上是松软的地毯，走路时，没有一点声音。蝴蝶迷小心地摸进屋去。

忽然，屋里的灯一下子亮了，灯光刺得蝴蝶迷闭上眼睛，等她睁开眼时，她看到了一个人。

松田。

她的仇人。

松田坐在床上，他没有睡觉。他不是和女人在一起，而是自己一个人。

这完全出乎蝴蝶迷的意料！

就在蝴蝶迷惊诧的瞬间，她的手已经插向怀里去掏已经张开机头的手枪。

可是，她的手腕竟被一只男人的手，牢牢地抓住了。

是王经理！

这不能不让蝴蝶迷又是大吃一惊。不等她弄明白怎么回事，她的手腕已经被拧到背后。

她曾握过的手十分粗野地在她胸脯上掏了一下，取出她藏在那里的手枪。接着，又在她的身体各个部分摸索一遍。

松田走过来，拿起枪看了看，说道："在这样令人有着无限遐想的美丽地方，竟还有这样令人恐怖的可怕东西，真让人不寒而栗。你们中国人有句老话叫防人之心不可无，实在是高明得很！"

松田的话，让蝴蝶迷想到老花子王昨晚的话。她太不冷静了，因而轻易地相信了一个人。她愤怒地瞪着王经理，骂道：

"你这个共产党的败类！"

"哈哈哈！"松田仰着脸大笑起来，"人都说，女人头发长见识短，果然如此。这个有着漂亮脸蛋的姑娘，却不能有一个智慧的头脑。到现在还蒙在迷魂阵里！"

王经理得意地看着蝴蝶迷，却一直没有放松警惕。

"美人，让我来告诉你这是怎么回事吧。"松田走过来盯着蝴蝶迷说："在滨华路53号，你和那个共党分子在大街上被我手下的人围住，那个共党分子当场被击毙，你却在别人的掩护下逃跑了。那天，你表现得是那样勇敢，像你这样漂亮的姑娘竟还能双手使枪，百发百中，简直令人吃惊。"

他说着，看着缴获的两把手枪，半天又道："当时，我们都把你当成共党分子了。可是，我手下的人成功地跟踪了你。他在那个花子房蹲了一天，终于了解到你的来历。"

"所以，我手下的人回来一说，我就知道你是谁了。当时我就犯了一个错误，让你从那个小房子里跑了出去。你是唯一从那里逃走的姑娘。不过，我想要的人我一定不惜代价抓到他（她），这就是我的信条。没想到上帝又给了我一个修改错误的机会——"

他在屋子踱了几步，说："于是，我想我应该如何不错过良机，我的智慧终于给了我一个成功的办法。我让人冒充那个死里逃生的汽车司机，去引你上钩。我之所以选中他，是因为他救过你的命。而你又没有看到他的面容。在我们到53号之前，他一直藏在汽车里，连我手下的人也被他蒙骗过去。事实上，我的判断和选择是对的。"

他向王经理满意地笑了笑，道："你的表演很成功。"

"谢谢您的夸奖。"王经理受宠若惊地说。

"我给她准备的安眠药……"松田问。

"她已经喝了，不过她只喝了两杯，您就进来了！"王经理说。

原来，他在白兰地里放进了麻药。蝴蝶迷在心里暗暗叫苦。

"可是，她还像有浑身的力量。"松田自言自语地说。

"我本来不该向你说这些，你听了自尊心会受不了。可我欣赏我自己的这种做法。我让每一个对手都明白他是怎样败在我手下的……"

他没有讲完，见蝴蝶迷眼帘无力地垂下去，腿也软绵绵的，支不起整个身子。

刚才喝下的麻药开始在她身上发挥作用。她努力地挣扎了一下，最后还是向前跄了一步，险些跌倒。

王经理连忙弯腰想抱住她，不料，蝴蝶迷猛地抓起放在茶几上的匕首，一刀扎进王经理的心口窝。

没有来得及喊叫，王经理便倒在地下。

蝴蝶迷迅速地抽出带血的匕首，直奔松田。

可是，松田早就跳到门口，手里举着手枪，对准蝴蝶迷的胸膛。

"别动！"他喝了一声。

蝴蝶迷站住了。她没想到松田的反应这般迅速。

"把刀子放下！"松田命令道。

蝴蝶迷没有动。

"你坚持不了五分钟!"松田威胁说。

现在的形势对蝴蝶迷很不利。她站在阳台的窗户前,松田在她对面的门口,堵住她的去路。她心里明白,她必须在倒下之前找到复仇的机会。她只有拼死一搏!

"我还可以叫人上来,但我不想这样做。我要看着你自己倒下,是真正的倒下。然后,我再把你的衣服一件一件地扒掉——"

说到这里,他放肆地淫笑起来。忽然,一道白光,打在他的脸上。他惨叫一声,手中的枪,"叭"地响了!

屋里的灯被打灭了。

蝴蝶迷正要趁着黑暗冲上前去,杀死松田,可是她的整个身子都被一只手拉进阳台里去。

"下去!"黑暗中一个声音命令道。一根绳索塞进蝴蝶迷手里。

绳索是通到楼下的。蝴蝶迷迟疑一下,她还不甘心这样离开这里。

这时,叭叭叭,一连三枪,子弹从屋里射出来,把玻璃打得粉碎。这一定是松田打的。

"快走!"声音更严厉了。

蝴蝶迷不再坚持,立刻抓住绳索,飞身跃下。

同是天涯沦落人

脚板一挨上地,蝴蝶迷又听到几声枪响。她抬头朝楼上看去,只见一个黑影跃出阳台，沿着绳索滑下。

"又是你！"蝴蝶迷看清这人的衣服，正是那个汽车司机。

"跟我来！"那人说着，拉起蝴蝶迷贴着墙边朝前摸去。

这时，楼的四周响起了一串串杂乱的脚步声和喊叫声。

有三个特务出现在前面不远的雪堆旁，打着手电筒探过来。

蝴蝶迷知道无论如何也躲不过去了。蝴蝶迷惊叫一声，那人想去捂蝴蝶迷的嘴已经来不及了。只听一个特务喝道：

"谁？"

立时，两道手电光射向两个人。只见蝴蝶迷惊恐地搂着那个人，样子惊恐又狼狈。

"我怕。"蝴蝶迷搂着那人说。

"没什么。"那人轻松地说。

"妈的，是一对小情人。"一个特务说。他用手电筒在二人的脸上晃了几下，问道："美人你看见什么了？"

"有人跳楼了！"蝴蝶迷说。

"在哪？"

"跑了。"

"往哪边跑了？"

"那边！"蝴蝶迷用手指着身后说。

"追！"一个特务说。三个人立刻朝前跑去。

"我们走吧。"蝴蝶迷说。

"你刚才吓了我一跳。"那汽车司机松了口气说。两个人并肩朝楼前走去。

走出几十步，便听松田在楼上喊道："你们看到一男一女没有？"

"看到了，"一个特务喊道，"刚走……"

"混蛋，把他们抓回来。"松田吼叫道，朝天上打了一枪。

三个特务立刻转身追回来。

"快跑。"那汽车司机说。二人撒腿跑了起来，穿过一排矮树，前面就是大门口。

门口已经戒严，五六个荷枪实弹的日本兵站在大门中间。想从这里出去已经不可能了。

一辆小汽车在日本兵的吆喝下，退回到停车场。

蝴蝶迷朝汽车招招手，跑了过去。

"什么事？"司机不十分友好地问。

"能不能坐你的车？"蝴蝶迷问，她已经走到司机眼前。

她朝车里望了望，猛地拉开车门，自己钻进车里。

"你干什么？"司机大声喊道，可没等他再喊一声，那个汽车司机已经冲过来，一把拉开车门，将他拽出车门，一步跨上车去，"砰"地关上车门。

汽车重新朝大门口驶去。

门口，一个日本兵连连向开过来的汽车摆手，示意汽车不准通行。可是，没等这个日本兵再次摆手，汽车已经裹着股寒风，从他身上冲出大门！

转眼之间，汽车消失在太阳岛的夜幕之中。

"你是谁？"蝴蝶迷终于有机会来问了。

"我就是我。"汽车司机道，眼睛注视着前面。

"你为什么救我？"蝴蝶迷又问。

"因为你是蝴蝶迷。"

啊！蝴蝶迷瞪大眼睛看着这个汽车司机。可是，她只能看到他的侧脸。

"我们没见过面。"蝴蝶迷说。

"相逢何必曾相识。"汽车司机说。

他似乎已经知道了许多，却又不想讲得更多。他的脸一直没有扭过来。

蝴蝶迷把目光从他脸上移向车外。

她看到一片灯火，那是冰城哈尔滨。

汽车在无人的江面上奔驰。他们不能上岸，城里一定准备逮捕他们。

蝴蝶迷茫然一笑，说道："现在，我们真的同是天涯沦落人了。"

"你感到孤独了？"

"我好像永远是一个人。"蝴蝶迷惆怅地说。

"可是你一直不想这样，结果一直是灾难迭起。"

"也许你的话是对的，"蝴蝶迷说，"这一次哈尔滨又教给我许多。"

"那你就为它落下感激的眼泪吧。"汽车司机不无讥讽地说，"现在，我们就去那里。"

说着，他停住车。等蝴蝶迷一下去，他打亮车灯，加大油门，车又向前冲去。而他却纵身跃出车来，稳稳地落在冰雪上。

"我们走吧。"他对蝴蝶迷说。

两个人望了一眼无人驾驶的汽车，转身朝身后那片灯火走去。

蝴蝶迷跟在汽车司机的后面，进了天鹅大厦。

这是一座豪华的宾馆。大厅里灯火辉煌，有几个外国绅士正坐在沙发上闲谈。

汽车司机从怀里掏出一把闪亮的钥匙，朝门口站着的女招待一晃，便挽着蝴蝶迷上楼去了。

"你早就订好了房间？"蝴蝶迷问。

"我一直住在这里。"

"一个人吗？"

"我喜欢一个人。"汽车司机冷傲地说。

蝴蝶迷看着他，觉得他有点面熟。她说道：

"这么说，今天晚上你也不想孤独了？"

"因为你没处可去，"汽车司机说，"你没有身份证根本无法住旅馆。"

他们在一间客房前停下，汽车司机打开门，做了一个请的手势。"进吧。"

蝴蝶迷抬头看了看房间号：33。

她站在门口，看了看屋里的摆设。屋里有一张大床，一个穿衣柜。在墙角摆着一个梳妆台，玻璃镜正好对着房门。

"你到底是谁？"蝴蝶迷问。

"我不想重复我的话。"汽车司机说，把门关上。

"你想让我报答你？"

"你不想报答我？"

蝴蝶迷两眼紧紧盯住对方。对方也在看着她。

"我救过你两次。"

"所以，我应该报答你？"

"不错。"

"可你还是会失望的。"

"我从来不让自己失望。"对方的话里充满高傲。

"我要做的，就一定要做到。"回答更是落地有声。

"这个世界是男人的。"

"不错，但是女人也没有死绝。"

"说得好！"汽车司机热烈地赞道。

蝴蝶迷疑惑地看着这个多变的人，没有做任何反应。在任何时候，都要保持一个冷静的头脑。

"你真的不认识我了？"汽车司机凑过脸让蝴蝶迷看。

"你是……"蝴蝶迷努力回忆着。

"哈哈哈！"汽车司机把头上的鸭舌帽摘下，长长的头发披落下来。

"冰美人！"蝴蝶迷惊喜地叫了一声，扑了过去。

两个人像多年没有见过面的朋友一样热烈地抱在一起。

她们本来就是朋友。

世界上有一种友谊，他们从来没见过面，可是他们见过面以后，就再也没有什么能够让他们分开了。

"你怎么知道我叫冰美人？"冰美人问。

"那你怎么知道我的名字？"蝴蝶迷调皮地说。

"连日本人都知道你的名字，我怎么能不知道？"

"我在读书时就听说冰城出了个哈尔滨姑娘！"

"你这几天都快把哈尔滨倒过来了，你才是哈尔滨姑娘呢！"冰美人说。

"告诉我，你为什么到太阳岛去的？"蝴蝶迷抓住她的手，认真地问。

"这还用问吗？"冰美人说："你去了太阳岛，我知道你一定凶多吉少，就混进临江楼。看见你与那个冒牌的共产党在一起，马上明白是怎么回事了。我事先潜入房里，藏在阳台。你的一举一动都在我的眼里。"

"你怎么会知道我去太阳岛？"

冰美人走到梳妆台前，打开抽屉，从里面取出一包东西，递给蝴蝶迷。

"你看看这是什么。"她说。

打开布包，里面是一支手枪！蝴蝶迷抬起头，说道：

"这是我的枪。"

"现在又是你的了。"

"这么说，我一从山里出来，你就一直跟着我？"

"一点不错。"冰美人说。

"其实我们是一块上的火车。车到海林时，我才去你那节车厢的。然后我们就一道去哈尔滨了。"

"可这是为什么呢？"蝴蝶迷问，"你为什么要拿我的枪？"

"为什么？"冰美人说到这里也忍不住咯咯笑起来，"不为什么。我就是……就是跟你开一个玩笑。"

蝴蝶迷笑了，说："你这玩笑可把我折腾苦了。"

"我上汽车之后也觉得这样有些不妥，就急忙开车来找你，可你却走了。我知道你没有枪也一定会去松田家，第二天，我就去松田家门口等你。你果然去了。"

"我说过，我要做的事就一定要做到。"

冰美人点点头。"当时我见松田坐车出去了，不一会儿你也出来了。你一上爬犁就说去滨华路53号，我便又跟着去了。"

"所以，我出来后遇上特务，你就拔枪相助。"蝴蝶迷说。

"其实，算不得拔枪相助。"冰美人认真地说，"我不过是弥补自己的过失。"

"可你为什么不把枪还给我呢？"

"我想了，"冰美人说，"可我听说蝴蝶迷手使双枪，而且我也亲眼看见了。那把枪自然也就多余了。"

"你这人真鬼！做什么事又都要找个理由。"蝴蝶迷说。

"这回你该明白了吧？"冰美人问。

"还有一件事你没说。"

"我知道你要问什么，可我不能先告诉你。"

"为什么？"

"你得答应我一件事。"

"什么事？"

"我们这些事你不能告诉我师父。"

"你师父是谁？"蝴蝶迷说，"我认识她吗？"

"你当然认识。"

"她是谁？"

"镜泊道姑。"

"镜泊道姑是你师父？"

"是呀，"冰美人说，"她还要收你做弟子呢！"

"收我？"蝴蝶迷问。

"是呀。她听说你要去哈尔滨杀仇人，就让我暗中助你。我就追你上车了。"

"你就拿了我的枪，是不是？"蝴蝶迷说。

冰美人脸一下子红了，她说："拿你枪也是有理由的。师父对你了解，可我还一点儿不知道呀！再说，我将来是你师姐呀！怎么，你不高兴？"

蝴蝶迷轻轻地摇摇头，说："我心里早就知道她老人家的心意，可我没有答应她老人家。没想到她老人家这样厚待我。"

"我师父的心仁慈得很。"冰美人说，"在我刚记事的时候，我父亲又娶了一个小老婆，就把我妈和我赶出去。我妈妈抱着我跳了湖。妈妈死了，我被师父哺养大，又教了我一身功夫。"

"原来你我都有许多不幸。"蝴蝶迷叹道。

"同是天涯沦落人。"冰美人按着蝴蝶迷的肩头，深有感触地说。

这时，门外有人敲门。

绝路逢生

进来的是一个年轻的女招待。她端来一盘糕点。

"先生，你们的夜餐。"她放下糕点，转身又出去了。

冰美人从盥洗间出来，说道："多么及时的夜餐！我们吃吧。"

蝴蝶迷问："她们一直没发现你是个千金小姐？"

"当然了。"冰美人一边吃，一边得意地说："你不也没看出来吗？"

蝴蝶迷说："这也是镜泊道姑她老人家教你的？"

"当然了。除了她还能有谁？"

蝴蝶迷点点头，拿起一块糕点，忽然发现糕点下面有一张纸条。她急忙拿起来。

"这是什么？"冰美人惊奇地问，凑过来看。

纸条上有一行字：你们已被盯上，速从电梯撤走。下面有车。

两个人互相看了一眼，都觉得奇怪。

蝴蝶迷放下纸条，果断地说："我们得赶紧离开这里。"

"对！"冰美人说着站起身，她脱下外面的黑皮夹克，从大衣柜里取出一个皮箱，打开锁，取出那件在火车上穿过的白色皮大衣。

她一边穿衣服，一边说："你拿着你的枪，先出去，我马上跟着。"她从皮箱里又掏出三夹子弹，递给蝴蝶迷。

蝴蝶迷接过子弹，放进口袋，说道："我在楼下大厅等你。"冰美人点点头，把剩余的子弹揣进怀里。

蝴蝶迷打开门，镇定地走出去。她看见走廊的沙发里坐着一个男人，嘴里叼着烟卷，在读一张报纸。她故意把门使劲地关上，然后朝电梯走去。

那个男人看了看她，又看了看关上的门，一时不知如何行动。他见蝴蝶迷进了电梯，猛地醒悟过来，扔下报纸，向电梯冲过去。

这时，电梯的门慢慢地合上。他跑过去想用力拦住电梯的铁门。

铁门响了一声，滑了下去。

他转身朝蝴蝶迷的房间跑去，一下子推开门，闯了进去。

屋里没有一个人。他急忙拉开盥洗间的门，一把匕首扎进他的胸膛。他叫了一声，倒在地上。

冰美人把他的尸体拉进盥洗间，然后拉开门出去了。

她若无其事地走到电梯前，等了片刻，电梯引上来，铁门啪地打开，从里面拥出五六个男人。

这几个男人匆匆地朝冰美人住过的房间奔去。

冰美人望着他们的背影，嘴角掠过一丝冷笑，从容地跨进电梯。

电梯门合上了，滑了下去。

当冰美人从电梯里出来，蝴蝶迷便热情地迎上去，两个人亲热地拉着手，穿过大厅，走出门去。

两个人站在台阶上，四下看了一眼，想找一辆出租汽车。忽然，台阶下有个声音喊道："大当家的，快上来。"蝴蝶迷急忙扭过头去，只见饼二叔缩着头，朝她招手。她拉着冰美人，跑下台阶，跳上马爬犁。

"三大爷，快离开这里！"

赶车的三大爷立刻挥起马鞭，马爬犁迅速离开了。

"你们是怎么找到这里来的？"蝴蝶迷问饼二叔道。

"别说了，你坐着那辆小汽车一出临江楼，三大爷就断定你在上面，急忙打马去追，哪里追得上呀！追到半当腰看见一伙人奔这天鹅大厦，我们约莫你们八成是在这歇脚，就和三大爷在门口等你们，正好赶上你们出来……"饼二叔说。

冰美人忽然说道："他们追出来了。"

蝴蝶迷扭头一看，六七个特务冲出天鹅大厦，在台阶上张望一会儿，然后跑下台阶，钻进一辆小汽车。

三大爷使劲抽了一声响鞭，马爬犁的速度立时加快起来。冰美人掏出手枪，对饼二叔道："你在前面的拐弯处下去，这里不需要你了。"

饼二叔顺从地点点头。他看了看蝴蝶迷，说："大当家的，你多保重。"

说完，他跃身跳下爬犁，在地上连滚几下，转眼消失在道旁的黑暗里。

蝴蝶迷长长松了一口气。她镇静地望了望，"追上来了。"她对三大爷说，自己掏手枪，压上子弹。马爬犁在铺着冰雪的马路上奔驰，寒风嗖嗖地掠过。跑过几条街，后面的汽车渐渐追近了。

叭！叭！汽车里的特务开始打枪。枪声在深夜里拉着很长的尾音。

蝴蝶迷和冰美人守在车后，手抓紧车栏，一动不动地盯着追来的汽车。

忽然，冰美人说道："前面有车阻截。后面我顶着，你对付前面。"

蝴蝶迷答应一声，转身趴到车前的横板上。

迎面冲来一辆小汽车，刺眼的灯光在黑夜里聚成一个光团。蝴蝶迷抬手朝汽车打了一枪，接着是汽车玻璃粉碎的声音。小汽车猛地拐向道边，撞在一棵树上。"好枪法！"三大爷扭头夸奖道。

没等他的话音落地，忽然从旁边的小巷里冲出一辆小汽车，直奔爬犁撞来。

三大爷急忙抓住马缰，用力一勒。那匹黑马在狂奔中长嘶一声，扬蹄止步。白光一闪，那辆小汽车擦着马头掠过。叭叭，汽车里射出几颗子弹。

赶爬犁的三大爷叫了一声，身子向后仰倒。蝴蝶迷连忙扶住他。

"你挂花了？"她问。

"没事儿。"三大爷咬着牙，想坐起来去驾驭无人控制的爬犁，但他又倒下了。鲜血从他的旧羊皮袄里流出来。这时，那辆小汽车已经掉转过车头，重新追来。

冰美人回过头来说："你赶爬犁先走，我去花子房找你。"说完，她纵身跳下马爬犁，躲到一棵树后，朝追来的汽车打了三枪。

汽车立刻停下来。显然，车轮被打破了。车上跳下三个特务，扇形朝冰美人包抄过来。

就在这时，一辆红色的轿车绕过停在道边的白轿车，朝马爬犁追来。

蝴蝶迷半跪在爬犁上，一手搂着受伤的三大爷，一手举枪射击。

那匹大黑马已经快耗尽了力气，奔跑的速度明显慢了。尽管蝴蝶迷不断地回头吆喝它，它也振奋不起来。

蝴蝶迷把枪塞到嘴里叼住，伸手从皮靴拔出匕首，朝大黑马的屁股扎去。

大黑马嘶叫一声，没命地向前跑去。

可是蝴蝶迷猛然见到前头一团白光。一辆轿车迎着马爬犁冲来，眼看着就要撞上爬犁。蝴蝶迷急忙搂起三大爷，跳下车去。

一声震天惊地的撞击声！

马爬犁被冲来的汽车撞得零散四飞，那辆汽车也在撞击中冲下公路，栽进道旁的沟里。

蝴蝶迷和三大爷在雪地一连滚了几个来回，才停了下来。半天，她从雪里抬起头，看到三大爷双眼紧闭，身上的血已经把地上的白雪融化了一片！

"三大爷！"她惊叫道。

喊声未息，那辆红色的小汽车已经追了上来。

匆忙间，她朝汽车打了一枪。汽车猛地停了下来。

"别开枪，快上来！"车上一个浑厚的声音说。

这个声音很熟悉！

蝴蝶迷一时竟想不起这个人是谁。她没有时间多想，凭直觉，她相信不会有危险。

她抱起三大爷，冲到汽车前，打开车门，钻了进去。

汽车又朝前开去。

后面追赶的汽车停下来，他们不知道刚才发生的情况。直到从栽进沟里的汽车里爬出人来，他们才明白过来，可是，已经再也看不见汽车的影子。

蝴蝶迷松了一口气，转过身来。车里只有她、三大爷和开车人。

"我们已经甩掉他们了。"开车人说。

"也许你说的对。"蝴蝶迷说，她的一只手抱着三大爷，一只手把手枪顶住开车人的后脑勺，喝问道：

"现在告诉我，你是谁？"

"忘恩负义的事情怕不该由蝴蝶迷来做吧？"开车人说。蝴蝶迷这次下山是秘密行动，可是没想到哈尔滨有这样多的人掌握她的行踪。这不能不让她惊讶，不能不让她提高警惕。她又一次问一句：

"你是什么人？"

开车人扭过头，看着蝴蝶迷，说：

"滨华路 53 号的主人。"

"共产党！"蝴蝶迷立刻意识到对方的身份。

"也是你们的朋友。"开车的人看了看蝴蝶迷友好地说。蝴蝶迷点点头，可枪依旧对准开车人，她问道：

"现在，你要带我们去哪？"

"日本人找不到的地方。"开车人自信地说。

欧阳医生的书房

这是一间书房。书房的主人是一个医生。写字台前面的墙上有一张大照片。这是一个穿着剑桥校服的青年，它说明主人青年时曾经获得的荣誉。他的名字叫欧阳云飞。

蝴蝶迷坐在写字台旁的藤椅上，焦急地等待着。早晨的阳光从圆拱形的窗子里射进来，照在她的身上。

这时，有人轻轻推门进来。蝴蝶迷急忙转过身去。是那个开车人，他穿着一件白大褂。

"欧阳大夫，他怎么样？"蝴蝶迷道。

这个开车的共产党人是一个医生。这里就是他的私人诊所。昨天晚上他把蝴蝶迷和三大爷领到这里。

"子弹取出来了。"欧阳大夫说，"子弹穿透了他的一根肋骨，他却一直坚持着，不吭一声，多坚强的关东大汉！"

"欧阳大夫，他现在需要什么？"蝴蝶迷问。

"现在他需要三个月的疗养。"欧阳大夫道，"他的体质很好。三个月会恢复得很好！"

"在你这里吗？"

"至少他要在这里住几天。之后我还要对他做一次检查。"

蝴蝶迷没有再开口。

"你们在我这里是十分安全的。"欧阳大夫说。他坐到长沙发上，倚在靠背上休息一下疲倦的身体。

"你为什么救我们？"

"我是医生。救死扶伤，是我的本职。"

"你是共产党？"

"共产党是救中国的大医生。"

蝴蝶迷并不想和这个共产党人讨论政治。她要弄明白他和自己的关系。

她问道："你好像在天鹅大厦就跟在我们后面。"

"是的。"欧阳医生说，"确切地说，是在你们一走进天鹅大厦的时候。"

"那么，那张纸条也是你写的？"

"我让你们坐我的车走，可你们没有。"欧阳大夫说，"我只好开车混在特务的汽车当中，费了许多周折，才找到你们。"

"你的确冒了许多风险。因此可见，你一直想找到我们。所以，我们在进天鹅大厦时，你就写了纸条给我。"

欧阳大夫点了点头，取出一根烟，点着火，慢慢地吸了起来。

"你找我们一定是要我们做一件你做不到的事情。"

"是的。我们有一批药品要送进山里，那里的抗联战士正在受着疾病和严寒的威胁。"

说到这里，欧阳大夫抬头看了看蝴蝶迷。"我们在一个月前曾送去一批药品，可是被敌人发现了，损失十分严重。"

"所以，你想让我们替你送这批药品。"

"是的。我们物色了五六位人选，最后我们认为只有你能够帮助我们。"

"你真的这样想吗？"

"我们了解了你的过去以及你来哈尔滨后的一系列行动。我们相信你的力量和智慧，以及嫉恶如仇的品质。"

"当面奉承一个人，并不一定都能得到感激。"蝴蝶迷说。

"我们不需要用奉承迫使一个人去做一件有益于国家、有益于人民的事情。"欧阳大夫说，他的声音不大，但充满不可动摇的力量。

"你知道我不会答应你的。"

"是的，我知道你为什么不能答应我。"欧阳大夫把嘴里的烟吐出去，说："你要杀掉你的仇人。在没完成这件事之前，什么事情也不会打动你的心。"

"看来，你的确很了解我。"

"我还不能不告诉你，你的仇人是一个多么难对付的敌人。他是日本关东军驻哈尔滨特高课的一个少佐，受过专门特工训练，破坏了我们设在哈尔滨的许多情报站。"

"那么，你们为什么不除掉他？"

"我们是搞地下工作，不是搞暗杀的。"欧阳大夫说，"至少，我们现在还不能这样！"

"你们想做君子，十年报仇。可我不，我一天也不想等！"蝴蝶迷说。

"松田已经知道你来哈尔滨的目的了，你的困难更多了。现在全市都在搜捕你。在松田家的附近，整天有特务在监视。松田的行动又十分诡秘，你很难抓到合适的机会。"

"我相信你的话。"蝴蝶迷说，"但是，我一定要完成我要做的事。"

欧阳大夫低头沉思片刻，说道："既然这样，我向你提供一个机会。"

"什么机会？"

松田的末日

一辆橘红色的小汽车停在松田家门口。

车上下来两个人。年岁大的是一个老者，年轻人是一个姑娘。

老者挥了挥手，打发小汽车走了。

姑娘挽着老者的手臂，走到大门口。姑娘抬手叩了三下门。

不一会儿，屋里有人出来开门。开门的还是那个老妇人。一看见客人，她惊喜地招呼一声，连忙把客人让进门里，嘴里说道：

"松田先生还没回来，你们到屋里等一会儿吧。大冷的天，快请进屋吧！"

关上门，老妇人立刻回过头对老者说：

"欧阳同志，一切都准备好了。"

欧阳大夫点点头，扫了屋里一眼。他对身边那个面带惊奇的姑娘说："傅姑娘，我来介绍一下，这位是杨娟同志，我们党的老地下。"

老妇人笑着说："我们早就认识了。"

蝴蝶迷也笑着说："可那时我认识的是杨大妈呀！"

欧阳大夫说："老杨同志一直在搞地下工作，是我们党的老党员。你的有关情况就是她向我们提供的。"

蝴蝶迷终于明白了。共产党在哈尔滨的力量实在让人无法估量，他们的人居然安插到日本特务的内部。这样看来，今天的行动一定会顺利完成。

想到上次只身来这里"砸孤丁"，幸亏了杨大妈掩护，不然说不定会发生什么后果。她说："杨大妈，上次多亏你，松田才没有发现我。真不知道应该怎样感激你。"

"其实呀，该感激我的是松田这条狗。不然他怎么会活到今天呢！"杨大妈笑着说。蝴蝶迷听了也笑了。

"哎呀，那一次可把我吓坏了。"杨大妈说，"我拿着拖鞋进来一看，不知你躲到什么地方去了。后来松田走了，才听见你出来。"

这时，欧阳大夫说："杨娟同志，党组织决定你撤出这里，去执行一项新的任务。"

"这里怎么办？"

"这里就交给这位傅姑娘了。"欧阳大夫风趣地说，"根据我们的情报，松田将调离哈尔滨去长春。这个人对我们已经没有用途了。"

杨大妈点点头答应说："好呀，党让咱干啥就干啥吧。"她扭回头问蝴蝶迷："傅姑娘，松田一会儿就回来，你需要我做些什么，就快说吧。"

蝴蝶迷问："他回来之后，先去哪个屋？"

"一般情况呀，他先上楼，他的办公室在楼上，跟他的卧室挨着。他总是先在房里躺一会儿，等我叫他时，他才下来吃饭。吃过饭，他就去办公室里。"

蝴蝶迷点点头，思索一会儿，说道："那我就在楼上等他，欧阳大夫在楼下。我一得手，咱们便立刻离开这里。"

欧阳大夫说："我们这次行动可以说是万无一失的。连松田自己也不会想到我们会杀进他的家里来，如果发生意外，你就从楼上跳下去，我掩护你。"

蝴蝶迷对杨大妈说："大妈，你和欧阳大夫先在这里聊聊，我到楼上去看看。"

"好，好，"杨大妈说，"得快些了。按往常，松田这个狗东西该回来了。"

木头楼梯一踏上去，就发出吱嘎吱嘎的响声。这响声让蝴蝶迷的心都快碎了。

这响声在她听来，比丧钟更令她难以忍受，当年她正是在这一连串的响声中，从楼上滚到楼下，从甜蜜的梦里滚落到痛苦的现实之中。

蝴蝶迷竭力让自己镇定下来，可是这声音让她的每一根神经都发颤发抖。

好不容易走上楼去，她察看了一下周围的环境。朝南有两扇门。前面的是卧室的门，后面的那扇是办公室的。松田为了防备夜里有人进他的办公室，所以才把办公室安排到里边。蝴蝶迷推开卧室的门，走了进去。

忽然，背后有人喝道："举起手，别动。"

蝴蝶迷措手不及，她没有想到楼上会有人，上楼时也没有发现楼上有人。此时，她连抽枪的机会也没有了！

她慢慢转过身，要看看突然出现的对手。一回过头，她叫了一声：

"啊，冰美人！"

两个人搂在一起。

"你总是开这种玩笑！"蝴蝶迷埋怨说。

"这都怨你自己找的。"冰美人说，"我们约定好的到花子房碰头，可你却没去，害得我一整天都提心吊胆。"

"赶爬犁的三大爷受伤了，我送他去医院了。"

"去医院怎么跑这来了？"

"你不是也来了吗！"

"我到这里也是受人之托。"

"受谁之托？"

冰美人没有直接回答，沉声说道："昨天夜里，松田没抓到你，带了二十几个日本宪兵把花子房烧掉了，打死十几个人。"

"啊！"蝴蝶迷惊讶地叫道："那当家的呢？"

"老花子王被日本人用刺刀挑开了肚子，幸好我赶到了，把他送进医院。"

"他怎么样？"

"好像还能活下来。他托我一定要抓住松田，他要亲手处置这个鬼子，给他的人报仇。"

蝴蝶迷的眼睛湿了。为了她，别的人反倒增加了许多仇恨。她说："我一定让他老人家满意。"

"你没有出事吧？"

蝴蝶迷点点头。

"他们是谁？"冰美人问。方才他们在一起时，冰美人已经看到了，所以才问道。

"共产党。"蝴蝶迷说。她正要把自己的经历讲给冰美人，忽听外面一阵汽车笛声。

杨大妈在楼下喊了一声："傅姑娘，他回来了。"

"大妈，我知道了。"蝴蝶迷答应一声，她对冰美人说："这回决不能再让他溜掉！"

冰美人说："他已经多活四五日了。"

楼下传来松田的皮靴声。

"您的拖鞋！"这是杨大妈的声音。她的声音里没有丝毫慌张和胆怯。

松田换过鞋，一个人走上楼来。楼梯的木板吱嘎吱嘎地响起来。

蝴蝶迷屏住呼吸，听着这死亡的脚步声，慢慢地抽出手枪。拇指轻轻地一扳，枪机便张开了。

房间里没开灯，她便站在一个墙角的暗影里。

叭——松田顺手打开走廊的灯，然后，推开卧室的门。

灯光射进卧室，把松田的影子投在门口的地板上。

接着，松田走进屋里，在门口停了一下，随手打开墙上开关。

屋里一片通明。

就在这片光明之下，松田看到一个穿着洁白皮大衣的漂亮姑娘，姑娘的手里握着一支手枪。枪口正对着他。

他大叫一声，撤身要退！

可是，一只手掌在他的后背有力地推了一下，他便跪在地板上。

他抬起头时，看到门口也站着一个如冰似玉的女郎。

"松田，我们又见面了。"蝴蝶迷说，"而且，又是在这间房子。"

"你们是怎么进来的？"松田不甘心地问。在这幢房子的周围他已经布下了暗哨，根本不会有人能进来杀他，除非这个人自己也不想活了。

"我没有你的那种雅兴回答你。"蝴蝶迷道，"我只是告诉你——你欠下的债该还了！"

"我死也要死个明白！"松田狠狠地瞪着面前的蝴蝶迷，在他看来日本帝国的军人败在中国姑娘的手中，简直是奇耻大辱。

"你永远也不会明白。"蝴蝶迷用枪指着他，又说道：

"如果你非要弄明白，你只需明白一件事：害人者亡。"

松田嚎叫一声，猛地在地上滚了几个滚，转眼间他已经扑到窗户前，伸手去拉窗子。

蝴蝶迷一扬手，一把飞刀扎在他的手背上。他惨叫起来竟用另一只手朝玻璃砸去！

哗啦——玻璃粉碎声打破了黑夜的宁静。

这时，蝴蝶迷和冰美人同时冲过去，将他按住！

冰美人在松田的身上猛地点了几下，挣扎的松田立时不能动弹，瞪着一双冒火的眼睛，盯着这两个姑娘。

"你会点穴？"蝴蝶迷问道。

冰美人直起身，说："外面的特务一定听到报警了。我把人给你引走。你把他带回去，交给老花子王。"

说完，她打开窗子，纵身跳下楼去。不一会儿，街上传来一串忙乱的脚步声，接着，响起了枪声。

欧阳大夫上了楼，一把提起不能动弹的松田，急忙下了楼。杨大妈立刻迎上来。

"快，从后门出去。那儿有我们的同志。"欧阳大夫说。

他带头出了门，贴着楼边朝后门摸去。这时，大门口传来砸门的响声。

杨大妈猛地站住，说："你们先走，我去应付他们。"

欧阳大夫道："好！一有机会，赶紧脱身。联系地点是 S 街

13 号。"

"你放心吧!"杨大妈说着,转身朝回跑去。

蝴蝶迷想叫住杨大妈,欧阳大夫拉住她,说:"让她拖住敌人,我们快离开这里。"

两个人拖着松田拐过楼角,直奔院墙的后门。

打开虚掩的门,欧阳大夫探头看了看外面的动静,那辆送他们来的红色小汽车已经等在外面。

他向蝴蝶迷打了个手势,两个人夹着松田,钻进汽车。

"走吧。"欧阳大夫对司机说。

汽车立刻开动起来。

欧阳大夫脸贴在车窗上,朝刚刚离开的那幢小楼望去。

那里也许正进行一场战斗。

杨大妈会有危险吗?

蝴蝶迷也不禁蓦然回首,望着那幢小楼。

车窗外,灯火阑珊!

冰雕的蝴蝶

白雪。

蓝蓝的天。

红彤彤的晚霞。

松花江蜿蜒而去,飘飘然然,仿佛在傍晚的北风中袅娜起舞一样。

哈尔滨此时播散出淡淡的烟雾,弥漫在整个天地间。

"多么美的景致!"冰美人站在江沿的堤岸上,对着眼前的景物动情地赞道。

"是呀!哈尔滨是座美丽的城市。"蝴蝶迷也赞道。她回过头,望着身后的城市。

这样美丽的景致只有关东,只有关东的哈尔滨才有。

这里有雪的山,雪的江,雪的路,雪的城市,还有雪一样品格的人们。

"你好像还在想已经过去的事。"冰美人说。她有一双能看透人心的眼睛。

蝴蝶迷慨然地说:"我忘不了他们。"

冰美人看着蝴蝶迷,十分理解地说:"这么说,你要去替他们送那批药品?"

蝴蝶迷点点头说:"我本来答应从哈尔滨离开以后,就去镜泊道姑她老人家那里,清静一生。可是,我现在还不能。"

"你是想报恩?!"

"是,"蝴蝶迷说,"为了我,许多穷哥们牺牲了。杨大妈也被杀害啦。"

冰美人不想再讲什么。她也把目光凝聚在夕阳下的哈尔滨城,半天才轻轻地说:

"这是一个多情的城市。"

两个人都不再开口,默默地站着。

雪皑皑。江茫茫。天蓝蓝。霞彤彤。人默默。

过了许久,冰美人才说道:"我们走吧,老花子王他们一定在岛上等我们呢。他说要送我们一件稀世礼物。"

她们来到太阳岛时，天已经黑下来，岛上灯光闪烁。登上岛屿，眼前是一片冰的世界。一座座冰雕矗立在雪地上，在灯光下，闪着凛凛清光。

今晚是哈尔滨冰灯节。

岛上游人接踵，成千上万。

无论怎样的冷天，冰城人都要来这里看一看这冰的世界，冰的艺术，冰的风采。

冰城的人们，有着冰一样的品格，冰一样的体魄，冰一样的追求。

"每年这个时候，我都要来这里看冰灯。"冰美人说。

"所以你才叫冰美人。"蝴蝶迷笑着说。

"也许吧，"冰美人说，"其实，我并不喜欢冰。我讨厌冰。"

"为什么？"蝴蝶迷奇怪地问。

"冰表面冷峻，实际却软得很，一根火柴也可以让它感动得落泪！"

"我可不这样认为，"蝴蝶迷说，"冰是天之杰，地之灵，是冬的精华。它洁净透明，宁碎不屈。"

"不，冰之所以洁净透明，宁碎不屈，是因为冰没有骨气。"冰美人说，"因为别人一点点温暖就可以毁去自己的躯体，到最后连自己也不存在了。"

蝴蝶迷听出冰美人是在说自己。她正要开口分辩，忽见有许多人涌向前面的一座冰雕。

"那里好像出什么事啦？"她说。

"我们去看看。"冰美人说。

她俩挽着手臂，走进人群当中。费了许多劲，她们才挤到里面。

抬头一看，只见人群中间有一座一人多高的大冰雕蝴蝶。

这是一只振翅飞翔的蝴蝶。

蝴蝶雕得精致，连翅膀上的斑纹也清晰可见。

在冰天雪地中，有这样一只蝴蝶，给人一种春的气息，春的温暖。

冰美人道："这蝴蝶许是为你制的呢。"

蝴蝶迷不好意思地说："这可是用冰雕的呢。"

"不对，姑娘。"一个苍老的声音说："这是用人雕的。"

蝴蝶迷扭头一看，只见老花子王正坐在冰蝴蝶的旁边，屁股下有一个草垫。她刚要走过去，但她立刻从老花子王的脸上看出他的反对。

"看——那蝴蝶的身子里有一个人！"冰美人急忙拉了下蝴蝶迷，用手指着蝴蝶说。蝴蝶迷顺她的手指望去，她立刻看清了在蝴蝶的脊身中，有一个直挺挺的人！

这是一个死人，一个赤裸的死人，一个赤裸的死去的日本人。

岛上的人都因为这个发现才涌到冰蝴蝶的周围。可是，他们并不认识铸进冰块当中的日本人。

只有蝴蝶迷和冰美人认识。

只有她们知道他为什么死，以及为什么这样死的。在关东、在哈尔滨，他欠下一笔笔血债。

所以，他必须死。

因为他让连他自己也记不清多少的姑娘蒙受了奇耻大辱。

所以，他只有这样死。

这时，只听老花子王说道："这只美丽的冰蝴蝶，是为关东两位勇敢无畏的姑娘雕塑的。她们是……"

涌来的人们都静静地围在冰蝴蝶的周围，听老花子王讲着这个感人的传奇故事，讲着这冰雕的蝴蝶和这冰一样的姑娘。

这是一个冰的夜晚，一个冰的世界。

在这冰的夜晚，传颂着冰一样的故事。

在这冰的世界，矗立着一个冰的蝴蝶和两个冰一样的姑娘。

后来当地曾有过奇妙的流传：

冰城矗立冰美人，

人人赞叹至如今。

今天重议美人事，

事事又变新奇闻。

写于 1987 年冬

日落时分

1945 年 8 月。苏军进攻东北的第二天。

山田乙三大将从飞机上走下，急匆匆钻进等候在飞机旁的小轿车。

轿车驶出飞机场，向城里开去。

山田乙三从车窗看到向城里涌进的日本侨民，他们一身的尘土和失落的眼神，让他失望地长吁了一口气，伸手把窗帘拉上。

轿车开进关东军司令部。

山田在参谋的迎接下，快步走进作战会议室。

会议室中间的桌子旁，坐满了表情严肃的军官。他们听到参谋喊：山田大将到，立刻站起，立正。

山田大将径直走到他的位置，看了众人一眼，示意大家坐下。

山田站立着开始讲话。他说："各位已经知道，苏军从西、北、东北三个方向向我发起进攻。据我们的情报分析，苏联方面大约投入了 120 万人、5000 辆坦克和 3 万门大炮。面对这样猛烈的攻势，我们的外线作战很难支撑。所以，大本营决定放弃大兴安、绥芬河、佳木斯的外线作战计划方案，命令我们把主要兵力撤至满鲜边境的长白山区，利用长白山的天然长城和苏军做持久战。大本营要求我们尽快将司令部撤到通化山区。当然，我们还要带上'满洲皇帝'和他的'臣子'。下面，请各位发表看法。"说完，他坐到椅子上。

参谋甲："按照这一作战部署，我们几乎还没有给敌人有效打击就放弃'新京'，这样是否会产生不良的影响？"

参谋乙："司令官，大本营这样安排，等于向全世界讲：我们关东军害怕苏联人。"

参谋丙："大本营的参谋们是被苏联人打掉了胆子。这一方案让堂堂大日本关东军颜面扫地。"

山田又从椅子上站起来，说："各位的心情我是理解的。我们关东军是帝国军人的旗帜，为了能够有效地打击苏联方面，大本营已经默许了我们的秘密作战方案。"

所有的人都静下来，听山田说话。

山田："我们已经制定了在哈尔滨的 731 部队撤离的秘密行动。731 部队的研究人员将撤回到日本本土，他们研制的细菌武器将全部装备到我们的作战部队，使这些武器发挥出应有的武力。这是一项绝密的计划，所以，情报部要做好一切保密工作和接收工作。"

情报队少将站起："是，请将军放心。"

山田又对特高课课长浅田说："特高课要采用严密的手段，坚决不能让苏联方面了解我们的这一行动。"

浅田站起："司令官，这也正是我想向您反映的情况。最近，这个城市好像突然从睡梦中醒来一样，有许多不明的电台在启用，我们的侦破工作几乎已经达到无法承受的地步。"

山田用力将手中的杯子放在桌上，说："要不惜一切代价，让这座城市听从我们的安排。"

儿玉公园的小广场。一群中国少年在和一群日本少年玩比武游戏，周围还有一群苏联孩子在观战。

一个穿着马夹的朝鲜少年，站在两伙中间。他把手中哨子使劲吹了一下，然后走向日本少年方，朝坐在中间的大胖子铃木鞠了一躬，讨好地说："请铃木太君先出兵。"

胖子铃木左右扫了一圈，最后朝一个瘦子努努嘴，说："你上。"

瘦子像从地上弹起来一样跃起，向铃木鞠躬，大声答应道："是。"

朝鲜裁判向瘦子哈了哈腰，转身喊道："井上少佐上场。"

他走到场地中央，朝中国少年方喊："石磊，你们上谁？"

石磊朝他一摆手，说："停！换人！"

朝鲜裁判不满地问："为什么换人？"

石磊一指井上说："他是我们的手下败将，没资格上场。这是规矩！"

这时，围观的苏联孩子一通哄笑。朝鲜裁判问一个大个子苏联男孩说："保罗？你确定吗？"

保罗使劲用手吹了一声口哨，算作回答。

朝鲜裁判用手弄了弄自己的分头，无奈地走到铃木跟前，不知说啥好。

铃木皱了皱眉，一脸不高兴地把头偏向旁边的吉野说："吉野，这回看你的功夫了。"

吉野手中捻着两个太极球，傲慢地走出来。

朝鲜裁判又喊："吉野少将出马！"

石磊一拍胸脯，对周围的伙伴说："你们别动，看我来收拾他。"

他走到场中，朝鲜裁判向铃木等人喊："石磊军长出马！"

这时，一直站在旁边楼上观看的莎莎喊："石军长，胜利就在前面，前进。"

石磊朝她招手："达娃里希！快下来！"

莎莎说："我妈妈在家，她不同意我出来。"

莎莎母亲出现在莎莎的身旁，她问："莎莎，你又在欣赏你的大英雄？"

莎莎指着石磊说："妈妈，你看我的大英雄又胜了。"

莎莎母亲随着莎莎的手望去，只见石磊已经把吉野按在地上。

突然，莎莎母亲看到楼下有几个可疑的人在周围活动，她立刻警觉起来。

这时，她听到有人敲门，便对莎莎说："可能是丽达阿姨来了，我去开门。"说着她从走廊的相框后边取出藏在那里的手枪。

她打开门，看见一个苏联中年人站在门口。

来人道："依丽娜，你好，我是丽达的朋友，瓦德里夫。"

莎莎母亲把来人让进屋，向楼梯口望了望，然后把门轻轻地关上。

瓦德里夫坐在客厅的沙发上，一直盯着她。她给对方倒满一杯开水，但对方没有反应。她坐回自己的沙发里。

瓦德里夫说："丽达让我到你这里取一个东西。"

莎莎母亲："她没讲是什么东西吗？"

瓦德里夫："她告诉我，说你一定会知道的。她好像一直都很神秘。"

莎莎母亲装作想起来的样子，说："是她上次忘在我这里的围脖吧，我去给你找来。"

莎莎母亲说完起身来到莎莎的房间，莎莎还在看石磊他们的比武。

莎莎："妈妈，你快来看，我的大英雄要和日本的大将军比武了！"

莎莎母亲向周围望了望，她把柜子上的一个套娃交给莎莎，说："莎莎，你上次是不是从这里跑到公园的？"

莎莎："是的，妈妈不要总是提起这件事好吗？"

莎莎母亲："孩子，你现在赶紧从这里下去。记住，把这个亲手交给常春叔叔。他会来找你。"

说完，她扶着莎莎上了窗台，顺势在莎莎脸上亲吻了一下。

莎莎刚刚从窗户跳到另一个楼层，这时，从墙角蹿出两个日本便衣，向她们大喊。

莎莎母亲说："孩子，记住，别让日本特务抓到，快跑！"

说完，她掏出手枪，向楼下的日本便衣开枪。一个日本便衣被打中，倒在地上。

坐在客厅的瓦德里夫立刻掏出枪冲进来，被躲在墙角的莎莎母亲打中。

这时，楼梯里埋伏的日本特务，用力撞开门，冲进屋里。

枪声立刻惊动了正在比武的少年们，所有的人都向莎莎家望去。

石磊看到莎莎从楼里跑出来，他立刻朝莎莎跑去，一边跑一边喊："莎莎！"

保罗也感觉到不妙，和一群苏联孩子跑过去，却被日本便衣喝住，呆呆地看着。几个日本便衣在周围楼下追莎莎。

浅田带着一伙日本特务跑向莎莎家，他命令道："把街上所有的苏联人统统抓起来，一个也不许漏掉。"

在一个楼房的门洞里，常春看见一个日本便衣发现了莎莎的身影，他立刻开枪将日本便衣打倒。但他被另一个日本特务发现，日本特务的子弹将他封在楼门洞里。

莎莎听到石磊在喊她，她立刻朝石磊跑过来。石磊带着她很快甩掉日本便衣的追击。

这时，天已经黑下来。

常春被一个苏联大妈拉进自家屋里，然后从另一个窗户跳出去。常春用俄语向苏联大妈说："胜利就在前面。"

他大摇大摆地朝出事的地方走去，远远看见几个日本人抬着受伤的依丽娜上了汽车。

浅田站在阴暗的路灯下，恨恨地看着汽车开走。

乌苏里餐厅。

常春走进门，找了一个僻静的角落坐下。

他要了一份面包香肠，慢慢嚼起来。

一个女服务员走过来，常春用俄语向她打招呼。

女服务员热情地和他搭话。

常春问："有一位叫耶琳娜的收银员，她在吗？"

女服务员立刻警觉地看了他一眼，又向周围看了看，小声说："她前天这个时候被日本人抓走了。"说完，她小心地走开了。

常春镇定地说："真不幸。"

过一会儿，常春站起身，走出餐厅。

街上，许多店铺都关上木板。

王氏神针的招牌在众多牌匾中很醒目。

常春推开王氏神针的大门，这是一个四合院。

他向开门的人说："我是王大夫的远房亲戚，她在诊所吗？"

开门人说："在，里面请。"

二人来到王大夫的门口，看门人说："王大夫，你有一位亲戚来了。"

王大夫迎出来，她一眼认出常春，惊讶地叫道："你怎么找到这儿来的？"

常春："老师！"

王大夫吩咐："一定是没吃晚饭吧。杨伯，你看有什么东西热乎一下。"

王大夫和常春进到屋里。

常春看见桌子上王大夫和五岁的石磊合影，问："老师，石头咋样啦？"

王大夫："好，长得比你高了。成天跑外边跟孩子打架比武。这时候没见人影儿，八成又在外面野呢。"

石磊拉着莎莎从自家的后院的窗户跳进屋里。

石磊探出头，向外边又望了望，然后，放心地掩上窗子。

他对莎莎说："没事儿啦，到我家了。"

莎莎坐在木床上，忽然哭了起来。

石磊吓了一跳，说："莎莎别哭，千万别让人听见了。"

莎莎立刻忍住哭声，把脸按在被子上抽搐起来。

莎莎终于止住了哭泣，说："我非常担心我妈妈的情况。"

石磊："你放心，等过一会儿没人了，我去你家看看。"

莎莎："谢谢你。"

石磊："到底发生了什么事？日本人为什么要抓你妈妈？"

莎莎摇摇头。

石磊："你先休息一下，我去给你拿些吃的吧。"

莎莎："不，我不饿。你别离开这里，我很害怕。"

石磊："好！我不离开，你不用害怕，这里是我家的后院，没有人来的。"

莎莎："日本宪兵也不会来吗？"

石磊："我妈妈是给'满洲国皇帝'看病的'御医'，日本宪兵见我妈妈还这样的。"说着他做了一个立正的手势。

在一片日式住宅区，虽然是晚上，仍然有不少人在活动。

铃木和一群日本孩子在一棵大树下。

骑在树上的井上忽然喊："快看，吉野他们家的人出来了。"

大家一起朝吉野家望去。这时，只见吉野一家五口人手里提着大大小小的皮箱，匆匆朝停在远处的汽车走去。

有个孩子朝吉野喊："吉野。"

吉野停下脚步，扭头看着他们，不知说什么。

井上问："吉野，你要去哪里？"

吉野的母亲小声地叮嘱说："你父亲刚才说过不要告诉任何人。"

井上问："吉野，你还回来吗？"

吉野嘴角动了动，低头朝车走去，很快钻进车里。

铃木不屑地说："回来个屁！吉野是逃兵，听说俄国毛子开战了就吓跑了！是怕死鬼！"

一个孩子说："听我父亲说吉野的哥哥就是在诺门坎被俄国人打死的。"

孩子们一起喊："怕死鬼！怕死鬼！"

铃木朝着开动的小汽车喊道："文人全是怕死鬼！"

这时，朝鲜裁判急急地跑过来。骑在树上的井上喊："小分头回来了！"

叫小分头的朝鲜裁判，用手理理分头，对铃木哈了哈腰，说道："铃木太君，石砬子带着那个毛子妞跑回家了。"

铃木："你跟到他家了吗？"

小分头："是，我一直跟到他家院子外。他们是从后窗户跳进屋的。"

一个日本孩说："铃木，我们去他家抢吧。"

井上说："石砬子的妈妈是'御医'，不行吧！"

铃木说："狗屁'御医'，给天皇看病的人才叫御医呢！"

王大夫："这样看来，日本人已经知道了你的到来？"

常春："是的，两个联络站都被破坏了。"

王大夫："现在的担忧是联络员是否叛变了。如果叛变了，下一步不能再去冒险。"

常春："我觉得依丽娜是被出卖的，她在与我接头的时候，发现了日本人，所以把自己的女儿推出窗外，为了掩护女儿，不惜暴露自己，和日本特务枪战。"

王大夫："枪声，也是给你报警。这样看是乌苏里餐厅出了叛徒。"

常春点头。

王大夫："也许日本人已知道你要取的情报的内容了。"

常春："这是我最担心的。"

王大夫："那么你下一步想怎么做？"

常春："我想找到依丽娜的女儿，我的直觉是依丽娜把情报交给了她的女儿。"

王大夫："这种可能应该存在。"

莎莎听到窗户的暗号，她急忙开窗，石磊跳进屋里。莎莎探头看了看窗外，掩上窗子。

莎莎："大英雄，我妈妈的情况好吗？"

石磊："我听保罗他们讲，你妈妈被日本人抬走了。你们家已经让日本人监视起来，估计是在等待你去自投罗网！"

莎莎："我的妈妈受伤了吗？"

石磊："听说是受伤了，是被日本人用救护车拉走了。"

石磊："莎莎，你妈妈是红军吗？"

莎莎："我不知道，妈妈不让我知道她的事。"

石磊："我妈妈也不让我知道她的事。不过，我跟你说，我知道我妈妈跟你妈妈一样！"

莎莎："她们哪一点一样？"

石磊："我妈妈也有一把手枪。"

莎莎："你知道，在军队里只有军官才会有手枪的。那你妈妈的手枪是谁发给的？"

石磊摇摇头，问："你知道你妈妈的手枪是谁发的？"

莎莎也摇摇头，但她忽然说："我妈妈说，常春叔叔会来找我的，让我把这个木娃交给他。"莎莎拿出木娃给石磊看。

医院抢救室。

依丽娜虚弱地睁开眼睛，她看见耶琳娜。

耶琳娜流着眼泪，说："亲爱的依丽娜你还好吗？"

依丽娜微弱地点点头，侧头打量着整个房间。她知道自己是在医院里，说："是你告诉日本人的？"

耶琳娜点头，说："依丽娜，请你原谅我。她们抓走了我的儿子。"

依丽娜点点头。

耶琳娜："日本人现在满城在搜查莎莎。依丽娜，你是不是把情报交给了莎莎？"

依丽娜没有讲话，像在想自己的女儿。

耶琳娜："依丽娜，如果情报在你的手上，就赶紧拿出来吧，不然，莎莎就会……"

依丽娜仍旧没有讲话。

耶琳娜："依丽娜，我们现在每天所做的一切，难道不是为了孩子吗？没有了孩子，我们的生活还会有什么快乐呢！依丽娜，你是好母亲，莎莎是个可爱的姑娘，你把情报给他们吧。"

依丽娜微微摇摇头。

耶琳娜："如果情报在莎莎手里，你可以把取情报的人告诉日本人也可以，只有这样，莎莎才会平安无事。"

依丽娜看了耶琳娜一眼，平静的目光像镜子一样，照出了耶琳娜的丑陋嘴脸。

这时，浅田推门进来，耶琳娜吓得哆嗦起来，站起来说："浅田少佐，我在劝她，她什么还没有说。"

浅田盯着依丽娜，说："中国人是猪，你们是狗！我会让你的女儿成为一个天天下崽儿的母狗！母狗！"

王大夫和常春在商量下一步如何行动。

王大夫："常春，你这次的任务十分艰巨呀，部队太需要这个情报了。这样吧，明天我去打听细菌部队的地址，你去找那个苏联女孩。"

常春："老师，有你在这里，我心里也就有谱了。"

第二天，常春扮作一个剃头匠，来到莎莎家附近。

他不停地用手中的"剃头嚓子"发出一串串响声。很快有人找他剃头。

他在广场一棵树下摆开小木凳，开始给来人剃头。

他看到附近有特务在监视。

这时，石磊和几个少年，扛着牌子和旗子也来了。

他们在广场的空地摆立牌子，一个牌子上画的是一个大木娃，另一面牌子上面写着：飞刀木娃。

不少人开始围观。

浅田在办公室。

一个日本特务进屋，向他报告："报告少佐，我们在乌苏里餐厅的人员报告说，昨天有一个中国人来找耶琳娜。他们怀疑是接头的人。"

浅田疑惑地问："中国人？"

日本特务："是的，是个年轻的中国人，并且会讲俄语。"

浅田："哦，原来是这样。这个取情报的人一定是苏联方面培训的抗联分子。马上通知把这个俄国服务员带到儿玉公园去，让她暗中辨认在那里的所有中国人。"

石磊在向周围的人表演飞刀。

这时，赵警长带着几个警察走过来，警察们在检查行人的证件。

赵警长对石磊说："石头，你怎么今天没有去学校？"

石磊："赵叔叔，我们学校的日本老师和日本学生这两天几乎全跑光了。没有老师上课，我们学什么呀？"

赵警长："这么快就跑光了。"

石磊："赵叔叔，听说苏联红军已打进白城子了？是真的吗？"

赵警长："莫谈国事！莫谈国事！小心把你当通苏分子抓起来。"

石磊："赵叔，我听说是真的。你看火车站里有几万日本人等着回国呢！我听说连溥仪'皇帝'昨天也跑了。"

赵警长："是你妈告诉你的？"

石磊："不信你去问我妈。"

赵警长悄声说："石头，听好了，这里可能会有危险，你赶紧回家去。告诉你妈，我晚上去取药。"

石磊："赵叔，听说昨天这里有苏联的间谍被抓起来了？"

赵警长："别乱打听，快收起来回家去。一会儿，日本人来了。"

石磊只好不情愿地对几个少年说："撤摊子。"

乌苏里餐厅的女服务员和几个日本便衣坐在车里，注视着附近的人。

她忽然看到树下剃头的常春在向人打招呼。她一怔。

浅田立刻意识到她的表情变化，立刻问："是这个人吗？"

女服务员说："我现在无法确定。"

浅田立刻对旁边的日本特务说："带她过去。你们要小心，一定要抓活的。"

一个日本特务立刻挟持着女服务员朝常春走去。

常春正给客人剃头，他忽然看到女服务员朝他走来，一怔。但他马上看到旁边的日本便衣。

坐在车里的浅田已察觉到，立刻探出身子喊："抓住剃头匠，快！"

说着，他和车里的人冲出去。

常春立刻拔出手枪，打倒女服务员身旁的日本便衣，向楼房间的小路跑去。

已经收拾好摊子的石磊及几个少年，刚好走出不远，他们听到枪声。

他们看见几个日本便衣在追击常春。

头上套着木娃的莎莎，只露出两个眼睛，她惊叫起来："是常春叔叔！"

石磊问莎莎："这个人是你妈妈说的叔叔？"

莎莎点点头，说："是的，他一定是来找我的。"

石磊对身边拿飞刀的大柱说："大柱，你们还去老地方等我，照顾好莎莎。我去帮她找叔叔。"

说完，他朝常春跑走的方向跑去。

常春跑进一个楼房的拐角。

正好是赵警长的埋伏圈，赵警长身旁的警察紧张地问："咋办？师父。"

赵警长："苏联人都快打进城了，你说咋办？"

警察："明白，明白，师父。"

常春也看到了赵警长。

赵警长连忙说："兄弟，快躲起来。"

常春跑过来，躲在一堆木柴垛后面。

浅田带着几个便衣跑来，看见赵警长，问："赵，那个人跑过来没有？"

赵警长："少佐，没有人跑过来。"

浅田朝他点点头，带着人又折返去追。

莎莎和大柱等人扛着木板一边走一边回头望着后面的街道。

这时，小分头和铃木几个日本孩子堵住去路。

大柱："小分头，你想找打架吗？"

小分头摇晃着头，他见石磊不在，底气就足了几分，说："石砘子不在，打你们几个不是欺负你们吗？"

大柱说："你懂这个理就好，闪开，让我们走。"

小分头让开半步，大柱等人走过，小分头直接横在莎莎面前，说："他们可以走，你不行。"

大柱回过身，问道："她跟我们是一伙的，为啥不行走？"

小分头说："铃木将军要请她喝花酒，你说行不？"

莎莎："我才不会和他喝酒的。"

小分头："你这叫敬酒不吃吃罚酒。"他转身向铃木说："铃木太君，她说不愿意。"

铃木一晃脑袋，几个日本孩子冲过来，和大柱等撕打起来。

赵警长和手下的警察两个人从小街道里走出。

赵警长："人又跑了，这回浅田一定会很生气。"

警察说："这小子真尿性，一定是个硬茬。"

赵警长："铁头，人家年龄和你差不多吧。"

铁头："我估计晃上晃下。"

赵警长："就这样的人在咱'满洲国'警察一个也找不出来。"这时，他看见大柱他们在和日本孩子打架，他大喝一声，铃木和大柱两伙人一下子四处跑散！

莎莎手中的木娃娃掉在地上，被小分头抢到手里。莎莎正要抢回，被大柱一把拽走。

赵警长两个人走到一个小饭馆门口，赵警长站住，说："咱俩进去坐一会儿。"

铁头说："师父，还没到吃晚饭的时候呀？"

赵警长对老板说："老地方，先上壶茶。"

老板答应着，把他们让进雅间。

赵警长坐在椅子上，老板端茶进来，铁头接过，给他倒上茶。

铁头："你说刚才那小子是苏联的间谍吗？"

赵警长："看人家那枪法和身手，还能错？"

铁头："那他为啥是咱中国人呢？"

赵警长："当年杨靖宇、赵尚志手下的抗联你以为全让小日本杀光了？跑啦，跑苏联去啦！这回苏联人进攻'满洲国'，他们能不打回来吗？这就叫君子报仇十年不晚。"

铁头："是呀，有仇必报。小日本子和抗联是死仇呀，几辈子都解不开。"

赵警长："所以，刚才咱们不就——"

铁头连连点头："咱不干缺德的事！"

赵警长："不做亏心事，不怕鬼叫门。"

这时，常春推门进来了。

铁头一下子跳起来，赵警长制止他，对常春说："兄弟，坐下。茶都给准备好啦！"

常春向他们一抱拳，说："我是来向你们道谢的。"

赵警长："你是为了咱们东三省的百姓，我们应该谢你呢。"

铁头说："师父刚才还在夸你呢。你是抗联吧？"他小声贴近常春耳边说。

常春淡淡一笑，他端起茶壶给赵警长倒上，然后自己也端起杯："救命之恩，必当涌泉相报。"

赵警长："侠不言谢，侠不言谢。"

他对铁头说："铁头，到外面瞧瞧。我和这位大侠兄弟喝会儿茶。"

铁头答应一声，站起来，热情地说："我叫铁头。你叫什么？"

常春："我姓常，叫常春。谢谢铁头兄弟。"

铁头："不谢，不谢。我师父说了，不干缺德事，将来有好事。

你是好人，咱咋能抓你呢！"

铁头说着走出门，他在饭店门口的木凳子上坐下。

公园的小广场，儿玉雕像下面。

铃木和一群日本孩子躺在草地上喘息。

小分头拿出莎莎落下的木娃，美滋滋地嗅着。

井上看见了，问道："这个是那个毛子的吧？"

小分头得意地说："这可是她的心爱物呀。我猜她睡觉都得放在被窝里呢！"

井上说："这是战利品，你得交给铃木。"

小分头朝铃木看了看，看见铃木正用眼瞪着他，急忙爬到铃木跟前，把木娃递给铃木，说："铃木，这上面全是香水味。"

铃木接过，放到鼻子前嗅嗅，点点头，喊道："好香！好香！"

他仔细看了一会儿，把木娃拧开，发现里面又有一个木娃。几个日本孩子立刻围到跟前看。

木娃一共有三层，里面的一层是一卷纸，纸里裹着一个胶卷。铃木把胶卷拉开，冲着太阳一看，忽然他大叫一声："这是军事情报！莎莎她妈妈是个苏联间谍！没错！这可能就是昨天浅田叔叔他们要找的东西。"

小分头说："铃木，我们把这个交给警察局吧。井上爸爸不是局长吗？我听说还有一大笔奖金呢！"

铃木说："不，应该交给浅田叔。也许这个木娃对他很有用处！"

小分头说："他们给奖金吗？"

铃木踹了他一脚，说："你掉钱眼里了吗？蠢货！"

这时，井上忽然喊道："快看，石砣子他们找上来了！"

铃木把木娃递给井上，说："你看好这个东西，等我们把他们打跑了，咱们就去找浅田叔！"

井上点头答应，急忙把木娃一层一层放好，双手搂住。

铃木狠狠地盯着石磊几个人，问："你们想打架？"

石磊："今天不打。我们是抓小分头，他抢了莎莎的木娃。"

铃木说："那个木娃是干什么的，你知道吗？"

石磊："我不知道。我就知道莎莎要拿木娃。"

小分头抢上前，说："这个木娃是军事情报！我们要交到宪兵队去。"

石磊："你敢！我拧断你的蛤蟆腿！"他转脸对铃木说，"我今天就找他独斗，你答应不？"

铃木看看小分头，问："人家要找你独斗，你答应不答应？"

小分头害怕地说："铃木太君，我能怕他们吗？可是，我要是输了，那个东西就得给他们。到时候，奖金就没了！"

小分头指着井上搂着的木娃说。

铃木说："你们独斗，跟木娃没有关系，木娃必须交给宪兵队。"

石磊："木娃是你抢的，输了木娃当然归我们。"

小分头说："木娃是情报，莎莎她妈是苏联间谍。难道你也想被抓进宪兵队吗？"

石磊："小分头，你就不怕苏联红军打过来，把你抓起来枪毙？"

小分头向后退了退，说："我说不过你，反正现在东西不在我手里！我说了也不算。"

石磊看了看井上，猛地冲上前，井上吓到拔腿就跑。铃木几个人立刻扑向石磊。双方混战在一起。

这时，井上远远看见柱子带着保罗和一帮苏联孩子跑过来，他急忙转身逃跑。

保罗和莎莎等人冲过来，把铃木几个日本孩子团团围住，很快把他们按到地上。

这时，石磊发现井上跑掉，立刻去追井上。

井上攥着小木娃，朝警察局跑去。

他对门口站岗的警察说："我找我爸爸，井上。"他回头看见石磊追来，他急忙跑进大楼里。

井上进楼里之后，立刻朝他爸爸的办公室走去。

这时，赵警长从办公室走出来，正好碰到井上，井上立刻停下脚步，和颜地哈了哈腰，问："赵叔叔，我爸爸在吗？"

赵警长问："井上，你爸爸刚刚出去办事，不在楼里。你有什么急事吧？"

井上攥着手中的木娃，欲说又止。

赵警长看见他手里的木娃，说："这样吧，你先到我的办公室等你爸爸吧。"

井上跟着警长进到屋里，他又回头看了看身后的走廊。

赵警长问："井上，你手里的木娃是哪来的？"

井上说："是捡的。"

赵警长说："是不是要把这个交给你爸爸？"

井上点点头，说："赵叔叔，这是苏联人的军事情报。"

赵警长一惊，笑着问："是谁告诉你的？"

井上说："这是莎莎她妈妈的，她妈妈把胶卷藏到这里面了。"

赵警长问："让我来看看吧，也许是照过的废胶卷呢！"说着，他从井上手里接过胶卷，打开木娃，他展开胶卷，朝阳光处看了看。

井上说："我说的不是假话吧？"

赵警长把胶卷放回木娃，说："井上呀，老毛子的人有相机的人比你们日本人都多，这些东西他们家家都有，这些事你问你爸爸就知道。这样吧，等你爸回来，我交给他，让他鉴定一下，看是不是情报。"

井上说："一定是的。莎莎她妈妈是苏联间谍，她的东西一定是情报。莎莎为了这个东西还让保罗他们来抢呢！"

赵警长把木娃放到办公桌上，然后给井上倒了一杯水，说："井上呀，你先喝水。刚才你们是不是又跟人家打架了？"

井上说："是莎莎找人来抢东西的。保罗和石砣子他们都来了，把铃木君他们给打了。"

赵警长说："你爸爸常跟我讲，最怕你在外面打仗吃亏。你看你，又打群架了，你爸爸回去又要教训你的。"

井上："赵叔叔，求你了，别告诉我爸爸打架的事，就说是我捡来的。"

说完，井上放下水杯，给赵警长鞠了一个躬，转身走了。

赵警长随着拿起一个木制的手枪，递给井上，说："这个拿去玩玩。"

井上接过木制手枪，小心朝走廊看了看。

赵警长笑着说："你爸爸在司令部呢！你放心走好啦。"

井上说："我刚才看见有人追我到这里了。"

赵警长问："谁呀？"

井上说："石砣子。"

赵警长一笑，说："他要是追到这儿，我先把他关笼子里去。我送你出去吧，省得你害怕。要说我这儿地方，'满洲国'的人没人愿来，没人敢来。"

他一边说一边领着井上走出警察局大楼。

他看着井上走上了大街，急忙转身回到自己的办公室。他把门关上，回身朝办公桌一看，大吃一惊，刚才放在这里的木娃不见了。他走到桌子前找了起来，但没有找到，他又伸手推了窗子，没有发现问题。

他走到门口，打开门，朝对面的铁头喊："铁头，你过来。"

铁头从对面的办公室跑出来，问："师父，有什么吩咐？"

赵警长问："刚才谁进我办公室啦？"

铁头说："石磊进了。刚才他来找你，刚好你屋里有人，他就在我屋等你，好像有什么急事似的。听见你出去送客，他就进来了。"

赵警长："他人呢？"

铁头："我不知道呀。他不会走，他说有急事找你。"

赵警长明白了，说："你赶紧出去找他，一定要找他回来见我！"

铁头答应一声，转身跑出去。

井上一路小跑到了公园，远远地看见保罗等人坐在那里。他小心地贴着一棵棵树木往前凑，一直没有看到铃木他们。

他刚想回身走，发现石磊堵在身后，手里拿着木娃。

井上："你偷走了木娃？我爸爸一会儿回来，我就让他把你抓进大牢里去！"

石磊上前一把拎住井上的衣领，像拎小狗一样把他带到保罗他们跟前。

莎莎看到石磊兴奋地扑上来，双手接过木娃，使劲亲吻一下，说："大英雄，你真了不起！"

石磊说："你看少东西不？"

莎莎迅速打开木娃，看到里面的胶卷仍在，说："没有少。"她朝保罗说："保罗哥哥，我的东西找到了！"

保罗几个人围过来，石磊问："铃木他们呢？"

莎莎用手一指保罗，说："叫保罗哥哥关到地窖里了！"

石磊奇怪地问："关到地窖里面了？"

莎莎说："保罗哥哥说，铃木他们会去宪兵队告密，所以把他们全关地窖里了。"

石磊说："保罗说得对！这个井上就是跑到警察局告密让我抓回来的。"

保罗说："让他也进地窖吧！一个告密者也不该留在外面。"

这时，有两个苏联少年上来把井上拖到公园外的一个地窖，打开窖门，把井上推了下去，只听里面一片叫声，窖门就砰的一声关上了。

保罗对石磊说："这可是秘密。你的人可不许讲出去！"

石磊说："你放心，我保证他们不讲出去。你准备啥时候把他们放出来？"

保罗说："等我们的军队打到这里，就可以放他们出来了！"

石磊和莎莎跳进自己的小屋。

这时，就听见王大夫讲话的声音。石磊赶紧又把莎莎推出窗外。

王大夫推门进来。

石磊："妈妈，你应该敲门再进来。"

王大夫："敲门，敲门，从哪学来的穷讲究，你这屋里是什么味道？"

石磊："味道？当然是我的味道了。妈妈，你找我有什么事？"

王大夫："你赵叔来电话说，这几天你总往公园跑，听说那里昨天出事了。"

石磊："我去那里找朋友玩，不知道出什么事了。你问我赵叔好了。对了，他说今天还带那个小日本来扎针。"

这时，听到赵警长进院的声音。

石磊："说曹操曹操到。妈，你快去扎针吧！"

王大夫被石磊半推半送地"赶"出屋。

王大夫迎向赵警长。赵警长说："王大夫，吃过饭没有？我陪井上警长来扎针。"

井上礼貌地一鞠躬，说："给王大夫添麻烦了。"

王大夫打量了井上一下，说："井上警长，听赵警长讲，你的病情有很大好转。你们赵警长对你很关心呀！"

井上又鞠躬，说："十分感谢。"

王大夫："我们到屋里说吧。"

石磊看见王大夫走进屋，急忙打开窗子，莎莎立刻钻进窗来。石磊伸手去扶她，忽然说："你身上真香！我妈妈一定是嗅到香水味了。"

莎莎："你妈妈的鼻子和我妈妈鼻子一样，可惜我妈妈不是医生。"

石磊："等等我，去取些艾草来。"

井上坐在椅子上，眼睛盯在桌上的照片说："你的孩子将来是个当将军的材料。"

王大夫："看来井上先生很喜欢孩子。"

井上说："是的。我有两个可爱的孩子，一个是男孩，一个是女孩。男孩，今年十四岁了。明年就够当兵的年龄啦。"

王大夫："女儿一定长得很漂亮吧？"

井上说："非常漂亮！就像她妈妈年轻时一样！"

王大夫："他们在日本读书吗？"

井上说："不，他们一直在这里读书。"

赵警长："井上的女儿，是咱们女中的校花，长得好，学得好。将来，前程一定远大。这就叫，龙生龙，凤生凤。"

井上叹口气，有几分忧愁地说："可惜，国运多难，前途难料。"

王大夫："是呀，听说苏联人已经打过白城子，也不知道啥时会打到这里。'皇帝'这几天也着急上火了，整天睡不着觉。"

赵警长："听说'皇帝'已经去通化'行宫'了？王大夫，是真的吗？"

王大夫："我也是听说。井上先生的家人还没离开'新京'吗？"

井上摇摇头，有些愤愤地说："列车全都让关东军征用了，说是他们的家属优先回国。"

赵警长："听说为了抢着上火车，昨天上午火车站还发生了枪击事件。"

井上："是呀，战争实在是太残酷啦，太痛苦啦。现在，我一想到痛苦，脑子里就爬满了虫子。"

石磊的小屋。莎莎嗅着缕缕艾草香。

莎莎："这是我闻到的最好的味道。"

石磊躺在床上，肚脐上点了一株艾草。艾草闪着淡淡的一圈光亮。

石磊的头上露出大汗珠。

莎莎用手帮他擦掉。石磊用手抓住莎莎的手，两人静静握着。

井上的额头也渗出汗珠。

王大夫走过来，从他头上取下针，递给他一条毛巾，说："井上先生，请把汗擦掉，千万不要让风吹到头。"

井上一边擦汗，一边说："谢谢，谢谢。"

赵警长说："这就叫避害风如避箭。"

莎莎用手绢给石磊擦头上的汗。

石磊说："这是第七灶了，可以了。一会儿，我一定能先把儿玉头拧下来，不能输给保罗他们。"

莎莎："这个香草就可以让你力大无比吗？"

石磊："艾灸百壮，阳生十丈。这是我妈妈讲的。男子汉要有力气就一定要壮阳。"

莎莎："壮阳是什么？"

石磊："就是阳刚之气。算了，反正我的阳，能打败东洋、西洋，讲了你也不懂的。"

莎莎："保罗是大力士，你是大英雄！"

石磊说："莎莎你转过身去，我要穿裤子了。"

莎莎把石磊的裤子递给他。

赵警长和井上从王家出来。

赵警长："井上先生，你一直总说你看见了虫子！是什么虫子？"

井上看了看赵警长，没有答话。

赵警长："我记得自从你和宪兵队去了趟哈尔滨以后，就总好提虫子。"

井上："我也不知道，请你不要说了。"

赵警长："不应我问的，我保准不问。可你要治病，你得跟大夫说实话呀。王大夫问你，你为啥不讲实情呢？"

井上："实在是太痛苦，太悲惨了。"

赵警长："好啦，你不想讲，我就不讨人嫌了。天太晚了，你也该回家了，我还要去值班。"

井上："辛苦你了。"

常春从暗处走出，他快步进了王家。

王大夫开门，让他进屋。

王大夫："今天听到枪声，我真担心。现在看见你，总算可以放心了。"

常春："老师，真让你说着了。日本人一直在依丽娜家守着。他们把乌苏里餐厅的那个服务员抓来了，幸亏我先发现就跑了。他们一个儿也没追上我。"

王大夫："这城里的鬼子，全是些懒兵，和那会儿的山林队鬼子还差一大截。"

常春憨笑："我就当遛狗玩吧。"

王大夫："好，你有工夫就遛吧，反正也遛不了几天了。我今天向几个人打听，没有人知道细菌部队的事。看来这一定是日本人的军事机密了。"

常春："是呀！细菌武器是国际法中禁止使用的，但是据苏联红军作战部情报，日本人已经研究出了细菌武器。在诺门坎战场上，日本人就使用了。因为当时风向不对，所以细菌武器给日本关东军和苏联红军都造成了较大伤亡。"

王大夫："我了解到一个情况，也许对我们有用。在今年年初农安县有个村子，全部都得了鼠疫，不少人死了。据说是一个在外扛活的农民传染的。后来，日本防鼠的人专门去村子里消毒了。"

常春："那个在外扛活的农民，也许就是在日本细菌部队里扛活的。他身上携带了细菌。"

王大夫："我也正是这样推测的。我已经让那里咱们的人联系明天专门去那个村子里打听了解一下。"

常春："好。"

石磊和莎莎等人扒上公园的铁栅栏，然后，跳进公园。穿过一片树丛，他们看到公园里的儿玉雕像。

保罗和几个苏联少年已经等在那里。

保罗："一看脖子上的怀表，你们提前了三分钟，比我们晚到十一分钟。"

石磊："你们的家离这儿近，早到早来是应该的。"

保罗："说说吧，怎么个比法？"

石磊："还是老办法。一边出三个人，先拧下来的为胜。"

保罗："可以，谁先上？"

石磊："咱俩石头剪子布，谁赢谁先上。"

保罗和石磊比画起来。

结果，石磊胜了。

石磊对自己的兄弟说："大个子，你先上，二胖子，你接他，我殿后。"

大个子答应一声，踩着二胖子的背登上铜像座，然后，坐在铜马上面，抱住儿玉头像使劲地拧起来。

下面的人都瞪大眼为他暗中使劲。

赵警长和铁头在挨家查户口。

铁头："师父，已经找了快三十户了。这里的老毛子全找过了，没有那个莎莎。"

赵警长："她应该没有藏在老毛子窝，她肯定藏到中国人家了。"

铁头："要是这样，咱们不成了大海里捞针嘛。"

赵警长："明天你去学校查查，看她和哪个同学来往多。一个小姑娘除了亲戚朋友，就是同学。"

两人一边说，一边骑着自行车。

铁头扶着车把，伸长脖子往公园里张望。

赵警长："你看什么？"

铁头说："今天我看见石头和几个老毛子孩甩点儿。"

赵警长："甩在这儿？"

铁头："是这儿。"

赵警长："走，咱俩去看看。"

铁头："师父，你是担心石头吃亏吧？"

赵警长："他还能吃亏，我是怕他把人打坏了。"

铁头："这回让我猜着了，原来师父是怕王大夫吃亏。"

赵警长："这就叫滴水之恩，必当涌泉相报。"

铜像上，保罗用足了劲在拧铜像头。他的头上冒出热气。

下面的人屏住了呼吸，瞪着眼在看。

只听咔嚓一声，保罗把铜像头拧下来！

他把铜像头举过头顶，骄傲地叫起来："乌拉！"

几个苏联少年也一起欢呼起来。

保罗把铜像使劲摔在地上，铜像滚到赵警长和铁头跟前，赵警长一看，赶忙说："快吹哨。"

一声哨子响。

铜像下的孩子们立刻惊慌四处跑散。

保罗笨手笨脚地从铜马上下来。

这时，石磊和莎莎在铜像下等着他。

莎莎："保罗哥快下来！"

保罗下来时，趁势在莎莎的额头上吻了一口："我赢了！乌拉，斯大林！"

这时，又一声哨响。

石磊拉着莎莎："莎莎，快跑！"

保罗失望地朝莎莎喊："莎莎！"

赵警长听到保罗的喊声，一怔。他看见石磊拉着莎莎向树丛中跑去。然后，他直起腰，舒了一口气，说："这就叫'踏破铁鞋无觅处，得来全不费工夫'。"

警察局。

井上办公室，他在保险柜里翻找档案。

他终于找到一个档案，从里面取出文件开始看起来。

这时，浅田进来。他放下手中的文件，站起说："浅田君，早上好！"

浅田扫了一眼档案袋："井上君，你这个档案通又在研究谁的档案？陈翰章？那个带文凭的匪首！"

浅田不屑地把档案丢在一边，说："井上君，一清早来就是想麻烦你。"

井上说："做什么？应该不会是找我要火车票的吧，这个本事我可不行。"

浅田："井上君，不会也把我看作那些胆小鬼吧？"

井上："我们是老朋友，浅田君的志向我是知道的。请问，你找我做什么？"

浅田收起笑容："井上君，明天要从哈尔滨运来一批秘密武器，需要你的警察局派专人协助行动。"

井上："从哈尔滨来的秘密武器？一定又是细菌武器吧？"

浅田："是的。上次的任务你完成得很出色，所以，这次还要请你帮忙。"

井上顿时惊恐起来："浅田君，请多多原谅，我真的不愿意再提起那件事。"

浅田："井上君，这是战争。我们是帝国的军人，不能退缩。"

井上："战争是为什么？是为了天皇的子民，可是，我们亲自杀死几个自己的同胞?!请问，这是天皇的命令吗？不，是大本营那些野心家的命令！"

浅田："井上君，请不要这样！你现在的言行已经可以上军事法庭了！"

井上："浅田君，请你现在给宪兵队打电话，让他们带我去军事法庭吧。”

浅田：“井上君，请冷静下来。这次的任务是山田乙三大将批准的。所以，请千万多帮忙。”

井上看着浅田，不知如何是好。

赵警长骑着自行车匆匆来到王大夫家。

赵警长支上自行车，说，“王大夫，石头在家吗？”

王大夫：“在家吧。昨天晚上回来都半夜啦，还在屋里睡觉。”

赵警长跟着王大夫进到屋，他关上门，说：“王大夫，这石头胆子可是捅天的胆子呀！”

王大夫：“他赵叔，石头又惹什么祸啦？”

赵警长：“石头昨晚领一帮孩子把儿玉公园的儿玉头像给拧下来啦！”

王大夫大惊：“会有这样的事？这孩子不要命啦！”

赵警长：“是呀，拧谁脑袋，也不能拧儿玉的脑袋呀！这日本人一定会惹急了。你一会儿快去叫醒石头，我先回局里去。如果有消息我打电话给你，让石头快到乡下躲躲。”

王大夫说：“好，好。我这就去叫醒他。”

赵警长骑上自行车急匆匆走了，临走时还叮嘱说：“王大夫，你千万别跟石头硬来呀！”

石头和莎莎两个人挤在小床上，睡得香香的。

忽听有人敲门，两个人惊醒。

石头：“坏了，是我妈！你快跑。”

石头跳起来,打开窗子,一下子惊住了。王大夫站在窗户前。莎莎也惊呆了。

王大夫:"你们俩到我屋子里去!"

石头贴着莎莎耳边,小声说:"你不要怕,我专门会对付我妈的。"

莎莎:"我看你妈妈像个军官!你不是说你妈妈和我妈妈一样,都有一把手枪吗?"

石头一指书架,小声地说:"手枪就在那里!"

这时,王大夫走进屋,她谨慎地关上门,然后打量着莎莎,问道:"姑娘,你叫什么名字?"

石磊:"妈,她叫莎莎,我的好朋友。我跟你讲过的,她妈妈前天让日本人抓走了,所以,我让她藏在咱家。"

王大夫:"你的妈妈叫依丽娜,对吗?"

莎莎惊讶地说:"你知道我妈妈的名字?"

王大夫:"你妈妈是我们心中的英雄!"

莎莎眼泪一下子涌出来,扑到王大夫身上哭起来。

王大夫轻轻地拍着莎莎的肩,说:"莎莎,这几天你一定受了不少苦吧!"

莎莎摇摇头,说:"是他救了我。"

赵警长来到警察局。

井上走进他的办公室,说:"赵警长,特高课的浅田少佐刚才来过,他说让我们明天去孟家屯火车站警戒清道。"

赵警长："你这个老乡专门给咱们找马路柱子的活呀！"

井上："我已经警告他了，这是最后一次。"

赵警长："好，我知道了。对了，昨天你儿子来过，刚好你去司令部开会了。"

井上问："他来这里做什么？"

赵警长说："好像是又跟那帮毛孩子打架了，好像是因为一个女孩子的玩具。一个毛孩子一直追他，他急中生智，就跑这来了。"

井上说："是呀！一定是闯祸了。昨晚都没敢回家，他妈妈到处找，结果后来一打听，好几个孩子都没回家。"

赵警长："是不是又有浅田的外甥？"

井上："当然有了，他是这帮孩子的头嘛。"

赵警长担心地说："这些日子人心惶惶，可要管好孩子。"

井上说："是呀，等铃木过些日子当兵就好了。这些孩子跟他学得越来越野了。好在现在全城戒严，还有各种纠察队，不会出大事的。昨天司令部开会，还专门强调了管制工作，确保人心稳定，全力抵抗。"

常春走进小饭馆，老板见他进来，立刻迎上，问："你是等赵警长吧？"

常春点点头："我们昨天约好在这里喝茶。"

老板将常春让进雅间，关上门。

他拿起柜台上的电话，拨起来，说："赵警长，你昨天的客人来了，对，在雅间。"

王大夫家。

莎莎和石磊坐在窗子前，向院外门口望着。

石磊说："我已经有七年没有见到常春叔叔了。"

莎莎说："我有三年。这个木娃就是我来'新京'时，常春叔叔送我的礼物。"

石磊："我听我妈讲，是常春叔背着我跑了几十里路才逃出日本人的追捕。"

莎莎问："日本人也追捕过你们？"

石磊回头看了看正在病房给病人扎针的王大夫，说："我妈一直没有告诉我，可是我早就知道我爸爸是抗日联军的军长，常春叔是我爸爸的警卫员。"

莎莎惊叫："你爸爸是军长？"

石磊连忙制止她，小声说："我妈妈不让知道这些。"

莎莎："那么，你是怎么知道的？"

石磊："我家里有些病人，其实就是抗联的战士。去年，这里住了一位叫王政委的大官儿，是他偷偷告诉我的。"

莎莎："所以，你也想像你爸爸那样当大英雄。"

石磊："其实，你妈妈才是真正的英雄。她为了让常春叔能拿到情报，才开枪打死日本特务，保护了你和常叔叔。"

莎莎眼里充满泪水，说："我见到常叔叔后，一定让他带着我去部队，我要做一名战士，像我妈妈一样。"

赵警长坐着汽车离小饭馆很远就下了车，对铁头说："眼睛盯着点，小心浅田手下那帮家伙。"

说完，自己一个人走进小饭馆。

老板立刻起身，赵警长一摆手，说："你别忙了。"

他进了雅间，常春起身，说："赵大哥来啦。"

赵警长坐下，端起茶杯喝了一口，说："你要找的莎莎我给你找到了。"

常春惊喜地说："赵大哥，太谢谢你了，她还好吧？"

赵警长："好。她住在一个中国人家里，我现在带你去。"

常春马上站起来，说："太好了！那我们现在就去吧。"

赵警长说："车上我告诉你是怎么找到的。"二人站起来，出了饭馆，坐进汽车。

赵警长："去石头家。"

铁头答应了一声，发动汽车。汽车拐过一条街，常春看到王大夫医馆的牌子。

赵警长："常老弟，就这家，我估计他们在等你呢。我还得回局，就不打扰你们谈正事了。"

常春有些激动地握着赵警长的手："赵大哥，实在是太感谢你了。"

赵警长："都是中国人自己的事，别客气啦。"

常春下车，走向王家大门，立刻传来石磊的叫声："常叔叔！"

赵警长满意地笑了，说："走吧，回局里。"

常春和石磊、莎莎搂在一起，王大夫在旁边看着他们。

王大夫："好了，孩子们，见过常叔叔了。现在我们回屋开始工作。"

一进屋莎莎从口袋里取出木娃，双手递给常春："常叔叔，这是我妈妈让我亲手交给你的。"

常春郑重地接过来，然后把木娃一层一层打开，里面是一个胶卷，他展开来看。他一边看一边问石磊："石头见过这些地方吗？"

石磊："没有见过，我看像是城边子。"

常春看到最后一格胶片，连说："看，这里有地图，孟家屯，西行十二里，开原屯。"

王大夫说："农安的同志今天已经了解过了，说是在孟家屯车站附近，具体的地点说不清楚。这回莎莎妈妈的情报已经证明了。你下一步准备做什么？"

常春："老师，上级给我的任务是拿到情报后，在这里接应伞兵特种部队，占领细菌工厂。所以，我想去孟家屯侦察一下。"

孟家屯火车站站台。

日本宪兵持枪警戒。一群日本兵在小心翼翼地抬着木箱，搬上卡车。

井上在站台上来回行走，监视着四周的情况。

浅田在站台的值班室窗前，两眼紧盯着站台。

忽然，值班室里的电话响起，浅田转过身拿起电话，听到里边慌张的声音："浅田君，刚才，天皇在广播里发表了投降讲话。"

浅田："什么？投降讲话？什么时候？"

对方："刚刚广播完毕。参谋长要求你尽快赶回司令部，山田乙三大将有紧急事情找你。"

浅田："好的，我马上赶回司令部。"

浅田放下电话，从窗户向井上喊："井上君，请过来！"

井上走进值班室，浅田立刻关上窗户，急切地说："井上君，刚才接到电话通知，天皇已宣布无条件投降了。"

井上大吃一惊："就在刚才发表的吗？这难道是真的？"

浅田："我也怀疑是假的讲话。一定是东京发生了突变，天皇是不会投降的。参谋长要我马上回司令部，我要向山田大将当面核实。这里的一切就交给你了！"

井上："好的，请放心吧。"

浅田："这可是我们'大日本帝国'最后的希望了！井上君，多多费心吧。"

浅田匆匆走出站台，坐进自己的小汽车，汽车立刻开动起来。

浅田的汽车开进关东军司令部大门。

浅田看到院子里的松树下，有几个日本军官在剖腹。有一个日本军官大叫一声，开枪打中自己的头部。

浅田阴沉着脸，快步登上台阶。

他直接来到山田办公室前，解下武器，交给卫兵。

山田戴着金丝眼镜，瘦小的身子蜷缩在沙发上。他看见浅田进来，疲倦地挥挥手。

浅田："将军，你相信刚才的广播讲话吗？"

山田："你的猜测也许和其他人一样。我们一直在和大本营联系确认，但我们现在还没有接到大本营的指令。"

浅田："大本营到目前没有指令，正好证明我的猜想。我相信天皇讲话一定是被迫的。"

山田没有发表意见，他说："听说石井中将的秘密武器已经到达了。"

浅田："是的，我刚刚从孟家屯车站赶过来。武器已经全部清点完毕，正在运往特种部队的仓库。"

山田："对于这批武器，许多人都抱以很大希望。浅田君，请你发表一下你的看法。"

浅田："是，司令官。我个人曾经了解过这方面的知识，特别是诺门坎战役的报告。我们的细菌武装完全可以让整个'满洲国'成为一座坟场。目前，我们已经采取了持久战略，主力已基本撤至长白山区，只要等苏联军队大部分进入满洲，就可以使用这一武器。只要等到明年这个时候，我们就可以收复丢失的国土。"

山田："你的分析很有道理。但是，好像东京有些人不愿意给我们获取光荣的机会。"

浅田："司令官，关东军听从您的指挥。"

山田一摆手，打断他的讲话，说："你先看好那些秘密武器吧。"

浅田大声地说："是，请司令官放心！"

这时，一个日本参谋进来，向山田递过一份电文，说："将军，这是苏联外贝加尔湖方面军司令部马利诺夫斯基元帅发来的电报，要求我们向他们投降，并准备派遣谈判代表来'新京'。"

山田接过来一看，脸色阴沉，命令说："马上通知在'京'各部门长官到作战室议事。"

井上疲惫地坐在汽车里，汽车开进警察局后，他立刻跳下车，匆忙上楼，直接走进赵警长的办公室。

赵警长和他打招呼："回来了。"

井上走到赵警长面前，扑通跪在地上："警长先生，请你救救我的家人吧！"

赵警长连忙起身，拉起他，问："还没找到孩子吗？"

井上满眼泪水，说："天皇已经发表投降诏书。苏联人马上会打到这里，我的妻子和女儿到现在还没有得到回国的通知。我很担心她们落在苏联人手中，所以，请你出手救救她们。"

赵警长："所有的列车全部让关东军征用了，我们也无权过问和使用呀！"

井上："这些我全部明白，我一直在找我在关东军的朋友，可是，他们也有很多亲属要帮助。所以，只好请求警长先生帮忙。"

赵警长想想说："'新京'进站口全部由关东军宪兵把守，所以咱们从孟家屯上车就容易嘛。"

井上说："孟家屯站已经被戒严啦。我刚从那里过来。"

赵警长问："为什么戒严呀？"

井上有些犹豫，说："正在准备接从哈尔滨开来的军用列车。"

赵警长："又是从哈尔滨来的？浅田不会是又让你去处理虫子吧！"

井上脸色变了："赵警长，这件事你是怎么知道的？"

赵警长："中国人有句古话，要想人不知，除非己莫为。井上先生，现在日本已经宣布投降了，不应该再做伤天害理的事了。"

井上："你讲得很对。战争结束了，我们应该放下武器，但是，现在日本关东军一些年轻的军官们不愿意投降，他们还想和苏军决战到底。"

赵警长："飞机大炮打不过，就用那些虫子？国际法律是不允许使用细菌武器的。再说了，一旦虫子满天飞，你和我还有你的妻子孩子不全都得喂虫子吗？"

井上："是的，所以，我想请您帮助我尽快将她们送上火车，离开'新京'。"

赵警长盯着井上问道："那你呢？"

井上凄然地一笑："我只想让她们活下去。"

赵警长："我明白了，你既想对天皇负责任，又想为家庭尽义务。好吧，你先回家收拾东西，在家等我。我联系好就去你家接你们。"

井上十分感激地鞠躬，连说："太感激您了。"

赵警长："可是，井上怎么办？还没找到？"

井上焦虑地说："没找到，可惜他赶不上这次机会了。不过，他是男孩，将来可以跟我一起回去。他要是能赶上这次机会，那就太好了。"

赵警长说："我也帮你打听打听孩子的消息。"

王大夫家。常春和石磊兴冲冲地从外边进来。

石磊一进门就喊："妈，日本人投降了！"

王大夫："是呀，我和莎莎准备了庆祝宴在等你们。"

莎莎从厨房端菜出来："这是我自己做的沙拉汤。"

石磊："莎莎，这回你可以回家了。"

莎莎："不，在我妈妈没有回来之前，我要住在这里。这是你妈妈讲的。"

王大夫问常春："情况怎么样？"

常春："按照照片，我们找到了细菌部队，那里是一个全封闭的大院，四边还有岗楼，把守得很严。"

王大夫："好，你一会儿吃过饭就发电报吧。"

常春点头，说："是。"

王大夫家，石磊和莎莎坐在大门口和房顶放哨。

远处不时传来放鞭炮的声音。

石磊激动地说："等常春叔叔发完电报，我带你也去放鞭炮庆祝。"

莎莎："太好啦！我们还可以去西公园。"

石磊："对，保罗他们一听到鞭炮，准保也会来的。"

这时，石磊看见赵警长骑着自行车来了，他大声地喊："赵叔叔。"

赵警长一看见石磊和莎莎，说："正好，我正要找你呢。"

石磊和莎莎从小棚子上跳下来。石磊问："赵叔叔找我什么事情呀？"

赵警长看着石磊，问道："石头，你把井上和铃木他们藏哪儿啦？"

石磊一惊，问道："谁告诉你的？"

赵警长明白了，自己的猜测是对的，故意说："当然是你告诉我的。"

石磊有些摸不着头脑，问："我什么时候告诉你的？"

赵警长说："石头呀，现在日本人投降了，井上他爸爸要带他回日本，所以，你赶紧把他放回去吧。要是赶不上火车可就误人家大事了。"

石磊为难地说："可是人不是我关起来的，我说了不算数。"

赵警长："那是不是保罗他们关的？"

石磊说："是他们关的。你咋都知道呀！"

赵警长说："好吧，我们现在就去找保罗。莎莎，你不用害怕，跟我一起去吧。"

石磊和赵警长、莎莎来到公园，看见保罗他们在地窖前玩耍。

莎莎远远地就喊："保罗哥！"

保罗高兴地停下来，喊："莎莎，你可以回家了。"

莎莎说："战争结束了！我当然可以回家了。"

石磊对保罗说："保罗，赵警长是带井上回日本的。"

保罗看看石磊，愤怒地说："你叛变了我们！把警察带来了！"

赵警长用车轮顶了一下保罗，说："你私自关押人是犯法的，你以为这里是你们家吗？快，把人放出来吧。"

保罗被赵警长的眼神吓住了，不情愿地回身走到地窖口，打开窖门，喊："井上，上来！"

地窖里的井上听到叫自己，一下子爬起来，答应道："我在这里。"

两个苏联孩子抬来一架梯子，伸进地窖。

井上赶紧爬上梯子，却被铃木一脚踹下梯子，井上疼得大叫一声。

铃木朝上面凶狠狠地喊："让我们都上去！否则井上不能上去！"

保罗："让井上先上来。"

铃木："不行，你不答应让我们上去，就不让井上出去。"

赵警长走到窖口，朝下面喊："铃木，你们一个跟一个上来。"

保罗也不耐烦地吼道："铃木，快按赵警长的话办。"

铃木又问："你是警察局的赵警长？"

井上说："这是我赵叔叔，他是我爸爸的朋友。"

铃木说："好，我先上。你跟在我后面。"

接着，几个人一个跟一个爬出地窖。保罗让他们一个一个地站好，铃木等不情愿地站成一排。

赵警长站到他们跟前，说："告诉你们一个天大的消息，你们日本天皇今天已经宣布无条件投降了。就是说，从今天开始，你们就不能再像以前随便欺负中国的小孩子了！假如，你们谁要是再胡作非为，我就把你们抓进监狱里去！你们听明白没有？"

铃木几个大孩子惊愕地互相看了看。

保罗朝他们大声吼道："小日本，你们投降了。听见没有?！"

铃木他们不情愿地答应道："听明白了。"

保罗说："大声说！"

铃木他们乖乖地大声答应："听明白了！"

赵警长见保罗还要训斥他们，就说："好了，你们现在可以回家了。"

井上凑到赵警长跟前："赵叔叔，我爸爸知道后会不会教训我？"

赵警长拍拍他的头，说："井上呀，不会的，你爸爸在家里等你呢。"

井上又问："赵叔叔，那个木娃，你交给我爸爸了吗？"

赵警长笑着说："回去问你爸爸吧，快点回家吧，你妈妈等你一起回日本呢！"

井上一听高兴地说："回日本？我要回日本了。"他朝家跑去。

王大夫的小屋。常春快速地译完电文，对王大夫说："老师，司令部来电说，决定派阿尔捷科上校作为苏军的谈判代表，明天就到达这里。同时，还有500名伞兵随机到达。"

王大夫说："太好了！到时我们就可以缴获那些东西了。"

火车声响起，值班员和赵警长进来见井上和妻儿哭在一起。

井上立刻止住哭泣，果断地说："惠子，你们走吧。在家里等我归来。"

值班员带着井上妻子和两个孩子走出屋。

井上跑在窗子上看，看见值班员带着妻子和孩子登上火车。

赵警长望着远去的火车，对发呆的井上说："井上君，明天这个时候，他们就在大连的船上了。"

井上："太好了，太好了，他们终于回家了。"

赵警长和井上坐上汽车。

赵警长看了看表："现在是七点钟，井上君是不是现在去王大夫家扎针？"

井上："赵警长，你认识王大夫很久了吧？"

赵警长："应该有六七年了。"

井上："那么，就是说，王大夫六七年前是做什么事情并不知道？"

赵警长摇摇头，说："不认识，当然也不知道了。井上君，一定是知道什么吧？"

井上从皮包里取出一张照片，递给赵警长，说："请赵警长看看这个。"

赵警长借着手电光亮，看清照片：照片上有三个人，一个挎着枪的男人，旁边是一个女人和孩子。

井上用手挡住照片上的男人，问："赵警长也许见过这张照片的这部分。"

赵警长看明白了，他一愣，问："这个男人是谁呀？"

井上："陈翰章。"

赵警长惊讶地说："他们是一家的？"

井上说："特高课的浅田找了他们几年，浅田绝不会想到他们会在这里，而且还成为'皇帝'的'御医'。"

赵警长："你准备告诉浅田吗？"

井上摇摇头："不，在昨天我会的。但今天，战争结束了。请您把这张照片物还原主吧。"

赵警长："井上先生，你有我们中国的君子之风。我现在明白了什么是放下屠刀立地成佛。"

井上："我做得不好。警长您的作为才是真正的君子胸怀，令我佩服，令我感激不尽。"

赵警长："井上君，我看这张照片你就作为礼物送给王大夫吧。我想，石头可能都不知道自己的父亲是什么样的人。"

井上收起照片，仔细放好："好的，我会亲手交给他们。"

早晨，浅田和几个年轻的军官坐着一辆军车，开到井上家楼下。

浅田站在车上喊："井上君！"

井上打开贴满米字白纸条的窗户，问道："有什么事情吗？浅田君。"

浅田："快下楼吧，有很重要的任务！"

井上："战争已经结束了，还有什么重要任务？"他说完关上窗户。

一位日本军官说："浅田君，我看井上君一副毫无斗志的样子。他会和我们一起共事吗？"

浅田："重要的是，他是唯一接触过秘密武器的人。"

常春和石磊走进警卫松懈的警察局，钻进一辆停放的黑色的警车，常春迅速打着汽车，开出警察局。

汽车拐到一个街边，莎莎和王大夫拿着电报箱上了汽车。

莎莎："胜利就在前边，前进！"

浅田和几个军官开车朝郊外驶去。

井上："昨天夜里会议的情况怎么样？"

浅田："还是老样子。秦大耳朵参谋长仍旧相信诏书是真的，所以是彻头彻尾的投降派。他居然哭着说，那些顽固坚持抵抗的人，最好是将我的头砍下来，然后再进行。"

车上有的人嘲笑起来。

井上："山田大将是什么意见？"

浅田："山田大将始终没有表态。他也许在等大本营的最后意见，也许他是等下午的苏联的谈判代表。"

井上："苏联人要和我们谈什么？"

浅田："谈如何体面地投降。"

井上："投降从来都不是体面的事情。"

浅田："说得对。与其体面地投降而活，不如体面地战斗到死！所以，我们要做改变历史的人，我们一定要让苏联人尝到苦头。"

说着，他带头唱起了军歌！

常春把汽车停在离细菌工厂很远的地方，拿着望远镜向工厂观望。

这时，莎莎帮助王大夫已经把电报安装好。

他们看到浅田的汽车开过去，车里传来一阵歌声。

常春开始接收电报。

飞机场。日本兵在秋风中站队等待。

铁头："师父，迎接苏联人是日本宪兵队的事，干吗还要我们去？难道还是让我们给他们挡子弹？"

赵警长："这回不用挡子弹，咱们是给日本人壮胆来了。"

铁头："师父，我看小日本鬼子是怕老毛子？"

赵警长："当年诺门坎战役关东军被苏联红军打得稀里哗啦。"

铁头："这就叫，一物降一物。师父，你说是吧？"

这时，天空上传来飞机的轰鸣声，很快飞机场上空出现十多架大飞机。

常春立刻发动汽车，说："我们去迎接他们。"

莎莎："胜利就在前面，前进！"

四架直升机在细菌工厂上空盘旋。飞机上传来苏军用日语的喊话。

井上和几个军官急忙跑到院子中间，看着飞机降落。

直升机上冲出几十个戴着防毒面具的苏联军人。

一位苏联军官，后面跟着三个端着冲锋枪的士兵，朝井上等人走来。

苏军官问井上："谁是你的长官？这里现在已经被我们接收了！"

井上和几个军官互相望了望，朝房子里喊："吉野少佐。"

吉野喝得醉醺醺地跑出来，顿时吓了一跳，站在那位苏联军官面前，不知所措。

苏联军官说："苏联外贝加尔湖方面军特种部队现在正式接管这里。你们的人马上放下武器，配合我们检查清点这里的所有物资。"

吉野呆呆地站立，敬礼。

这时，常春开着汽车进了院子，他走下汽车，直接走到苏联军官面前，用俄语说道："我是常春，中尉同志，你应该接到了指令吧，现在由我来指挥你们下面的行动。"

苏联军官立刻向他立正、敬礼，说："少校同志，伞兵特种部队三营二连，听从您的指挥！"

浅田的汽车开进机场。

他看见站在外边的赵警长，点点头，径直开进去。

这时，立刻有一个持枪的苏联士兵端着冲锋枪拦住他们。

坐在车中的耶琳娜朝苏联士兵说："你好，同志，我们是来迎接军使团的。"

苏联士兵客气地说："请稍等，现在不可以。"

浅田坐在车上，看见一架大飞机，机舱打开，一辆军用吉普车开出来，停在机梯旁。机梯旁站着三个日本军官。

舱门打开，谈判代表威武地走下飞机，后面跟着一个手提公文包的士兵。

他和迎接的日本军官握过手，和一个日本人径直上了自己的吉普车。

一个苏联士兵走到常春面前："报告少校同志，所有的武器和物品全部清点完毕。"

常春："很好，有什么问题没有？"

士兵："我们发现缺少一件成品箱。"

常春："马上把刚才的几个日本军官带来审问。"

士兵："是。"

一会儿，井上等人被带进屋里。

常春："我们发现缺少了一件细菌武器，你们谁能来说明一下原因？"

井上几个人低下头，没有答话。

站在旁边的王大夫走到井上身边，说："井上警长，这里就是让你满脑爬虫子的地方吧？"

井上立刻紧张起来，头上冒出汗珠。

王大夫："你已经被这些虫子害得很苦了，难道你还希望它们再伤害别人吗？"

井上终于说："刚才，特高课的浅田少佐拿走了一件。"

王大夫："你一定知道他去哪里了吧？"

井上看了看身边的人，说："他们去了飞机场。"

常春也大吃一惊："我们马上去飞机场。"

他说完向屋外的直升机跑去。石磊和莎莎也跟着跑去。

王大夫对井上说："你愿意帮助我们吗？"

井上："我愿意！"

王大夫和井上立刻向飞机跑过去。

铁头："师父，我没说错吧。你看小日本子见着苏联军官那副德行！"

赵警长："你练了这些年武艺，知道武字咋写了吧？"

铁头有些没反应过来，问："武字我咋能不会写呢？"说着，他蹲在地上，写了个大大的武字。

赵警长说："中国人的武字是止戈（弋），不是用戈。小日本就是用戈。这叫耀武扬威，苏联人这才叫以止戈为武。"

铁头明白过来，不住地点头，说："还是苏联人尿性，你看苏联的飞机一到，日本人这些飞机连飞都不敢飞。啥时候咱们国家也能像苏联人这样多好！"

赵警长笑了笑，说："会有那一天的。"

这时，赵警长看见浅田带着耶琳娜从汽车下来，他奇怪地问："浅田带个老毛子女人来做什么？"

直升机上，井上说："浅田拿走的细菌武器是最高级别的生化武器，是昨天刚刚从731部队秘密运到这里的。"

常春说："日本已经投降了，他为什么还要这样做？"

井上："是的，他们不相信天皇的诏书是真实的，他们想阻止投降。"

常春问："浅田他们的计划是什么？"

井上："他们想劫持苏军的飞机，然后把生化武器投到苏军大本营去。"

常春握了握井上的手："谢谢你把全部计划告诉我们。"

井上感动地说："战争结束了，我应该这样做。我一定要亲手把那个生化武器重新入库。"

王大夫："那个生化武器是属于传染型细菌吗？"

井上点头说："是的，它可以传染整座城市，而且传播的时间也是最长的。"

耶琳娜向一个苏军哨兵走来，哨兵用手制止她。

耶琳娜手里拿着一瓶酒："中尉同志，我是来慰问军使团的。这是我的证件。"

这时，浅田猛地从旁边蹿出，将苏军士兵干掉。

铁头悄悄地跟在后面，看到这一切，吃了一惊。

常春他们的直升机降落在机场。

赵警长看见了他们，立刻跑过去。

常春："赵大哥，你也在这里。看见浅田没有？"

赵警长："看见了，在那边！"

井上急忙问："他们是不是提了一个箱子？"

赵警长："没看清楚。铁头在那里盯着他们。"

铁头跟在一个日本军官身后，猛地将他按倒在地，日本军官拿的箱子掉在地上，哐的一声。

浅田听到声音。他已经穿上苏军士兵的衣服。

倒地的军官和铁头搏斗，他向浅田喊："快拿走箱子！"

浅田用枪把抢向铁头，然后抢过箱子，拉着耶琳娜跑了。

常春和石磊等跑过来。石磊疾步蹿到压着铁头的日本兵跟前，抢拳将他打晕。

铁头满头是血，指着远处的飞机："在那边！"

常春对莎莎说："你们留在这里。"

他和井上跑过去。石磊对莎莎说："你快叫我妈来，我去帮常春叔叔。"

浅田装作醉汉的样子和耶琳娜向苏军飞机走去。耶琳娜举着酒瓶，对守卫飞机的苏联士兵说："他喝醉了。中国酒太棒了！"

其中一个士兵连忙扶浅田上舷梯。

这时，常春和井上跑来，他看见浅田在上飞机，连忙用俄语喊："抓住日本特务！"

苏军士兵听到他的喊话，一愣。耶琳娜用力将酒瓶砸在苏军士兵头上。

浅田一脚将扶着自己的苏军士兵踢倒，他对耶琳娜喊："快，把木卡拿下。"

耶琳娜急忙跑到飞机轮子下搬木卡。

这时，常春和井上跑到舷梯，常春冲到耶琳娜面前，将她打翻在地上。井上大喊："浅田君，马上停止计划吧！"

浅田一手拎着箱子，一手握着手枪，他对井上说："井上，你个胆小鬼，从小就是个胆小鬼！"

井上："战争结束了。"

井上说着想登上舷梯。

浅田："井上，你再上一步，我就打死你！"

井上："浅田君，恳求你替妻子和孩子想想吧，结束这一切吧！"

井上勇敢地登上梯子。

浅田："站住。"他向井上腿上打了一枪。井上倒在舷梯上，但他仍坚持要向上爬！

这时，石磊瞄准浅田，用力甩出一把飞刀！飞刀扎在浅田的手上，手枪落在飞机下面。

常春立刻跑到舷梯口，向浅田射击。浅田急忙拉上机舱。

井上用手挡住机舱门。石磊快步冲上舷梯，用力扒开机舱门。浅田倒在地上，狰狞地盯着石磊说："支那猪！这里明年将成为一座坟墓。"

他打开了木箱，露出里面的瓶子。

石磊捡起地上的飞刀，冲着浅田说："小日本子，你先尝尝飞刀的滋味吧！"

他手起刀飞，飞刀扎在浅田的心口。

浅田痛苦地倒在地上，绝望地松开手中的箱子。箱子里的瓶子滚出来。

井上已经爬进来，用手抓住瓶子。

常春也冲上来。他从井上手中接过瓶子。

莎莎看见石磊他们走下飞机，兴奋地喊："胜利就在前面，前进！"说完，丢下王大夫跑向飞机。

飞机下的耶琳娜醒来，她看到浅田落在地上的手枪，她抓起手枪，双手瞄向跑来的莎莎！

这时，一颗子弹打在她的头上。

王大夫缓缓地放下手枪。赵警长说："王氏神针原来还是神枪手！"

铁头："这就叫真人不露相。"

王大夫笑着说："已经五六年没有打过枪了。也许，以后再也不会用了。"

一群苏联士兵冲进来，一位拿着手枪的苏军军官问道："你们是什么人？"

常春："中尉同志，马上和阿尔捷科上校联系，告诉他，山田乙三的秘密武器已经全部被我们缴获了。"

中尉一愣。

莎莎用俄语说："他是马利诺夫斯基元帅派到'新京'的先遣队少校常春。"

中尉立刻立正、敬礼。

赵警长望着远处的常春等人，感慨地说："他们是这座城市的功臣。"

铁头："师父，我是不是也算一个？"

赵警长："这件事，你得问王大夫。"

王大夫笑着说："当然有功啦。你们让我想起了一服药的名字。"

铁头："什么药名？"

王大夫："五味荡涤丸（五位荡敌顽）。"

赵警长一下子明白了，说："五味荡涤丸，好名字。这服药专门制日本人的东洋细菌弹。"

三人哈哈笑起来。

常春和井上等人走过来，对井上说："井上先生，你坐在这儿，我帮你止止血吧。"

井上："太感谢了。"

石磊："妈妈，井上先生很勇敢。"

井上等王大夫扎完针，从怀里取出皮夹，拿出一张照片，双手送到王大夫面前："王大夫，我想送你一样属于你的东西。"

王大夫接过照片，深情地望着。石磊也凑过来看，他大叫起来："妈妈，这是我爸爸吧？"

王大夫点点头。其他人也围上来看照片。

常春说："陈军长是大英雄！"

王大夫说："他们是英雄，十四年了，他们现在可以含笑九泉了。"

这时，刚才的中尉大步走来，向常春报告："报告少校同志，阿尔捷科上校让我转告少校同志，关东军司令部同意签署无条件投降书，马上就要发表广播讲话。他还让我转达他对你的深深的敬意。"

常春："很好。我会在这里等待上校胜利归来。"

莎莎问井上："我妈妈在哪里，你知道吗？"

井上说："我不知道在哪里，但是我知道她受了枪伤。"

常春说："莎莎，你放心，阿尔捷科上校会把你妈妈救出来的。"

赵警长："你妈妈很英勇机智。那天，我就在你家附近。"

莎莎问："赵叔叔，你是不是共产党？"

赵警长慈祥地笑了。

莎莎又问井上："井上先生，你说呢？"

井上为难地说："从我的角度来看，王大夫是没有被找到的共产党，赵警长是没有被发现的共产党。"

莎莎又指石磊说："那么，你呢？"

井上说："他是正在成为共产党。"

石磊骄傲地笑了。莎莎又问："那么，我呢？"

井上看了看石磊和她，笑着说："你嘛，你是热爱共产党。"

莎莎高兴地跳起来，搂着石磊说："他说得太好了，我是爱上共产党了。"

石磊的脸一下红了起来，他忽然抱起莎莎，转起来："乌拉，中国共产党。"

赵警长："这两个孩子就要过上好日子了。"

王大夫："是呀，亡国奴的日子结束了。"

赵警长感慨："十四年呀，终于熬过来了。"

王大夫："你是不是还有一个名字？"

井上："王大夫，你是不是说，他是夫子。"

王大夫吃惊地说："你们日本人也知道夫子？"

井上："夫子是特高课一直想抓的头号分子。"

赵警长笑着说："我听说附子不是一味中药吗？王大夫，对吧？"

王大夫会意地笑了，她望着初秋的落日。

这时，机场的广播传来广播员的声音："'新京'的市民们，关东军司令长官山田乙三大将，已接受苏联远东军外贝加尔湖方面军马利诺夫斯基元帅的要求，并签署投降书。下面山田乙三大将对此做广播讲话。"

常春等人簇拥着走来，身后是西落的惨白的太阳。

莎莎："胜利就在前面，前进！"

写于 2018 年 4 月 20 日谷雨